U0729753

总有一份毫无保留的爱，

支撑我们跨过人生的每一次波折。

换　挡　人　生

踏板没有吱吱声，链条也没有跳动。我就像在云上滑行。

我换了一个挡位，马上感觉到增加了额外的重量。

洛洛低头看了看他的脚，勾了勾他的脚指头，咯咯笑了。他熟悉的笑声让我彻底放松了下来。

换挡人生

[古巴] 梅格·梅迪纳 著　　木之 译

Merci Suárez
Changes Gears

CNS 湖南文艺出版社 HUNAN LITERATURE AND ART PUBLISHING HOUSE　小博集 BOOKY KIDS

著作权合同登记号：图字 18-2023-125

图书在版编目（CIP）数据

换挡人生 /（古）梅格·梅迪纳著；木之译 . -- 长沙：湖南文艺出版社，2023.6（2024.7 重印）
ISBN 978-7-5726-1193-3

Ⅰ. ①换… Ⅱ. ①梅… ②木… Ⅲ. ①儿童小说—长篇小说—古巴—现代 Ⅳ. ① I751.84

中国国家版本馆 CIP 数据核字（2023）第 086615 号

上架建议：儿童文学

HUAN DANG RENSHENG
换挡人生

著　　者：［古巴］梅格·梅迪纳
译　　者：木　之
出 版 人：陈新文
责任编辑：刘雪琳
监　　制：李　炜　张苗苗　文赛峰
策划编辑：温宝旭
特约编辑：何思锦
营销支持：付　佳　杨　朔　付聪颖　周　然
版权支持：辛　艳　刘子一
绘　　者：哆　多
版式设计：李　洁
封面设计：马睿君
内文排版：百朗文化
出　　版：湖南文艺出版社
（长沙市雨花区东二环一段 508 号　邮编：410014）
网　　址：www.hnwy.net
印　　刷：河北鹏润印刷有限公司
经　　销：新华书店
开　　本：875 mm × 1230 mm　1/32
字　　数：203 千字
印　　张：11.5
插　　页：2
版　　次：2023 年 6 月第 1 版
印　　次：2024 年 7 月第 2 次印刷
书　　号：ISBN 978-7-5726-1193-3
定　　价：35.00 元

若有质量问题，请致电质量监督电话：010-59096394
团购电话：010-59320018

为了纪念老迭戈 · 克鲁兹。

目 录

换 挡 人 生

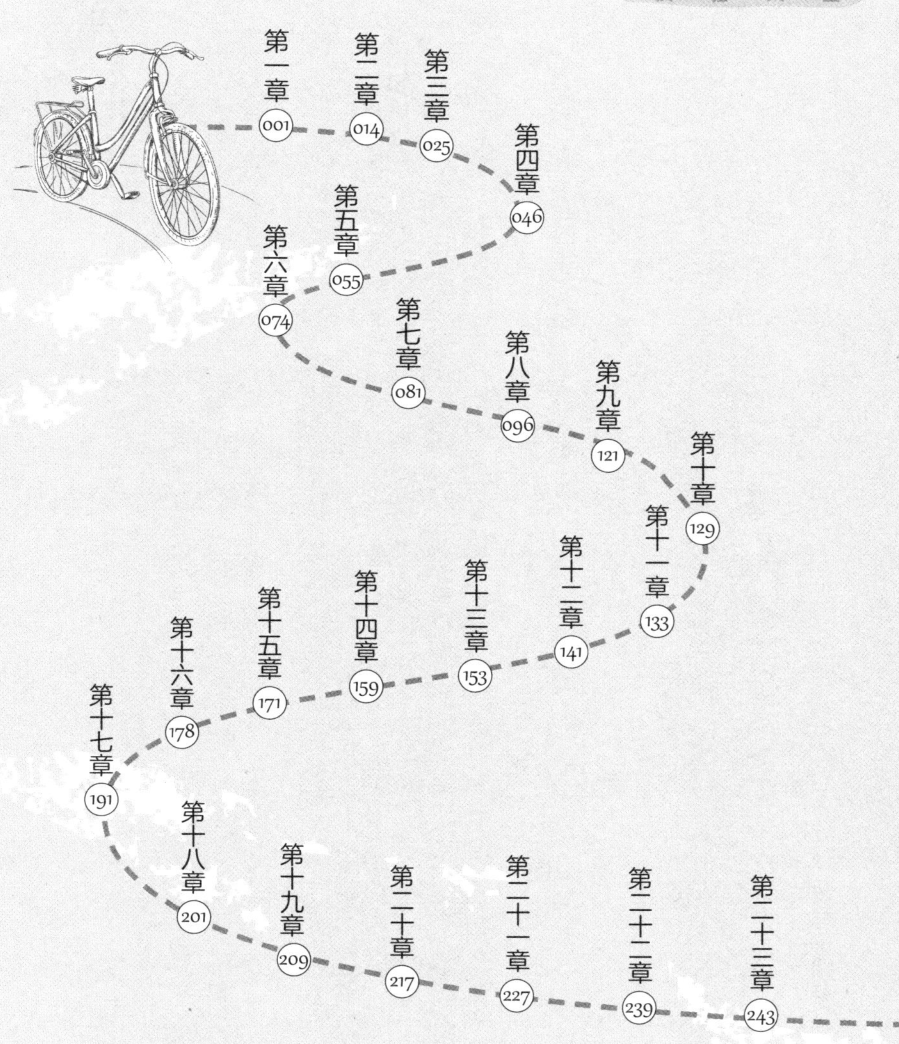

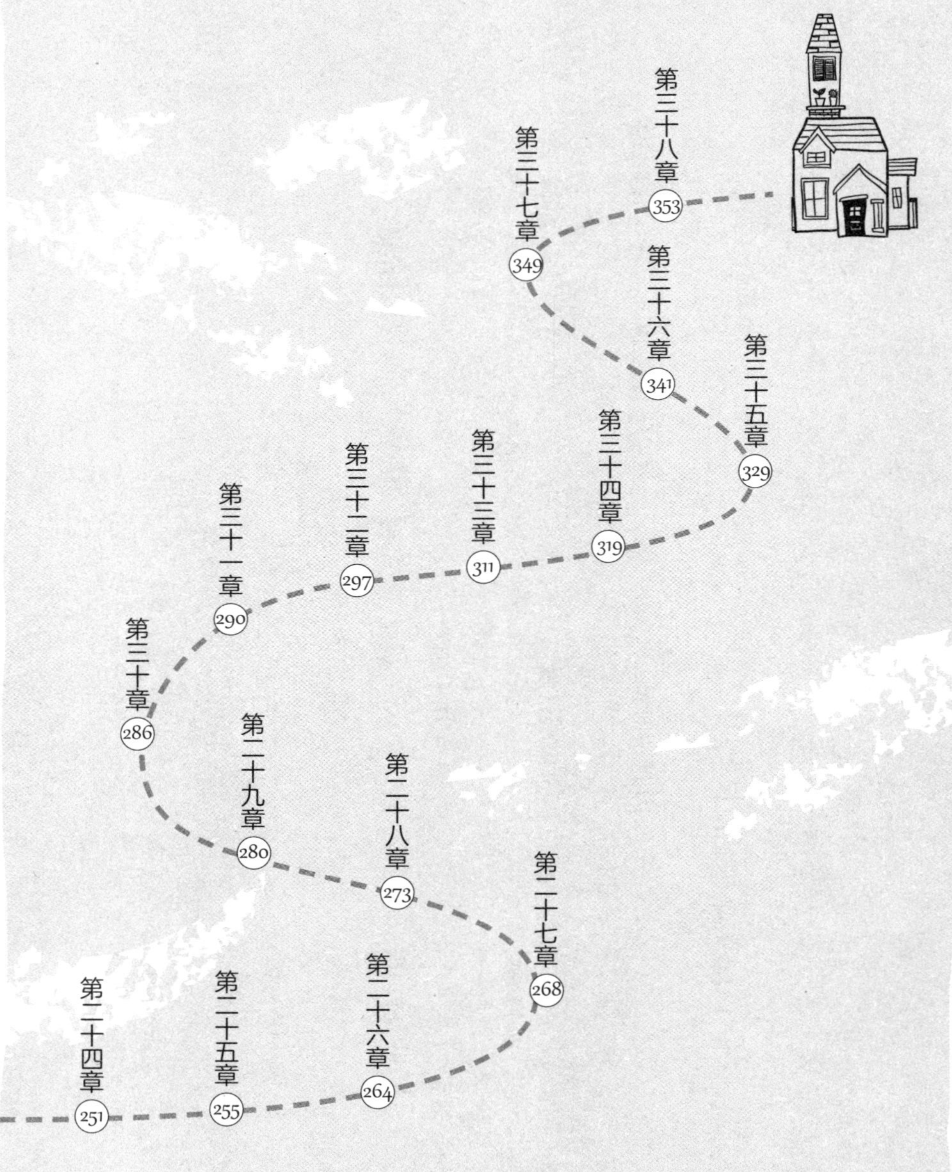
第二十四章 251
第二十五章 255
第二十六章 264
第二十七章 268
第二十八章 273
第二十九章 280
第三十章 286
第三十一章 290
第三十二章 297
第三十三章 311
第三十四章 319
第三十五章 329
第三十六章 341
第三十七章 349
第三十八章 353

第一章

想想吧！昨天我还穿着人字拖，喝着柠檬汽水，看着我的双胞胎表兄弟打闹着穿过院子里的喷水装置。现在，我却端坐在帕切特先生的课堂上，穿着学校发的聚酯纤维夹克，浑身汗涔涔的，盼望着这种折磨能早点儿结束。

当帕切特先生调整了一下紧绷的衣领，跟我们说“下课”的时候，我们的体育课才上了一半。

我站起身，推开椅子，就像我们经常做的那样。今天是拍照片的日子，谢天谢地，这意味着会早点儿下课。至少，我们不需要再阅读教科书的第一章：“我很好，你很好：关于我们发展的差异。”那简直令人难以忍受！

“不过来吗？苏亚雷斯小姐。”帕切特先生一边关灯，一边问我。

这时候，我才意识到我是唯一一个还在等他告诉我们去排队的人。其他人都已经走出了教室。

我们已经是六年级的学生了，所以，不会再有家委会的妈妈带我们去摄影师那里。去年，我们的护送人员一路滔滔不绝地谈论我们在开学第一天看起来是多么英俊和美丽，这让我们振作起来，尽管我们中的一些人已经牙缝漏风或者满口牙套了。

但是，现在我们享受不到那种待遇了。在海沃德派恩学院，六年级的学生不再整天由同一位老师带领，不会再像五年级时米勒小姐做的那样。现在，我们有了主教室和储物柜，采用流动上课的方式，并且终于可以参加校体育运动队的选拔了。

我们知道如何让自己好好度过拍摄日——至少我们班的人都知道。我抓起我的新书包，匆忙走出门，加入其他人的行列。

外面简直像竖着一堵用热浪做的墙壁。虽然不用走多远，但八月的佛罗里达州酷热难耐，没过多久，我的眼镜就蒙上了一层雾气，太阳穴处的鬈发翘得像弹开的线圈。我尽量沿着大楼附近的阴凉处行走，但收效甚微。蜿蜒到体育馆前的石板小路，恰好从广场正中间穿过，那里连一棵骨瘦如柴的棕榈树都没有，更不要说有阴凉处可以躲一躲了。真希望学校里的人行道能加上顶棚，我爷爷洛洛用树叶就能造出来。

“我看起来怎么样？”有人问我。

我用衬衫的衣角擦了擦眼镜片，然后扫了对方一眼。我们都穿着同样的校服，但是我注意到，有些女生为了这次拍摄做了造型。有些人甚至拉直了头发，这从她们脖子上的小伤口可以看出来。真可惜，她们没有像我这样的天然鬈发！当然，不是每个人都欣赏鬈发。去年，一个叫狄龙的男孩说我看起来就像一头卷毛的狮子，我觉得还好，因为我很喜欢那些“大猫”。妈妈经常唠叨我，让我把眼睛露出来，但是她不知道，能把自己藏起来是这个发型最大的好处。今天早晨，妈妈给我戴了一条和校服配套的发带。到目前为止，这么做只能让我感到头疼欲裂，甚至导致我的眼镜也戴得歪歪扭扭的。

“嘿！”我说，“这里热得简直能把鸡烤熟。我知道一条近路。”

女孩们在一个球状雕塑前停下来，看着我。我指的那条路，路边有一个十分显眼的标牌。

仅限维修工作人员

学生请勿越过此线

这群人中没有一个人敢于打破常规，不过她们光洁的嘴唇上已经布满了汗珠，也许她们会考虑考虑。她们彼此看了看，但主要看向埃德娜·桑托斯。

“来吧，埃德娜！”我说，打算说得直接一点儿，“从这儿走更快，一直在外面，我们会被晒化的。”

埃德娜对我皱了皱眉，再三思索。虽然她看起来是个乖乖女，但我不止一次见过她搞小动作：在教室外冲里面做鬼脸，在自查测验时为朋友更改答案……难道抄近路会比那些更糟吗？

我走近一步。现在她长得比我还高了吗？我不禁缩了缩肩膀。不知怎的，她看起来比六月份我们在同一个班的时候成熟了一些，也许是因为她脸颊上的腮红或眼睛下面的眼影。我挪开眼睛，尽量不盯着她看。

“你想让自己在照片里看起来大汗淋漓吗？”我说。

叮！

很快，我就带领我们一群人沿着碎石小路出发了。我们避开杂物和碎屑，穿过仍在维修的停车场。这里面藏着海沃德派恩学院的割草机，还有一些其他零零碎碎的设备，他们这么做能让学校看起来像印刷册子上的一样整洁有序。去年夏天，我和爸爸曾把车停在这里，我们用刷油漆的工作赚取了书本费。不过，我没有告诉任何人这件事，因为妈妈说过，这是一件“私事”。但是，我保持沉默的主要原因是我想从记忆中擦掉这件事。海沃德派恩学院的体育馆巨大无比，我们用了整整三天时间才把它粉刷好。再加上，我们学校的色调是消防站一般的红色和灰色。你知道长时间盯着红色看是一种什么样的体验吗？每次移开视线时，你的眼前就会出现很多绿色圆点。天哪！你可以试试在这种情况下干精细活的感觉。按照工作量，学校应该奖励我和我的哥哥罗利整个图书馆，而不仅仅是几本教科书。当然，爸爸还有其他的想法。“在这里好好工作，”他坚持说，“这样他们就会知道我们是认真的人。”我很讨厌他这么说。难道其他人认为我们是小丑吗？他这么说，好像需要我们去证明什么似的。

无论如何，我们到达体育馆时，省去了一半的时间。就像我预料的那样，后门恰好是敞开的。管理员在门框处塞了一个牛奶箱，这样他就可以在没人注意的时候安静地看会儿报纸了。

我用领队的口吻说：“这边走。”我努力做到完美，因为根据爸爸从商会收到的《面对飓风，你该怎么做？》使用手册来看，发挥你的领导力，任何时候都不迟。

到目前为止，它一直在发挥作用。我带领大家从后排的房间前走过，甚至路过了男生更衣室，那儿的空气闻起来像漂白剂混合着臭袜子的味道。当我们来到一个双开门前时，我自豪地推开了大门。是我把所有人从可怕、炎热的长途跋涉中拯救出来的。

“我们到了！”我说。

然而，不幸的事发生了。我们刚迈进去一只脚，就发现我把大家带到了“敌方领地”。

高年级的学生也在体育馆的这一边集合拍照。大门弄出的巨大噪声，让所有人都转过头，盯着我们这里看。“小孩子”走到他们中间，他们看起来并不是那么高兴。我嘴里干燥极了。他们看起来比我们大得多，至少是九年级的学生。我朝周围望了望，期待能找到我的哥哥作为掩护，接着我才想起，七月份罗利已经在商场里一家漂亮的、带空调的工作室里拍过了他花哨的高级肖像。今天他不会出现在这里。他可能像往常一样，正在科学实验室里帮忙，为申请大学做准备。

所以，现在我们沦落到这个境地，全都拜我所赐。

“噢，天哪，他们好可爱呀！”一个高个子女孩说，好像我们是小猫咪或者其他什么宠物似的。她甚至走到我面前，拍了拍我的脑袋。我盯着自己的鞋子，脸颊像火烧似的。

埃德娜从我边上挤过来，好像没看到有人围着我们似的。她黑色的头发朝一边翻飞起来，像她平时做的那样，她接手了“领队”这件差事。“跟我走。”她说。

现在不是挑剔的时候。我紧紧地跟在她身后，她带着我们朝体育馆的另一边走去。

谢天谢地！麦克丹尼尔斯小姐，我们学校的秘书，并没有注意到我们走错了地方。通常来说，她是一个坚持原则的人，但是现在，她正忙着收六年级学生的付款信封并维持秩序。尽管如此，她依然注意到我们都在嘻嘻哈哈地傻笑，就像经历了一次特别恐怖的过山车后会做的那样。

“姑娘们，保持安静！”她厉声说道。当我们走近她时，她甚至连头都没有抬起来一下，视线从未离开过手写板一秒钟。“女生站在左边，男生站在这里。请把你们的衬衫都塞好。准备好你们的表格和钱。”

我排在一个叫莉娜的女孩身后，她还在等候的时间里看书。麦克丹尼尔斯小姐检查每个人选择的照片套餐时，我尽量不看她的脸。妈妈只标记了最便宜的基础套餐，我恰巧知道了（因为今年夏天，我们在家时收到一封信，信封上印刷着巨大的粗体字），海沃德派恩学院的拍摄日是我们学校最盛大的筹款活动之一。你本应该买很多东西，就像是给住在俄亥俄州的家人买东西，即使他们根本不认识你。但是，我的家人几乎都生活在同一个街区，紧挨着彼此的房子。我们每天都会见面。

另外，我拍出来的照片从来不是很好看。麻烦的是我的左眼，它时不时就会游走，好像它想单独看到远处什么东西似的，飘忽不定。小时候，为了让左眼的肌肉得到锻炼，我会在右眼上戴一个眼罩。当这些手段都没用以后，我只能选择去做手术来挽救我的左眼。但是现在，即使我不想，左眼的问题也依然困扰着我。

比如拍摄日。

要是麦克丹尼尔斯小姐能让我自己拍自己的照片就好了，我手机的相机棒极了！另外，我还下载了一个照片编辑的软件，自己修照片很有意思。我最喜欢的功能是把人变成他们最喜欢的动物——小狗、鳄鱼、鸭子、熊，所有你能叫出名字的动物，比“阅后即焚”软件还好用。现在，这些照片都将成为年度最佳照片。我瞥了一眼站在我身后的雷切尔，一双大眼睛和一个小巧的鼻子，猫头鹰的造型肯定适合她。

我跟着队伍向前走，偷偷观察摄影师的装备。那里有一个屏幕做背景，地板上铺着地毯，还有一些巨大的摄影伞用来补光。摄影师看起来脾气不太好，但是谁又能为此责备她呢？整天就是摆姿势、拍照片，一点儿趣味都没有。当她梦想成为一个摄影师时，她想象的肯定不是这样的。我的意思是，如果我是一个摄影师，我一定更愿意在东非旅行，趴在吉普车的车顶，为《国家地理》杂志拍摄犀牛。而不是站在这里，一个闷热的体育馆里（尽管这里的油漆刷得非常专业）。

“下一个。”她说。

麦克丹尼尔斯小姐向埃德娜示意。很快，埃德娜坐在凳子上，轻松地摆出各种姿势，就像自己是学校的肖像模特一样。我看了看桌上埃德娜的表格，就像我预料的那样，她的信封上写着“黄金至尊套餐”。我叹了一口气，原地转动着自己的脚。摄影师要花费一段时间，才能拍好不同背景下的五张不同姿势的照片。最后，埃德娜会拿到所有尺寸的照片，也包含足够多的能放在钱包里的照片，学校里的每个人都会有一张这样的钱包照片。我敢打赌，这个套餐里唯一缺少的就是一个广告牌。更疯狂的是，这要花费 100 美元。如果有这么一大笔钱，我一定会花掉其中一半，去买一辆崭新的自行车。

“你明天早上会来这里吧，麦西？”

麦克丹尼尔斯小姐的声音吓了我一跳。我转过头，发现她就在我旁边，也正盯着埃德娜看。我能看出来，她很满意。埃德娜就是学校和机构最喜欢的那种客户。

“是的，麦克丹尼尔斯小姐。我明天会准时来的。”

我说话的时候，胃像打了结似的。明天，阳光伙伴俱乐部就要召开第一次见面会。我百分之百不想参加。去年，我转学过来时被强制成为俱乐部会员。从八月到十二月，新生必须搭配一个伙伴（就是假朋友），结成一对，以帮助新生适应海沃德派恩学院的校园生活。麦克丹尼尔斯小姐是俱乐部的主办人，她希望我能“反哺”俱乐部，成为今年某个新生的配对伙伴。我想，如果能交到好朋友，那一定很棒。但是，这需要花费大量的时间，而且我今年还想去参加足球队。这些“伙伴陪伴”时间会占据放学后的全部活动时间。

不论怎样，我一整天都在思考如何摆脱这些。现在，她就在我身边，在我还没有找到借口之前，就把我逼得走投无路。

“七点四十五分，”她说，“准时到，我们有很多事要准备。”

“好的，麦克丹尼尔斯小姐。”

“下一个。”摄影师喊道。

埃德娜站起来，就在她准备离开这个凳子的时候，她看了一眼汉娜·金，停了下来。

“再给我一分钟。”她对摄影师说。她从背包里拿出一瓶旅行装的发胶，用它喷湿一张纸巾。然后，她把这张纸巾搭在汉娜头发上，汉娜那里的头发总是像触角一样竖起来。“像这样弄，那些头发就不会飞起来了。”她说。

汉娜的手一动不动地捂着纸巾，满眼感激地看着她。

我偷偷打开手机摄像头，在摄影师帮她摆正位置的时候，拍了一张汉娜的照片。轻轻点击两下，我就拉长了她的脖子，把她变成了一只可爱的长颈鹿，头上还有两个小疙瘩。去年，我们学习非洲草原时，汉娜写了一篇关于长颈鹿的报告。它们是那么优雅、温柔——膝盖上的骨节有一些凸出——就像汉娜一样。

“笑一笑”，我在下面配上文字，然后按下发送键，把图片发到她的手机上。一秒钟后，我听到她的背包在震动。

“麦西·苏亚雷斯。”

就在麦克丹尼尔斯小姐从手写板上抬起头时，我把手机藏了起来。

她没收的东西足足能攒够一整套收藏品，我可不希望我的手机也变成其中一个。当我走向前时，我的心加速跳了起来，鸡皮疙瘩直冒。幸运的是，她只是提醒我轮到我拍照了。我们班的男生开始用鼻孔对着我做鬼脸，为了让我发笑。通常情况下，我不在意这些，主要是因为没人比我做的鬼脸更好笑。去年，我们总在午餐时举行这种比赛，我经常能赢。用食指拉下眼皮的同时，用小指向上推鼻子，这是我做的最好笑的鬼脸。我叫它“小丑鬼脸”。

但是，站在我身后的杰米，冲着那些男生摇了摇头，叹了一口。“傻瓜！”她说。

我尽可能地忽视他们，专心拍照。

我严格遵照摄影师教我的方式坐在凳子上，脚踝交叉，身体向左旋转，向前倾斜，手放在膝盖上，头稍微倾斜一点儿，像一只楚楚可怜的小狗。谁会这样坐着？我看起来像一个被制作成动物标本的受害者。

“笑一笑。”摄影师说，声音中没有一丁点儿喜悦。

就在我犹豫是否要露出牙齿时，一阵强烈的闪光灯扑面而来，我几乎被闪瞎了。

“等一下，我还没有准备好。”我说。

她像是没听到我说什么，翻看她的照片。对她来说，坚持把照片拍好一定很难。重来意味着要多花时间，每个生意人都知道，时间就是金钱。

“我们重来一次。”她说着，调整了一下我的眼镜。

“这次，下巴抬起来一点儿。”

下巴？她在开玩笑吗？我已经知道，这不是问题所在。我眨眼睛了，我能感觉到左边眼睛轻轻地向外偏移了一些。

“看着照相机，亲爱的。”摄影师说。

我用力眨巴了一下眼睛，把注意力都放在她的镜头上，但这样做的话我看起来就是一副怒气冲冲的模样，不过这是我能做到的最好的了。在快门的咔咔声中，她拍了一次又一次。我看起来一定像我感觉到的一样尴尬，因为我能听到那些男生在窃笑。

好不容易拍完了，我从凳子上跳下来，朝露台跑过去，一些人正在那儿坐着。这个愚蠢的发带不停地敲打着我的头，我把它拽下来，让头发垂在眼前。

当我坐下来等待结束的铃声时，埃德娜走了过来。

“闭嘴！”她告诉我们身后的男生，不管怎样，她是笑着对他们说的。

“谢谢！”我喃喃道。

她瞥了我一眼，耸了耸肩。“别担心那些照片了，”她说，“反正你也没有买那么多。”

铃声终于响了，大家四散开去。

第二章

罗利拿到他的驾照[①]不过几个星期，拜他的技术所赐，我们已经失去了一个邮箱、两个回收箱。就连我们家的猫——图尔托，都学会了一听到汽车钥匙的叮当声，就躲起来。尽管这样，妈妈依然答应，每天让罗利开车载我们去学校，这样他就可以多加练习。但是今天，当罗利在车道上的水坑里摇摇晃晃地前进时，我看到家里有更大的麻烦。

一辆警车停在奶奶阿布拉家门前。

“停车。”妈妈命令道。

他猛地踩下刹车，吓坏了那些在潮湿的草丛里寻找虫子吃的朱鹭。妈妈慌慌张张地跑过去看发生了什么，甚至忘记了关上车门。

---

①在美国，大部分州规定16岁即可考驾照。（如无特殊说明，本书脚注均为编者注。）

我的心揪成了一团。上一次警察来到我们社区，是因为街对面的多纳·罗莎夫人去世了。我紧张地朝周围看去，但是我并没有看到救护车。

“发生了什么？”我问罗利。

“别说话，我正听着呢！”他抬起下巴示意我，我看见阿布拉和一个警察正在我们家的榕树下说话。阿布拉的脸因为担忧而扭曲，尽管这并不罕见。她是我们家庭灾难问题的部门经理，所以这几乎是她休息时的脸庞。如果你想知道在日常生活中可能遭受到的所有悲惨和伤害，只需要与阿布拉谈一谈。她会给你列出一个长长的清单——而且，她不介意分享细节。

“快从运河边回来！”每当我们任何一个孩子距离家后面的栅栏太近时，她就会大喊，“鳄鱼会朝你伸出爪子，把你拖到水底的！”

“穿上你的鞋！”每当我光着脚时，阿布拉总是说，“你肚子里会长出和意大利面一样长的虫子。”

每当她看到别人在爬梯子时，总是忍不住提及某某因此摔断了脖子；每当她看到别人磨刀时，总是忍不住回忆某某因此削掉了大拇指。更别提可怜的洛洛了！她一刻不停地跟在洛洛身后，反复唠叨一件又一件事——什么跌倒啦，中暑啦，昏厥啦，什么都有。

“有什么问题吗，警官？”妈妈走近他们，问道。她的语气极其礼貌，手却紧张地拉扯着她的工作服。现在，我和罗利都钻出了汽车，也盯着他们的方向。这时我才注意到，洛洛正坐在警车的后排座位上。

难道真的像阿布拉说的那样，有些不好的事情发生在他身上了？这个想法让我的心脏跳动得更加剧烈了。

“不，女士。刚刚幼儿园和小学的孩子们放学时，出现了一些小小的混乱，仅此而已。我认为你最好能把你的儿子和他们的爷爷一起带回家。”

“那才是我的儿子。”妈妈说着，转过身指着罗利，罗利站直了身体，朝他们挥挥手。“如果你是说那对双胞胎的话，他们是我的侄子。”

好样的，妈妈，我心想。尽管他们非常可爱，但是在她听到全部报告之前就认领他们是非常不明智的。即便是市中心友好的图书馆管理员，也禁止他们俩在故事时间进入图书馆，除非他们由父母陪同，并且套上牵引绳。

即便是这样，我也无法看出来，这和洛洛有什么关系——为什么他坐在警车里。从家走到学校能出什么差错？一共只有五个街区。如果站在私家车道的尽头，你甚至能看见学校的旗杆。另外，自从我记事起，洛洛就一直负责走路接送我们。实际上，当我还在马纳提小学上学时，我们会慢慢溜达着走回去，那是我一天中最喜欢的时刻。这非常棒，所以我才有时间告诉他每天学校里发生了什么，尤其是课间休息时发生的精彩故事。然后，我们会停下来吃点儿零食，即便妈妈总说这会让我吃不下饭。到了三年级，我不得不离开他，不再和他一起走路回家了。因为我们班上每个人都开始骑自行车去学校。从那以后，只有小宝宝才走路上学。

“你觉不觉得洛洛是因为那对双胞胎才受到冤枉的？”我悄声对罗利说。我伸长脖子，试图看得更清楚一些。可是，我的脖子根本没有那么长。洛洛很爱我们——他所有的孙子孙女。他总喜欢用西班牙语叫我“小宝贝”，叫罗利和双胞胎“伙伴们”。洛洛不会允许双胞胎出现任何差错。正如我们周围每个人都知道的那样，在学校待一整天，我的表兄弟们有足够的时间制造麻烦。也许，他正试图拯救他们，以免他们过早在州立监狱中开始“职业生涯”。

“嘘——”罗利说着，严厉地瞪了我一眼。周围所有的人都说，我总有太多的问题，好像我还是个小宝宝似的。

警察在他的写字板上确认了什么，然后抬起头，打

量了一番面前连接着我们三栋房子的鹅卵石人行道。“但是你的侄子们住在这里，和你一起？”

“是的……然而，也不能这么说。”妈妈说道。

我们的生活方式可能会让一部分人感到困惑。所以妈妈又开始展开那番经常要用到的解释。我们这三栋平顶房是一组粉色的三胞胎，它们坐落于第六大道上，紧挨着彼此。那个在最左边的，屋前停着一辆溶胶喷漆的面包车，是我们家。中间的那栋带花坛的房子，是阿布拉和洛洛住的地方。最右边那栋，泥地里留着爆炸后的玩具的，属于蒂娅·伊内丝姑姑和双胞胎。罗利把这里称为苏亚雷斯大院，但是妈妈不喜欢这个名字。她说这名字听起来会让人觉得，我们是一群收集罐头食物，随时等待世界末日降临的“怪人”。为此，她给它们取名为“卡西塔斯”，就是小房子的意思。而我就称它们为“家”。

妈妈说话的时候，我小心翼翼地朝警车挪动，我一步一步地靠过去，防止突然迈一大步而引起他们的注意。警察是社区的左膀右臂，但是警棍和枪看起来并不那么友好。实际上，我觉得很不舒服。

尽管如此，他还是看见了我。我定在原地，眼睛看向洛洛，他还没有从警车里出来。不论怎样，他一定需要我的帮助。

“我们能私下说几句话吗？”那位警察跟妈妈这样说，示意她来到树荫下，和他与阿布拉站在一起。我的身体朝他们倾斜过去，试图偷听他们在说什么。但是妈妈转过身，给了我一个警告的眼神。

“麦西，这是成人之间的谈话。”她说，“请你去照看双胞胎吧，他们在屋里呢！我很快就会过来。”

我感觉我的脸颊变成夹克一样的猪肝色。我已经六年级了，不是吗？我已经长大了，可以临时照看双胞胎，还可以帮助阿布拉打扫缝纫室，准备晚餐，还会为自己想买的东西存钱。但是，当我想知道我的爷爷为什么会坐在警车里的时候，突然就变成小孩子了？想想看吧！

我经过罗利身边时，他悄声跟我说：“我会弄清楚发生了什么的。”语气很郑重。

“十七岁可不算是成人。”我说，但是他假装自己没听到我说的话，根本不回应我。

我知道我应该去照看双胞胎，但是我却绕着警车走了一圈。我倚靠在打开的车门上。洛洛的双手交叉着放在膝盖上，他的白发以一种有趣的方式翘着，就像在刮风的时候那样。

“他们做了什么，洛洛？”我悄声说，“你可以告诉我。他们是拉响了火灾警报器，还是开展了一场食物混战？难道他们把老师绑了起来？”

洛洛看着我，摇了摇头。“麦西，你怎么会有这种想法！那两个小家伙是无辜的。”他说，“我发誓。”

爱真让人盲目，就像人们说的那样，但是为什么还会有争吵呢？我仔细研究警车上用螺栓固定的闪烁装置，思维快速地跳动。“那么你为什么会坐在警车里？”

一阵长时间的沉默后。“没什么，”他终于开口了，“就是一点儿小误会。”

没什么？每个人都知道，警察就像老师一样。他们不会因为误会给你的家人打电话，更不会告诉你的家人你的工作做得多么出色。

“洛洛。”我说。

他摘下金属框眼镜，在他的T恤上擦了起来。“好吧！都是因为这副眼镜！”他厌恶地说道，“它们糟糕透顶！我早就告诉过你奶奶，让她帮我和配镜师预约一下，现在她肯定会这么做了。”

“眼镜能有什么影响？”我说，“你说这些没有意义！”

洛洛难为情地看着我。“不，我想我有。”说完，他转过头，不再看着我，而是盯着窗外。“这就是问题所在。”他喃喃自语道。

我从警车的车顶偷偷看过去。妈妈和阿布拉仍在和那位警察聊着什么。罗利站在旁边，好像自己是科学家似的，静静地注视着。阿布拉呢，还忙着环顾周围的邻居，看看谁走到院子里盯着他们看。这可是她的噩梦——关于我们家庭的八卦。我敢肯定，她一会儿肯定要跟洛洛吵起来。也许，这就是洛洛不离开这个座位的原因。上个星期，洛洛又一次弄丢了钱包，阿布拉因此和他吵闹了一阵。他确定自己的钱包是在面包店被小偷偷走了，甚至还打电话给蒂娅，提醒她犯罪分子可能会在她工作的餐厅吃东西。“小心小偷！”他这样告诉她，“现在世道变了，别相信任何人。”结果呢，他根本没遇上小偷。阿布拉在马缨丹花坛下找到了他的钱包，那天下午他一直在那里除草——哎哟，真是丑事一桩！她把音量按钮调到最高，整个街区都能听到她唠叨爷爷长点儿记性。

就在这时，双胞胎穿着游戏服，从后门跑出来。一转眼，他们就把自己的鼻子紧贴在起雾的警车玻璃上，做出一对小猪哼哼的鬼脸。像往常一样，他们俩简直是一对混世魔王。托马斯的眼睛一直盯着仪表盘上的移动对讲系统。就在他猛地拉开车门，把手伸向开关时，我阻止了他。

我命令他："放下！"然后，拽着他的腰把他从车里拖了出来。"告诉我发生了什么事。"

我一把将他放倒在地上，他摆出一副毫不在乎的模样。"我们是乘警车回来的！"他说。

"我听说了。但是，为什么？"

阿克塞尔插嘴道："洛洛太粗心了，他打算接另外一对双胞胎回家，就是亨德森小姐班上的那对。他们不愿意，就大喊大叫，就像我们之前做的那样。"

"不要！你走开！鬼喊鬼叫，大声吵吵！"托马斯用他的最高音量叫喊着。

我立刻明白了这些话的含义。从前，老师教过我们，如果遇到有人试图把我们抢走，我们就这么做。对这件事和与它相关的一切，我们曾经集中学习过多次。

"嘘！"我喝止他们，但是太迟了，阿布拉和妈妈已经听到了他们的叫喊声。

"麦西，我告诉过你，看着双胞胎。我们在这儿正忙着呢！"妈妈怒气冲冲地对我说，"只要几分钟就好了。"

我转过身，面朝洛洛。"这是真的吗？放学的时候，你接错了双胞胎？"我当然知道那对双胞胎是谁。他们和阿克塞尔、托马斯在同一所学前班，我们大家都知道，他们可是"好孩子"。爷爷怎么会认错他们呢？

我盯着洛洛的眼镜看了半天，很想知道他的判断是否正确。

洛洛并没有和我对视，他盯着另外一个窗户向外看，他的脸颊涨得通红。“他们那么叫喊，是因为这是一个小误会，”他小声嘀咕着，“那些父母对我指指点点，把他们从我手里拉走，好像我是个罪犯似的。现在的人们真是越来越不尊重老人了。这样的国家还有什么希望？”

“他们叫来了警察！”托马斯激动地添油加醋，“埃里克的妈妈还用她的手机录了视频。”

天气又闷又热，我突然意识到，穿着这套傻兮兮的校服，就算把夹克系在腰上，依然又让我出了一身汗。头顶上，傍晚的云像往常一样，聚集成黑色的爆米花形状。一天中的任何时间，都有可能下一场暴雨。然而这并没有什么用，并不会让气温降下来多少。

“洛洛，你为什么不进来和我们一起吃点儿零食呢？”我说，“你的头顶上闪着亮光，正冒着汗呢！”我降低了声音：“我想和你聊聊学校的事，你不是唯一一个过得不顺心的人。今天是我们学校的拍摄日。”

如果有人能让我心里好过一些，那一定是洛洛了。洛洛和我经常在放学后聊天。我们分享他藏在工具间里的丹麦饼干。当我们聊天的时候，洛洛不像妈妈会说一些“多给自己一个机会，或者多往好的方面想，要么就忽略那些不起眼的小事”的话，那些话让我觉得全都是我的错。我这一整天就像一大块臭奶酪。

我朝双胞胎的方向走去，他们从我身边跑开。所以，我追在他们身后，假装一切都很好。

当我走到房子的纱门前时，我转过身，期待洛洛能改变主意。也许他会说：“等一等，麦西。”然后跟我说，他要和我在厨房餐桌上分享我的布丁，告诉我他到底为什么犯了这样一个奇怪的错误，还会像往常那样问我今天过得怎么样。如果是这样的话，我也能松一口气。

但是，他没有。也许我们再也不能在傍晚时聊天了，就像我们不再一起走路上学那样。

一声惊雷撼动了大地，一阵狂风刮来，像炮弹似的把棕榈树的叶子打得啪啪乱响。屋里，图尔托跳到了柜台上，喵喵叫着，讨要食物。双胞胎的尖叫声中透着恐惧和兴奋，天知道他们在做什么。第一滴雨落到地面上时，罗利慢跑到我们的车上，关上了车窗。

即便妈妈和阿布拉连哄带骗，洛洛依旧坐在闷热的警车里不下来。他的眼睛出神地盯着远处某个我看不见的地方。

第三章

海沃德派恩学院，建立于一九五七年，是一个非常棒的私立学校。去年，当我刚刚在这里读五年级时，我就发现了这件事。学校有一个巨大的石头入口，周围种满了美丽的秋海棠，就像南方大道上种的秋海棠一样。前厅总有一个放着鲜花的大花瓶，那气味让我不太舒服。因为花的气味闻起来让我感觉像在多纳·罗莎夫人的葬礼上，那里到处是紧挨在一起的康乃馨花环，散发出同样的味道。多纳·罗莎夫人在她的房间里去世了，她就住在我家马路对面。那天她像往常一样，在家收看电视节目《幸运大转盘》，她每晚都会这么做。以前，阿布拉和我时不时会去她家里看看，陪伴她，因为她的侄女住在迈阿密，很少来访。多纳·罗莎夫人英语说得不够好，不太擅长解出文字谜题。大多数情况下，她只是喜欢范娜·怀特的礼服和节目大奖。无论如何，我猜那个星期我们实在太忙了，没想起来去她那里。直到整整三天后，有人打电话叫来了警察，大家才发现她坐在椅子上过世了。直到今天，我们路过她家的公寓时，阿布拉依然会祈祷，以防多纳·罗莎夫人会生我们的气，因为我们过了这么久才注意到她去世了。爸爸免费为她家重新粉刷了一遍，这样她的侄女就可以卖掉它。“罗莎总爱记仇。”阿布拉说。

罗利开着车慢慢驶入大门，朝他的科学老师挥手，今天正好轮到他的老师当值指挥交通。

“早上好！”她大声地朝我们打招呼。

罗利转过身微笑着，这是典型的分心驾驶，每一次他都会犯这样的错。妈妈再次扑到方向盘上，这次是为了避免我们的轮胎轧到一位女士的脚。妈妈为她的康复患者准备的拐杖和矫正靴子正放在汽车的地板上，和她的文件夹一起堆放在我身边。我不知道妈妈为什么今天依然坚持让罗利开车。“熟能生巧。”妈妈总是这么说，但是我认为，这要花费好长一段时间呢！

“拜托，你能踩下油门吗？”我说着，手指着显示时速的仪表盘。指针一直在每小时七英里[①]附近徘徊。

①英里：英美制长度单位，1 英里≈1.61 千米。

“我走路都比你开车快。”

“你说的不对，”他说着，瞄了一眼仪表盘，“人类行走的平均时速是 3.5 英里。”

我的手机显示现在是上午七点四十一分。我的日程提醒信息不断地闪烁，离我和麦克丹尼尔斯小姐约定的见面时间只剩下四分钟了。我不能迟到。惹她生气的头等大事就是迟到。这并不是说没有其他的了，如校服的长短、嚼口香糖、大声喧哗——只要你能想出来的都是，她比我们的校长纽曼博士管得还严。我应该早点儿知道的。去年，我还什么都不了解呢，放学后麦克丹尼尔斯小姐把我留下了，因为我穿着我的幸运滑板鞋，而不是规定的乐福鞋。

“快点儿开，罗利，我要迟到了！”

罗利从后视镜里瞥了我一眼。“你应该和蒂娅聊聊，是她说我们要先送双胞胎的。”他说，“你能把那东西从你头上拿掉吗？求你了。你看起来傻透了！”

“当然不行。”他不喜欢我坐在他的车里，头上还戴着自行车头盔。但是，小心一些总没错。

“够了，你们俩，”妈妈说，“改天早上我们再安排双胞胎的事情，但是在那之前，你必须耐心等待一下。”

我翻了一个白眼，没让妈妈看见。自从昨天处理完洛洛带来的麻烦事——忙着让阿布拉冷静下来费了不少时间——妈妈也一直有些暴躁和不耐烦。今天早上，我问她要我的足球队选拔同意书，她说她没看见。但是我昨天明明把它放在冰箱上了，她不会看不见的。

“我现在没时间想这个。”她说，接着就把我赶出了房间。

现在，妈妈反而转向我，皱着眉头，转换了话题。“不管怎样，你为什么没有提前说起你和麦克丹尼尔斯小姐的见面呢？”她怀疑地眯起眼睛，可能回想起我违规穿鞋的事情。自从那天起，我被禁止打电话回家，除非我发烧了或者喷射性呕吐。

我耸了耸肩。“我们要商量一些正事。”我说得很模糊。

“正事？”

“是的。”

“关于什么？”

“昨天，她给我们布置了社区服务的任务。”

“然后呢？”

我没精打采地靠在后排座位上。我们家有一个非常严格的规定，永远要讲真话，所以我没有选择，只能说出来。“我的任务就是阳光伙伴俱乐部。”

罗利从后视镜里和我对视了一眼，轻轻地哼了一下。“没朋友的朋友。”他说。

“听起来不错。”妈妈说，“去年，这对你很有帮助，对吧？”

我看着窗外。妈妈的盲目热情，是她可被预测到的、令人讨厌的品质之一。

“并没什么帮助。”我说。事实是，我非常讨厌这件事。但是，只有罗利知道。我被海沃德派恩学院录取，妈妈为此一直非常激动，她不会听我抱怨的话。我只会得到鼓舞士气的谈话。

就像现在一样。

妈妈叹了一口气。“你知道的，麦西，端正的态度才能让你走得更远。如果我的病人不乐观地面对病魔，有一半的人就永远不会走路了。”她转过身，“这些天，我们这个家庭真需要一些乐观的想法。”

“为什么？”我说，“我们的想法有什么不对吗？”

她没有回答我。

相反，她指向一个循环下车的标志。“这边走，罗利，”她说，“小心那些小朋友。”

我向后靠在椅背上，眼睛朝窗外望去，刚才我们经过了低年级学校。我很想知道，什么时候我会觉得海沃德派恩学院像我的家一样？我们班上很多孩子从幼儿园开始，就在这个学校上学了，就像刚才那些小朋友一样，不是我和罗利这样的。他来到这里的时候还在读中学，我去年来到这里，因为有一个学生暑假时转走了，所以五年级终于有一个学位空了出来。当办公室的负责人打电话来的时候，妈妈高兴地几乎快要晕倒了。无论如何，她都希望我们能得到好的教育。她希望罗利能够申请最好的大学和每个奖学金。当我抱怨家庭作业的时候，即便是一丁点儿的抱怨，她都会提醒我：爸爸当年承担了额外的草坪工作，这样她晚上才能去大学读书。当我还是一个小婴儿的时候，她又多学了三年，这样才成为一名康复理疗师。因为她的这份工作，我们才能买得起卡西塔斯，毕竟那时候爸爸的油漆生意并不顺利。这也是为什么我能拥有新手机，罗利能用上笔记本电脑。为什么我们能帮助蒂娅，或者阿布拉和洛洛，在他们需要一些额外的钱的时候。

所有这些都让妈妈觉得做一些社区服务工作不是什么大事，只要海沃德派恩学院录取我。她甚至都没有问我是否介意，就申请了奖学金。“这可是一个绝佳的机会！”她说。她连纸上的细节都没有阅读，就匆匆签上了自己名字。结果呢，我和罗利每年都要做够六十个小时的义务劳动，这比其他孩子足足多了二十个小时，同时还要保证平均成绩在 B+ 以上。另外，这些义务劳动占用了我很多时间，让我很难按时完成作业。去年，我转学到这里之后，作业成了我最难完成的部分。我突然有了比在原来的学校更多的工作，不论我多努力，都快不到哪里去。我没有我的同学解数学题的速度快。在阅读课上，读同样一本书，我也没有班上其他人读得快。后来，当我在一次测验中得了一个 D 时，我哭了起来。“多点儿耐心，”米勒小姐对我说，“你正在慢慢适应。”没错，我确实在慢慢适应，因为我还没有被踢出奖学金名单。但是今年，我们换了新老师，还换了班级，一切都变得更难了。

当然，罗利没有这样的烦恼。他这辈子的成绩单上，都没有出现过 B，就连在海沃德派恩学院也是一样。在海沃德派恩学院，大家都是拼尽全力去读书的。这种只有天才才拥有的天赋，让罗利得到一份舒舒服服地在科学实验室工作的机会，他担任的社区服务工作就是教师助理。也许他是一个糟糕的司机，但是我不能否认他拥有一个聪明的大脑——极其聪明的那种——这也是为什么这么多年来，他一直收到大学的申请邀请。实际上，他可能比海沃德派恩学院历史上任何一个学生都聪明。只要去前面办公室的奖杯陈列柜里看看就知道了，那里最大的奖杯，就是他第一年来到这里，参加科学展览会时获得的。那是一个关于如何从香蕉皮里提取而不是从石油中提炼成分，制作塑料的成果。在他身上，你能嗅到未来诺贝尔奖获得者的味道。

最后，下车的区域终于出现在视野里。

“刹车！”妈妈提醒他，但是太迟了。我没有选择，只能为即将到来的冲击做好准备。

在罗利彻底停下车之前，前轮发出刺耳的刮擦声。我扔掉头盔，快速地从车里跳出来，以防他像上次在公园里那样，忘记把挡位换至停车挡。

“我没时间啦！”

当妈妈换到驾驶位的时候，她的脸看起来有些苍白。她的病人记录飘到了人行道上。“提上你的袜子！”她在我身后喊道。

即便有违校服穿着规定，但是谁还有时间担心下垂的袜子？我如果要准时见到麦克丹尼尔斯小姐，就必须赶快跑过去。她经常这样告诉别人：你要时刻做好面对挫折的准备，而不是与之对抗；迟到是不做计划的结果；等等。

幸运的是，我能迎接挑战。小学时，我没有无缘无故地赢过任何一场田径比赛。我像跑卫[1]似的，灵巧地穿梭在红色西装外套的海洋中，加速摆臂，脑袋缩着不动。没过多久，我就感到腋下已经湿透了，都怪那炎热的天气。我甚至都不记得我有没有喷除臭剂，不过现在担心这些已经太迟了。如果我再臭烘烘地回到家，蒂娅·伊内丝一定会很生气。她负责清洗全家人的衣服，总是抱怨我的衣服臭烘烘的。今年夏天，她小题大做地带我去沃尔格林购物，因为罗利一再抱怨我所谓的腋臭。（这就是狐臭，如果我们提起这件事，你知道的，就和普通人一样。）多亏了他，蒂娅·伊内丝第二天就把我拖到药店的走廊上。她的塑料篮子里装满了喷雾剂和粉末，我甚至不知道它们是要用在哪里的。与此同时，双胞胎正在走廊上品尝他们最喜欢的糖果。

“你在外面玩耍的时候，不可能闻起来香香的。”我嘟囔着，但是蒂娅·伊内丝并不听我的辩解，她把整篮子的粉末、剃须刀和除臭剂都倒在收银台上。

“麦西，一个小姑娘要学会照料自己。”她说着，递过来一张买二付一的优惠券，“不管你喜不喜欢，是时

---

①跑卫：美式足球比赛中，跑卫是持球跑动进攻的球员，凭力量、脚步和速度变化，穿透对方防线推进，是他们的工作。

候这样做了。”

是时候做什么了？能说清楚一些吗？我真的很想知道，但是我不敢问。

我绕过拐角，朝前台跑去。当我到达离自行车停车点最近的大门时，恰好七点四十五分。我深深地吸了一口气，用来缓解肋部的疼痛，但是我依然感觉那里像是被刺了一刀。我的袜子在乐福鞋周围堆成一堆，我的发带又滑到了头上。很明显，我没有用蒂娅给我买的鬈发柔顺剂。

就在这时，我听到一个熟悉的声音在我耳边响起。

“请你快一点儿，麦西。”

埃德娜跨在她闪亮的自行车上，显然在等着停车，而我挡在了她前面。我忍不住羡慕地盯着她看。她骑着亮粉色的伊莱卡牌自行车，挡泥板上印着色彩鲜艳的图案，那些图案让我想起了我们去年去诺顿博物馆参观时看到的一幅现代艺术画。埃德娜的自行车有手动刹车、银色的前灯和白墙一样的轮胎，就像洛洛非常喜欢的那些老式的凯迪拉克一样。我真讨厌自己那么喜欢它。我的自行车简直是一个老爷车。那是罗利用过的老旧的十速自行车，现在恰好是我能骑的尺寸（很不幸），而且运转良好，这要感谢洛洛（或者不），他会修理所有东西，甚至是 1996 年的旧洗衣机。车把上点缀着铁锈（罗利说，那是氧化铁），当我用力踩踏板时，车座里还会飞出来填充物。那对双胞胎说，我看起来像是在放棉花屁。

埃德娜的目光落在我身上。她仔细地打量着我，从头发到磨损的鞋子，好像我今天穿了一件丑陋的油漆服。

“没有冒犯你的意思，麦西，但是你看起来——像被车撞了。”

我闭上眼睛，尽量不让我的眼睛游离到别处。埃德娜就是埃德娜，我现在应该已经习惯了。“没有冒犯你的意思，麦西，但是你唱跑调了。”“没有冒犯你的意思，麦西，但是我想和别人一起学习拼写单词。”去年，我花了一段时间才弄清楚埃德娜话中的意思，但是我终于变得聪明了。埃德娜在伤害我的情感时，总会说：“没有冒犯你的意思。”

“让我喘口气，我刚刚跑过了整个校园。”我大声喘着气说道。

但是她好像并没有动容。

埃德娜坐在车座上，轻轻地晃荡着她的腿，骑着她的自行车从我身边经过，停在一个空位上。杰米也和她在一起，这真让人吃惊，杰米也有一辆几乎一模一样的自行车，不过她的自行车是淡黄色的，图案是佩斯利涡旋纹路。我猜，这又是因为埃德娜的魔法，可以把普通人变到镜子里的那种黑暗魔法。杰米总是为此着迷。如果埃德娜梳着高高的丸子头，杰米也会梳同一种发型。如果埃德娜生气了，杰米也会表现出一副丑陋的模样，用来支持埃德娜。如果埃德娜打算去什么地方，杰米总是被邀请，即使没有其他人一起去。去年，埃德娜得了流感，请了一个星期的假，我想，这下总有希望打破这个魔咒了。午餐时、进行课后的足球训练时，杰米就坐在我和汉娜的旁边。但是几天后，埃德娜回来了，脸色苍白，鼻子干裂，一切又变成了老样子。“麻烦你往旁边坐坐，”杰米说，“埃德娜想坐在这里。”

幸亏洛洛送给我一个黑曜石保佑我。妈妈说，“邪恶之眼”是胡说八道，没人能够用配饰上的一只邪恶的眼睛避免伤害。但是我相信。这个世界不是总像她和罗利想的那样遵循逻辑。就像洛洛说的那样，这个世界很神秘。它看起来就像普通的黑色石头，但要是没有它，谁知道我会在埃德娜手中发生什么？洛洛说，没有任何恶意能从它身边逃过。

我决定不理她，直接朝玻璃门的方向走去。然而，我刚刚打开门，埃德娜的手也伸了过来，她和杰米突然插到我前面来。当然，没有时间跟她们争论了。一群孩子——其他阳光伙伴的成员，我猜——已经围在麦克丹尼尔斯小姐的桌子旁边了。办公室变成了一个吵闹的蜂房，老师们忙着登记，学生们在等待新的时间表，一些报过名、等待参观校园的父母在沙发上聊天。孩子们需要提前整整一年申请来这里上学，所以人们总会到处走走看看，即使在开学的第一周也是如此。

鲜花的味道灌满了我的鼻孔，我不得不开始用嘴巴呼吸。我走来走去，想找一个远离花瓶的地方。

“很好，”麦克丹尼尔斯小姐的声音从一团嘈杂声中飘过来，“六年级的阳光伙伴们终于到了，所以我们可以开始了。”她的声音很尖锐，就像高跟鞋踩在瓷砖地板上发出的咯吱声。

埃德娜转过头，朝我所在的方向看过来。杰米也转过了头。我发誓，我能看到她们头顶上升起来一些装着她们心中所想的气泡对话框，就像白天一样清晰。

“今年的阳光伙伴有你？”埃德娜问道。

麦克丹尼尔斯小姐向前走了一步。“是的，就是她。还能有谁比她更清楚，一个刚刚转来我们学校的新人需要什么呢！”

我不想成为这个社团的成员，但是，不如说，成为成员就是为了看埃德娜知道后的表情。如果现在能打开我手机的摄像头，抓拍到埃德娜一直张开大嘴的模样就好了。我会找到一个人脸滤镜，把她变成一只绿色的变色龙，她厚实的粉色嘴巴因为吃惊而张得大大的。

幸运的是，麦克丹尼尔斯小姐没有提起这是我必须要做的社区服务。这就是我需要的——这是埃德娜认为她比我强的另外一个原因。当然，她没有获得这里的奖学金。她的爸爸是一个足科医生，而不是像我爸爸那样是一个油漆承包商。埃德娜总在我们面前提及她的爸爸。“我的爸爸是一位医生。我的爸爸挽救了一个人的脚指头。”如此这般。我敢肯定，她爸爸的工作主要是保养运动员的双脚和治疗足跖疣。那有什么好炫耀的？我的意思是，我妈妈帮助那些中风或者遭遇严重车祸的人重新学会走路。我曾经向埃德娜提过一次，但是她并没有很受感动。“没有冒犯你的意思，”她说，“但是，她不是一位医生。”

麦克丹尼尔斯小姐给每个人发了一个红色的文件夹。

“回顾昨天，我敢肯定，你们度过了一个愉快的开学日，相信你们也一定为这个富有成效的新学年做好了准备，特别是成为阳光伙伴项目的一员。”她说着瞄了我一眼，微微皱了一下眉头，如果我当时没有想其他事情就好了。我拉直衬衫，注意到有些事情好像发生了变化。

“在这些信封里面，你们会找到你们的伙伴的日程，还有一小段个人简介，是关于分配给你们的伙伴的介绍。我希望你们这个星期就开始联系对方。接下来，本学期的每周五，你们都要来我这里报到，告诉我最新的进展。记住，你们是我们学校的代表。你们的工作就是让新同学感觉自己是受欢迎的，身处这样的环境中是舒适的。”

就在这时，麦克丹尼尔斯小姐的手机响了。“非常抱歉！”她转过身，去接电话。

大家打开了各自的信封。我才不在乎是谁，因为我已经下决心请求麦克丹尼尔斯小姐帮我换一个社区服务。在这个学校里，我只有是一个人的时候，才感到舒服，我怎么能帮助别人呢？而且，我还忍不住感到好奇，我的意思是，麦克丹尼尔斯小姐真的了解她在做的这些一对一帮助吗？埃德娜还会再次成为某个新生的伙伴，这就像撮合一只小老鼠和一条蟒蛇成为好朋友。我真应该早点儿知道的。去年，她就是我的伙伴。

直到今天，我还记得我第一天来到学校的情景。午

饭时，她向我讲述了她和家人乘坐游轮，前往罗得岛州纽波特的故事以及她如何睡在真正的灯塔里，在那里他们还讲了惊险的故事，等等。“你在哪儿度假的？”她想知道，“北方还是南方？”

我本应该告诉她真相的，我们没有度假。但是，我看着罗利在这里上学已经有一段时间了，所以即使作为一个新手，我也知道这不是合适的答案，至少在海沃德派恩学院不是。“东边，”我回答，添油加醋地描绘了一番我们去海滩游玩的事情。我告诉她，我们最喜欢沃思湖边的篝火，春天和夏天的傍晚，等爸爸下班了我们就会去那里玩。

“哦，”她说，“我们都不会去那个海滩。”

我们在同一个餐桌上吃了一会儿午餐。我们的小隔间紧挨着彼此。一整天，我们都在同一个班级上课。但是，不知怎么回事，我们突然不再分享小秘密，也不再像她和杰米那样一同过夜。这让我十分奇怪：难道这样一对一的帮助很丢脸吗？这可能多少有点儿像相亲服务，如给蒂娅·伊内丝介绍一个头上戴着假发、小指上戴着戒指的家伙。从表面上看，可能还挺不错，但是——哎呀呀，糟糕——一片混乱。

埃德娜和杰米开始阅读她们各自伙伴的简介。我不那么好奇，所以匆匆看了一眼里面的内容和名字。那人叫迈克尔·克拉克。好了，现在，我确信麦克丹尼尔斯小姐根本不知道自己在做什么。他是一个从明尼苏达州来的新生，那么冷的地方——而且，我讨厌寒冷的天气。他喜欢冰钓，他没有什么特别喜欢的颜色（真是奇怪）。我们只有社会研究和体育课在一起。他没有什么东西和我合得来，除了我们俩的名字都是 M 开头的。

一只手伸过来，抢走了我手里的纸。在我阻止她之前，埃德娜已经读完了这张纸，并且咧开嘴傻笑着。

“还给我。”我说。

她皱起了眉毛。“噢——你分到了迈克尔·克拉克。”

“你分到一个男生？”杰米问道。

“没有冒犯你的意思，”埃德娜说，她把那张纸还给我，说，“但是，这真是挺尴尬的。”

我本想告诉她，我可能不打算交朋友，但是我还是挺享受看见她脸上吃惊的表情的，尤其是知道我被选中的时候。

“这有什么大不了的？”我说，“我们在足球队经常和男生一起玩，不是吗？”

埃德娜用怜悯的眼神看着我。“现在是六年级了，麦西。”她说，好像我不知道似的，“我们不会像低年级那样踢足球了。”她本想说“小孩子”的。我感觉我的眼皮有千斤重，我感觉自己快要飘起来了。

麦克丹尼尔斯小姐挂断电话，转身面向我们。“所以，我们刚才说到哪里了？还有要问的问题吗？或者谁有不明白的地方？”

没有人说话。但是我感觉埃德娜正在看着我，像是一个不太友好的挑战。

“那好吧，如果没有什么问题，我们今天就到这里。”麦克丹尼尔斯小姐看了一下她的手表。“离第一节课的上课铃响，还有三分钟的时间。我可没计划为你们任何人写延迟上课的请假条。好好上课吧！”

大家都匆匆离去，但是我的脚似乎变成了石头。我盯着墙壁和踢脚线，意识到，它们在不久之后就会需要一件新“衣服”，尤其是复印机附件那个磨损的地方。也许我可以为社区做一些刷油漆的工作，就在周六，那时候没人会来这里。

我等其他人都走光了，才一点点挪到麦克丹尼尔斯小姐的办公桌前。过了好大一会儿，她才从手上的一摞作业中抬起头，她刚刚发现我还站在那里。她透过那副半月形的眼镜盯着我看：“麦西，你有什么事吗？”

我努力不用自己的鼻子吸气，那些香味浓烈的花朵让我觉得难受极了。我满脑子都在想我应该怎么回答她。罗利说过，我应该像伏尔甘一样，仔细、冷静、有逻辑地构建一个案例。所以，我深吸了一口气，慢慢开口，就像我一直在联想的那样。

“我遇上了很多麻烦，麦克丹尼尔斯小姐，”我说，我试着先热热场，“单词拼写的麻烦，社交的麻烦，金钱的麻烦……”

她交叉双臂，严厉地看了我一眼。麦克丹尼尔斯小姐不喜欢东拉西扯的废话，一点儿也不喜欢，她没有时间听人东拉西扯。

“麦西·苏亚雷斯，把你的手指从鼻子上拿下来，然后告诉我你为什么还站在这里。”

我别无选择，只能在艰难的谈判中屈服。我把文件夹放在她的桌子上。“我想换一个别的社区服务任务。”我说。

“我明白了。”

“做一些可以少占用足球季训练时间的任务，就像刷油漆或者……”我的眼睛瞄向放在角落里的柳条篮子。去年，我的任务是每个季度清洁失物招领处的垃圾箱。时间短，并且很容易完成。这也是我获得几支无人认领的中性笔和一条项链的原因，我还把项链送给阿布拉做生日礼物。

她抬起头来：“你知道吗？被选中作为阳光伙伴，是一件非常光荣的事情。”

“所以，找人来填补我的位置，不是一件很难的事情。”我微笑着告诉她，“那太好了！”

她摇了摇头。“不是谁都有幸被选中以这种方式代表我们学校的。”她这么说。

我感觉我的脸涨红了。幸运？那是我应该有的感觉吗？我回忆起我和埃德娜第一天见面的感觉。“你能来这里读书真是幸运。”她这样说。她带着我参观咖啡馆的沙拉吧台。枫木色的桌子摆在正中间，周围放置着配套的椅子。说完，她就做了一个鬼脸，咯咯地笑起来。

上课铃响了，把我从回忆中惊醒。我没有太多时间了。

“我不是不感激，”我解释道，“我确实很感激，包括所有的事。”

麦克丹尼尔斯小姐盯着我，思考着什么。“我应该想到这些的。我们再给这件事几天时间，周五你和你的伙伴互动后，再来找我。在那之后，我们可以做一些必要的调整。”

她坐下来，重新开始工作，好让我知道，我们之间的谈话结束了。见我没动，她敲了敲手表，皱起了眉头。

当我把文件夹塞进背包里，走到外面时，只剩下一分半了。正如洛洛所说，每个人都分散在四面来风之中。我赶紧去上语言艺术课，经过女生休息室时，我还读了读嵌在砖头上的名字。当然，我们的姓氏没有刻在上面。你必须花很多钱，才能被永久地镌刻在那里。

我试着想一些打招呼的方式，准备过会儿正式向迈克尔介绍自己。也许我应该给自己拍张照片，然后从文件夹中找到他的电话号码，发送给他。

“嘿！我是你的假朋友，就这几周而已。

“嘿！我发信息是为了确认你的情况，因为没人跟你说话。

“嘿！你在明尼苏达州的学校怎么样？”

很不幸，我没走多远，就听到了背后传来咯咯的笑声。有人走出了女生盥洗室。

“噢，噢，迈克尔，让我们成为朋友吧！”

我没有转身。我已经知道这是谁了。

第四章

洛洛的新眼镜是圆的，而且巨大无比。但是，这好像能让他高兴一些。今天早上，蒂娅·伊内丝带他去买的，她现在依然很生气，因为她不得不再请假一天，带他过去。她说，这次应该轮到爸爸开车载着洛洛去和配镜师见面，这是他们兄妹最喜欢的争论之一。我不太明白。如果这件事发生在我身上，我一定会抓住所有机会，和洛洛溜出去玩。但是他们却经常会因此发生争吵。

无论如何，厚厚的镜片放大了洛洛的眼睛，从某个角度来看，它看起来真的巨大无比，还泛着绿光。

“你喜欢它吗？”洛洛问我。

他的声音听起来精力充沛，以至我都不忍心把实话告诉他。

“圆形是我最喜欢的形状。”我说。

“他坚持要买商店里最大的那一副。”蒂娅·伊内丝说，“这次的度数和上次的一模一样，但是他坚持说这次他看得更加清楚。”她说这话的时候，正在擦拭着快餐店的柜台，一点儿没在意洛洛就坐在旁边。

“就是这样，”洛洛说，“这一次，再不会有任何东西能从我的眼皮子下溜走。你们等着看吧！”他喝了一大口热带奶昔，还发出响亮的吸溜声。玻璃杯边缘原本是一大块菠萝肉，现在已经只剩下一层皮了。“来啊，坐下来吃点儿零食，麦西。”他说。

我爬上洛洛身边的椅子，他正坐在角落里的老位置上，谢天谢地，他终于像往常一样了！

刚从学校放学回家，我就迅速骑车去了伊尔·卡比餐厅。今天这里很安静，不像是周日早晨，门外总是排着蛇形的长队，人们大声对蒂娅喊出自己的排号，等着拿走打包好的咖啡、意大利面和刚出炉的面包。每个人都知道，这里是迈阿密和坦帕之间最好的烘焙坊，所以这里的生意好极了。

蒂娅·伊内丝正忙着把牙签盒重新装满，牙签盒上还装饰着迷你型的古巴旗帜。她告诉洛洛：“今天麦西不能待太久，她要帮阿布拉照顾双胞胎。”

我们都盯着她看。

“噢，她需要你帮助，是吗？”洛洛说。不过，他仍为新的安排感到难过。以后，都要由阿布拉接送双胞胎了。为此，她专门到福洛克商店买了一双新运动鞋——白色匡威鞋，等她不穿的时候，我可能会时不时借来穿一下。

但是，洛洛不是唯一一个烦恼的人。

我应该在这里提一提：一是没有人问我一下，我是否愿意成为双胞胎的临时看护人；二是罗利每次都能逃过一劫，多亏了他的助教工作和大学申请；三是我照看他们，不让他们吞下硬币或者没头脑地冲到马路上，可是我连一分钱的零花钱都没拿到过。没人付我一分钱，这样，我怎么能攒够钱买自行车呢？

“真希望你能找别人帮忙，蒂娅，”我说，“学校里有很多孩子，他们上过红十字的课程，特别想成为临时看护人。我可以把他们的名字告诉你，你去聘用他们。无论如何，一旦足球比赛季开始，我根本没有时间照看他们。”

她对我皱着眉头。“有亲戚在身边的情况下，谁会雇一个陌生人照看孩子？”

我叹了一口气，和她争吵一点儿用也没有。说到帮助，这里有一个座右铭：选择家庭就是选择忍让。

“至少在我走之前，我能吃点儿小零食吧？”我说，“今天可真是漫长的一天啊，如果你有兴趣听我说的话，我必须为看管双胞胎积攒点儿体力。”

她打量我一番，然后从方形桌上拿过来一个小小的番石榴点心，放在盘子里，还是热的呢。“给你十分钟，吃完赶紧出发吧！”

“算我账上，伊内丝。”洛洛告诉她。

“我已经算到你账上了，洛洛，”她说，“还有那三杯奶昔。”她从他手中拿走了玻璃杯。“你有没有按照上次医生说的，时刻关注你的血糖？再强调一次：你有糖尿病。”

洛洛没有理睬她。相反，他转向我。“好吧，你说说？你上六年级了，最近有什么新鲜事吗？”

“我一直想知道，你到底会不会问我这个问题。”我告诉他，“坏消息！我和埃德娜·桑托斯——你还记得她吧？——有很多课都在一个班级里。我还被拉到一个我很讨厌的俱乐部里。”

“噢，我也是，一个老年人俱乐部。”他讲完这个笑话，自己还咯咯咯地笑起来了。

“我说的是阳光伙伴俱乐部。”我说着，翻了一个白眼，“这意味着，我必须和一个新生待在一起，而不是准备足球赛的选拔。而且，他是个男生，埃德娜认为这很好笑。她每天都为此烦我，不出所料。”

我狠狠地咬了一口点心。

蒂娅·伊内丝停下了手中的活，朝我扭动着她的眉毛：“好吧，那又怎么样呢？至少，这个男孩很可爱吧？”

我冷冰冰地看了她一眼。这简直和埃德娜的玩笑一样糟糕。蒂娅非常喜欢与爱啊、浪漫啊有关的话题。“像巨人一样可爱，如果你喜欢的话。”我说，“你可不能错过。迈克尔·克拉克像爸爸一样高大。”

“六英尺[①]那么高？”洛洛说着，吹了一声口哨。

“哈哈，高大、黝黑，并且帅气逼人。”蒂娅说。

我瞪着她，表示自己是认真的。然后，我不断滑动手机中的照片，直到我找到自己想要的那张。为了在等待搭车回家时消磨时间，我把同学们变成了动物。我拍了一张迈克尔的照片，把他变成了一只驼鹿，为了纪念明尼苏达州。但我还没来得及给他看，就退缩了。万一他认为我是在暗示他，他长得像驼鹿，那可怎么办？

“他是我见过的最高大、最白的男孩。”我举起迈克

①英尺：英美制长度单位，1 英尺≈0.31 米。

尔的原始照片作为证据。“要么是明尼苏达州没有阳光，要么这个孩子就是吸血鬼。”

洛洛眯着眼睛看着这张照片。“你还戴着你的黑曜石，对吗？”

“有时吸血鬼也是好人。”蒂娅说着，再次扭动着她的眉毛。

我把手机放在柜台上。“解决方案是退出。”我说。

“退出学校？”洛洛问。

“我是说退出阳光伙伴俱乐部，但是现在想想，为什么不退出所有的事情呢？我已经有了一个职业发展计划，你知道。”

“当然！你是索尔喷涂有限公司的 CEO（首席执行官）！”洛洛说着，拍了拍我的后背。

“天哪！”——蒂娅·伊内丝闭上了眼睛——“又来了。”

我黑着脸看了她一眼。

索尔喷涂有限公司是爸爸的公司，但离我掌权还需要一段时间。当爸爸退休时，罗利才不会顶上。他讨厌喷漆，是因为他抹腻子的水平相当糟糕。他绝对应该做一些简单的事情，如把人的四肢缝合回自己的身体上，或者发明一种新物质。

“你等着瞧吧！”我告诉蒂娅，“有一天，我会变成一个富翁。如果我是你，一定会好好对待我，没准儿哪天你需要我为双胞胎付大学的学费。”

“但是，万一你改变主意了呢？”洛洛问，“你还是个小孩子。什么事情都可能发生，你知道的。”

“噢，我知道，”蒂娅·伊内丝打断了我们的对话，“她可能会在这里当服务员。”说着，她在柜台后挥了挥手，“来看看你的商业帝国吧！在柜台上擦拭面包屑，聆听不付钱的客人讲老掉牙的笑话。”

“人们都喜欢听我说的笑话。”洛洛辩解道。

“听着，麦西，对新来的孩子好一点儿，别理艾玛。”

“是埃德娜。”我回答。

她翻了一个白眼。“管他是谁呢！至于你，”她告诉洛洛，“别再纵容麦西了。她会和她的妈妈一样，读完高中，考上大学。他们都会这样的，包括双胞胎——如果我不用先把他们送去少管所的话。”她看了看钟表，把盘子从我面前拿走。“时间到了，你们该走了。”

我从座位上溜下来，但是洛洛把他的凳子转向我。他温暖且长满老茧的大手，放在我手上。突然间，我回想起那天他教我怎么系鞋带，他用干裂粗糙的手指引导着我，把两只兔耳朵扭在一起。

“我有一个工作机会可以提供给你，这样可以减少你的麻烦。而且，能挣钱。”

“那么，我洗耳恭听。”

“你爸爸即将签约一个大单子，报酬非常丰厚。你为什么不和我们一起，也来搭把手？”

“在哪里工作？”我问。

他朝上推了推他的眼镜，尴尬地笑了一下。“那个，在哪儿来着，伊内丝？”

“在海边的俱乐部。”蒂娅站在咖啡机旁边，提醒他。她的声音很温柔，他和我听到的是一样的。

“对，就是那里。在海边的俱乐部。”洛洛重复说，“我们要去那里粉刷卫生间。”

我皱起了鼻子。“整天都待在厕所里？”上次，我在辛格岛帮忙刷漆回来，一连几天，我闻起来都像腥臭的鱼饵。这次可能会更糟糕。

洛洛拍着自己的肚皮说：“我可以保证，付你 20 美元，外加一个美味的热狗和苏打水，如果你答应的话。”在妈妈掌管账本之前，洛洛曾经负责支出工钱。现在他还掌管着小额现金，我可真幸运。

我给他做了一个鬼脸。洛洛教会了我所有事情。我知道怎么把事情谈得更好。第一条守则就是：永远不要一口答应对方的第一次报价。

“我不知道我有没有时间，我还有一些其他安排。30 美元怎么样？”

他的眉毛竖了起来。“这简直是在抢劫，麦西·苏亚雷斯。”

“我正在攒钱买一辆新自行车呢。”我从座位上捡起一些绒毛，那些是从我牛仔裤上掉落的，我举起它们，“原因显而易见。”

他撇着嘴唇，好像咬到了一颗特别酸的柠檬。大家都知道，洛洛是小气鬼。

“好吧，洛洛，”我连哄带骗地说，“你唯一的孙女需要一辆新自行车。今年，那些孩子都像埃德娜·桑托斯一样，骑着两轮的凯迪拉克，可是我有什么呢？”

他看了一眼我停在外面的自行车，恰好停在那辆他骑了很多年的旧自行车旁。它们的确都是货真价实的老古董。

“你是一个无情的谈判者，”最终，他这么说，“不过我很喜欢。”他伸出手来，“30 美元。”

“那就算我一个。”我们握了握手。然后，我就回家了。

第五章

“他的眉毛长得真奇怪。”埃德娜悄声说，“苍白，但是又很浓密。”

我假装没有听到她在说什么——整整一周，我都在努力这么做。因为她总在说一些蠢话，都是关于迈克尔·克拉克的。截至目前，已经说了十六次了，包括评论他的滑板鞋（是某个登山品牌的），他眼睛的颜色（像鲨鱼皮一样），他的声音（有点儿可爱），等等。我无法理解。埃德娜很在乎这件事，我和迈克尔是阳光伙伴，但是现在她成了那个根本没法把眼珠子从迈克尔身上移开的人。说真的，你会以为他是像杰克·罗德里戈那样的大块头，杰克·罗德里戈是所有侏罗纪电影中最耀眼的明星：长长的辫子，黝黑的皮肤，结实的肌肉，有着爬行动物特有的瞳孔的绿色眼睛，更不用说这眼睛可以光学变焦了，这能让他在空中盘旋和滑翔。我把杂志上杰克·罗德里戈的海报贴在我的储物柜中，埃德娜看见了，翻了个白眼。“他并不存在，你知道的。”她说。我回答：“可能是这样，但是他还是比周围其他真正的男生要好很多。”

包括迈克尔·克拉克。

另外，除了埃德娜，谁会真的在意某人眼皮上的毛发长什么样？我打赌，她注意到他的眉毛，是因为她在暑假时把自己的眉毛拔掉修整了一番。我依然不能做到看着她内心毫无波澜。夏天刚刚开始，蒂娅就试图说服我把眉毛修得细一点儿。“眉毛都要长到你的鼻梁上去了。”她说着，拿着镊子朝我走来。当她拔出第一根眉毛的时候，我确定我的脑袋也被她拔松动了。“不了，谢谢你。”整个下午，我都躲在房间里不出来。

“看呀！”埃德娜又说。

我们组其他女孩都看向迈克尔的桌子，个个惊得目瞪口呆。你不得不相信，魔法又开始起作用了。

我换了一个座位，试图跟上社会研究课老师坦嫩鲍姆女士所讲的第一单元。她是一位瘦削的女士，发型总是不拘一格，穿着时髦的嘻哈服饰，脚上还穿着一双人字拖。她是学生们最喜欢的老师。我们要上很多堂关于古代文化的课程，这个课程内容很多，要一直上到十二月份。第一单元，也是最无聊的部分，是讲一个叫美索不达米亚的地方，我不得不花费大量工夫来写课堂作业，才能使它看起来挺有意思。第一个课堂作业：我们要绘制一个底格里斯河和幼发拉底河流域的地形图。

实际上，我有点儿担心。不是关于地形图本身。坦嫩鲍姆女士非常喜欢做项目，这也会很有趣。但麻烦的是，她更喜欢培养大家的团队意识。“这个世界是相互关联的。合作，是未来重要的技能。”她声称。这意味着，你不能安静地独自工作，那才是我喜欢的方式。相反，她要你学习如何与他人一同解决问题。所以，这个课程的首要任务，和河流没有关系。当她说“大家开始分组”时，你最好动作快一些，要么你会被剩下，要么你会被分配到一个不好相处的小组中。举个例子来说，今天早上，她说话的时候，我正在找我的钢笔，这导致我孤零零地站在那里，直到坦嫩鲍姆女士走到我身边，把我带到埃德娜那一组，让我加入他们这一组，尽管这组已经满员了。

当坦嫩鲍姆女士讲述评分标准的时候，埃德娜小声对我说：“你有没有向你的伙伴打招呼呢，麦西？”“今天是周五。你今天必须做这件事，你知道的。麦克丹尼尔斯小姐说过，我们每周都要和她报告一下进度，还记得吗？你就要遇上大麻烦了。”

“嘘！”

“我就是为了帮帮你。”她说。

“女孩们，你们有什么事想与大家分享吗？”坦嫩鲍姆女士从教室前面盯着我们说。

“没有，女士。”我严肃地看了埃德娜一眼。她一直在我耳朵边嘀咕，我怎么能集中注意力呢！

所有我参加的课程中，我最不希望和埃德娜一起上这门课。很久之前，我就一直期待上坦嫩鲍姆女士的课。因为很多年前，罗利一直在她班里。让她声名大噪的课程是考古课程。每年，她的班级以及周围所有大厅，都会变成模拟现实的、步入式的古墓。你要花费整个学期的时间去建造它。最后，你的父母也会来参观，这一切还会被刊登在报纸上。但是现在，和能对整个宇宙颐指气使的埃德娜一起上课，我不知道还能有多少乐趣。

“我鼓励大家挖掘得深入一些，大胆去想。”坦嫩鲍姆女士说。

挖掘地图吗？

“当你为项目做计划的时候，要和其他人相互交流，”她说，“你的团队技能将在评分中显示。”

教室里响起一阵呻吟声，但是她连眼睛都没眨一下。

我仔细查看了她的评分体系。事实准确性：60 分。原创性：20 分。团队合作：20 分。

“如果大家没有什么疑问，就可以开始了。”

当坦嫩鲍姆女士开始在教室中走来走去的时候，我们组的女孩又开始窃窃私语，一说到迈克尔就开始窃笑。我内疚地朝他看了一眼。埃德娜说的没错。不是关于他的眉毛，而是我到现在还没有正式地跟他说一声“你好”，尽管我早就应该这么做了。但是我怎么才能做到呢？如果我一直围着迈克尔转悠，埃德娜又要开始讲这是多么尴尬的事。或者更甚，她可能要问我一万个关于他的问题。另外，迈克尔·克拉克明显是不需要我施以援手的那种人。我们班上的男生看起来和他相处得挺好的。他们和他聊天，好像他一直都待在这里，而不是五天前才转学过来。他是那种到哪里都会受欢迎的类型。要么就是他们很害怕他。一个男孩子块头那么大，肯定破坏力超强。

埃德娜的眼中出现了想要恶作剧的神情。她把桌上的纸揉成一团，扔到了迈克尔的桌子上。当然，她是一个糟糕的投球手，纸团没砸中迈克尔，反而砸到了莉娜。

“传纸条？”莉娜说着，打开了它。“用隐形墨水写的吗？”

“噢，糟糕。”埃德娜说。“迈克尔！”她高声喊道，“麦西有话要跟你说，今天哟！”

“快停下！”我说着，戳了戳她。

“哎哟！”

迈克尔从他的课业中抬起头，看向我们这里。我整个人像被冻住一样。谢天谢地，今天他们组的男生没心情和埃德娜玩。一些人朝我们做了个鬼脸，就像双胞胎在家给我做鬼脸那样。然后，他们就跑开了。

“真粗鲁！”埃德娜笑着回应道，“真讨厌，你们所有人都一样！”这是今年的新鲜事，那样笑绝对不是表示“真讨厌”的意思，更像是在说：“快看我！快看我！快看我！”我所知道的是，我一整年都将听到这样的话，实在让人难以度日。也许我应该买一副耳塞，每次阿布拉看肥皂剧的时候，洛洛都这么做。

“专注点儿，小研究员们！”坦嫩鲍姆女士大声说道。

埃德娜轻轻点击她平板电脑上的文件夹图标，浏览了项目说明。“好，麦西，你来建一个文档，做记录。

我们可以从材料开始入手。谁来买黏土？”

“黏土？”我觉得很奇怪。

“为了做地形图。还记得吗？”

埃德娜的脑子总是转得很快。如果她能不那么聒噪的话，这很可能是她的优势。

“我来买。”雷切尔回应说。

我为我们组新建了一个文件夹，但是在标题下面，我没有写任何关于材料的记录。黏土地图固然不错，然而，关于如何做地图我想出了其他办法。坦嫩鲍姆女士告诉我们，她希望我们用一些不太常见的材料。就在昨天，我帮阿布拉整理了她的缝纫室，那里就像一个宝库，因为她什么东西都不舍得扔。“这个世界上，一件东西不是只有一种用途。”她经常这么说，甚至连最小的螺丝钉和橡皮筋都不肯放过。想象一下，如果整个房间都堆满了这些东西呢？我们可以使用衬衫上的绿色缎子，咖啡罐里也装满了各种颜色的纽扣，看起来像鱼眼一样的玻璃球可以做成一条大河——其他人不会有这些东西的。

“我有个主意。”我说。

但是没人听我说话。

“你确定他是六年级的？”汉娜小声说，眼睛直勾勾地盯着迈克尔，“他是不是留过级或者有其他什么原因？他看起来那么高大。”

“你问麦西，”杰米说，“她和迈克尔熟得很，是吧，麦西？”

我冷冷地看了她一眼。“只是阳光伙伴，我和他不熟。为什么我们必须要用黏土呢？”

“你和迈克尔·克拉克是阳光伙伴？”雷切尔的声音听起来简直像在尖叫。那些男生再次朝我们看过来，脸色不太好看。

埃德娜朝前靠了靠，笑着说：“我知道，这很奇怪。不论如何，他不可能是留级生，我们海沃德派恩学院可不会录取一个笨蛋。傻瓜！”

海沃德派恩学院当然不会，我想。

“我可以用漂亮的字体打印出图例或者其他东西。”杰米说。她爸爸开了一家做打印和设计的店铺。

“完美！”埃德娜说，“麦西，你负责记录吗？或者其他什么事？我们需要在一小时内结束，并且放在课堂作业的文件夹里。别给我们惹麻烦。”

“等等，为什么是我负责记录？”我问。

埃德娜再次斜着眼睛看向迈克尔的方向。“他的头发挺长的。”她突然这么说。

第十七次说到他了，我数着呢！

其他人也看向他，不知道该说什么。我也偷偷看了一眼。迈克尔低头做功课时，淡黄色的金发垂在他的眼前。他的头发厚而密实，直直的，散发着光芒。

就在这时，坦嫩鲍姆女士在我们小组旁边停了下来，之前她一直在教室里到处转悠。我盯着她的脚看。她的脚踝处有一个小小的文身，阿布拉最讨厌别人这样做了。

“我听到这里有激烈的讨论呢，女士们，我猜你们一定有很多好主意。”

经过一阵短暂而别扭的沉默，我推高自己的眼镜，用一只胳膊挡住空白的屏幕。

“我们正有序进行呢！”埃德娜这么说，挽救了大家。她把一缕头发塞到耳朵后面，坐直了一些。“我们计划做一个黏土地图，我们小组正打算分发任务呢。”

坦嫩鲍姆女士若有所思地点点头，拉扯着一只耳环。她闻起来真香，像洗衣店的柔顺剂和婴儿痱子粉的味道。“我很喜欢风格果断的小组，”她说，“这是执行力的标志。但是我很好奇，你们是否经过仔细的思考了呢？”

我们困惑地看着她。

“你们是否为这个项目考虑了所有可能性？还是只想了一个办法？你们有没有让自己的新点子像泡泡一样

冒出来？”

一开始，没人说话。但是我想，我明白她的意思。我经常会花一段时间去思考如何做一个项目。所以，我抓住机会。“我在想，也许可以做一个拼贴式的地图。”我小声地说出了我的想法。

坦嫩鲍姆女士扬起了眉毛。“嗯。”她说。

“我们可以用碎布头和纽扣。”我补充说，确保自己不和埃德娜对视，这样可以缓解我的紧张。“我可以找到很多这样的材料，免费的。”

“这真是一个很有趣的点子。”坦嫩鲍姆女士微笑着说。她的门牙之间有一点儿小缝隙。“循环利用材料，这也是我们的另一个目的，非常合时宜。你们其他人有什么想法吗？”她的蓝眼睛像飞标似的，满怀期待地看了一圈。

想法？

可怜的坦嫩鲍姆女士！你教了这么多年书，你还不知道有想法对一个小组来说是多么大的麻烦。有埃德娜这样的人在，根本不可能有人有想法。

然而，当我环顾四周时，一个充满希望的小球钻进了我的心中。坦嫩鲍姆女士可能会认为这个主意很大胆。她有一张自拍，是站在秘鲁雾蒙蒙的人行天桥上拍的。为了学习如何在山上用口哨交流，她曾经去往卡纳里群岛。她去了非洲，帮助保护大猩猩。可以说，她简直就是一台创造勇气的机器。

“纽扣是可以旋转的，就像水流一样。”我补充说。

坦嫩鲍姆女士又露出了笑容，她安静地在沉默中等待着。如果我们不说话，她会不高兴，但是不会表现出来。最后，她双手交叉。

“这些年，我注意到，有创意的想法通常需要一些时间。有时候，你必须稍微思考一下，才能得到你真正想要的东西。”

埃德娜和其他人一直盯着她看，像死鱼似的。

“这是一个很有创意的想法。你们为什么不在周末开始阅读材料，周一的时候思考做地图的材料呢？离最终期限还有一段时间。”

她离开了，走向下一个小组。她身上甜蜜的味道留在空气中，挥之不去。

“这简直太好了，”埃德娜小声说，显然很恼火，“这周末我家里有安排。我们为什么不现在投票，然后把它做好呢？”

“但是——”

她打断了我。“不就是个地图嘛，麦西，有什么大不了的？无论如何，这是做出公平决策的唯一方式。”她朝所有人看了一圈，说，“支持用纽扣做河流的人，举手。”

我举起了手，看向桌对面的汉娜、杰米和雷切尔。汉娜开始加入我了，但是最终她挥了挥手掌，做了一个无所谓的手势，然后耸了耸肩。

“支持黏土的？”

毫无疑问，埃德娜的魔法又开始生效了。雷切尔、杰米，还有埃德娜的手都举了起来。“三个对一个半。”她说。

“但是，这不是原始材料。”即便我这么说，我依然能听出我声音里带着恳求的语气。我真讨厌自己这一点。

“团队合作！”杰米强调。

“没有冒犯你的意思，但是纽扣也没有那么原始。”埃德娜说，“它们还在被人使用呢，就像所有的这些一样！”她指着我的衬衫，说：“瞧！”

有那么一瞬间，我想退缩。毕竟，埃德娜拥有一切，不论任何时候。然而，我突然想到了爸爸。他不是那种学霸型的，但是在喷涂油漆方面，没人能想出比他更好的主意。所以，我刚刚使用了一个谈判技巧，阿布拉最喜欢用的技巧。她声称，即使和顾客因为如何缝纫这个问题产生矛盾，她也从未输过。因为她很擅长使用一个技巧。她总说，让你的想法慢慢出来，让其他人说出“这真是个绝妙的主意”。洛洛经常是“其他人”这个角色。

“但是，如何使用它们，这就不同了，埃德娜。”我说，“用纽扣做水流，这主意怎么样？”我看着汉娜，因为洛洛不在我身边。她喜欢光芒四射的东西，她每天都会在头发上戴一些闪亮的发卡。“金光闪闪的，简直太美了，是吧？”我说。

汉娜看着埃德娜。“听起来确实挺漂亮的，”她轻声地说，“折中一下，也没什么坏处，对吧？”

埃德娜叹了一口气，翻了个白眼。“好吧，麦西，你可以把那些纽扣带过来。”她把桌上自己的东西收拾起来，把桌子拉回原位，嘴里嘟囔着我多么麻烦。在铃声响起之前，我匆匆完成了小组笔记。

当我下课出门时，中午的阳光火辣辣地刺痛了我的双眼，简直能把它们融化了。我步行去上数学课，试图让自己感觉好一点儿。我撕下一张活页纸，把它团成足球的模样，一边走，一边用脚带球向前跑。

这没什么大不了的。我这样告诉自己。我赢了，某种意义上，是吧？但是，在某种程度上，比起我们组的其他女孩，我依然感觉自己做错了什么。也许，我就是一个麻烦。或者，纽扣这个主意是挺愚蠢的。或者，我是愚蠢的。如果我听她们的话，也许会容易些，埃德娜也不会生气。毕竟，无论如何，又有谁真的会在意一个愚蠢的地形图呢？

低年级的孩子刚刚吃过午餐，现在正在户外一个小广场里玩耍，就像我们五年级时那样。米勒小姐正坐在长凳上看书，就像我们在她班上时那样。我停下脚步，看了看她班上的新学生。真希望我能去踢几下球，而不是用接下来的一小时时间求解方程式，或者记住我的储物柜的密码，甚至在铃声响起之前赶到教室里。去年，我花了很长一段时间去适应。但我在课间休息时总是很合群——比埃德娜更合群，她是个十足的傻瓜。我会把红球远远地踢向外场：用力，而且目标明确。我想，这就是我所有的练习。上个赛季，爸爸有时会让我在他的足球队里做替补。你可能认为成年男子会对我很宽容，但他们给我的唯一让步是不做擒抱动作，爸爸规定这是绝对不允许的。不管怎么说，这些是我在体育课上总是第一个被选中的原因，也是我从来不需要等待的原因，假装没听到叫到我的名字也不会感到不安。

但去年春天，这一切都改变了。当挑选队员时，一些女孩不再站起来了。相反，她们会选择走开，在看台上看着我，当我绕过基地奔跑、高举双臂时，她们在背后窃窃私语。

一天下午，埃德娜对我说："你真应该长大点儿了，麦西。"那时，我正坐在她身旁上课，踢完比赛后依然汗流浃背。

我沿着教室周围散步，心里期待能在路过科学实验室时看一眼罗利。他不喜欢我这么做——尤其是当我对着窗户朝他做鬼脸时。但是，有时候我就是想看看他，尽管我没有告诉他。

他不在那儿。所以，我从谢尔宾斯基[①]的十四行诗雕塑旁边走过。那是一个由白色树脂制成的诡异的雕塑。在我看来，它就像顶部被砍掉一大块的花椰菜。但是去年夏天，罗利告诉了我一个秘密，以及他为什么像喜欢科学实验一样喜欢这个秘密。当时，我们正在粉刷体育馆的墙壁，休息时，他把我和爸爸带到这里。他让我爬到他的肩膀上，这样我就可以从上面看到整个雕塑了。在这个角度，我可以看到顶部形成三角形，很多很多的三角形，一个三角形嵌在另一个三角形里。所有东

---

①谢尔宾斯基：瓦茨瓦夫·弗朗西斯克·谢尔宾斯基，波兰数学家，以拓扑学的出色贡献而出名。

西都是一个图案。“它们是分形。”他说。当我像啦啦队队长一样站在他的肩膀上时，他举着我说：“三角形不断地重复，越来越小，永无尽头。”

我盯着被砍掉的树枝看了一会儿，意识到我还是太矮了，从这里看不出什么魔力。但随后我注意到，另一边有人。那人脸色苍白，几乎完美地伪装起来。

站在另一边的是迈克尔·克拉克，他一个人。

“那个叫埃德娜的女孩说，你有些事情要问我。”他说，“什么事？”

我的嘴巴变得干燥极了。有那么一秒钟，我甚至不确定他是在和我说话。所以，我朝四周看看，确定周围没有其他人。

“哦，没什么！”我说。真希望周围没有人看我们。我可不想再听见埃德娜为此取笑我。

“噢。”他浓密的眉毛拧成了一个结。（多亏了埃德娜，我才能注意到它们！）

我确信我的眼睛又溜走了，所以我推了推鼻梁上的眼镜，脱口而出：“是这样的，我是你的阳光伙伴，办公室的老师把我分给了你。”

他抬起头来。“我的什么？”

“阳光伙伴。就是那种临时朋友，如果你是新生，学校会分配给你一个朋友。”

“哦。”他说着，脸红了。

“这有点儿愚蠢。”我说。

我用力眨眼，耸耸肩。我可以告诉他我压根不想这么做，但这可能会伤害到他。我也不能说我正在努力偿还我的奖学金债务，或者说我宁愿踢足球也不愿做他的朋友。

“也没那么糟。”我说。

然后，上课预备铃响了。纽曼博士正在大厅里巡视，他开始招手让大家去上课。

“我知道，你不需要什么伙伴，”我告诉他，“每个人都很喜欢你，很显然。”我说这话的时候，感觉自己的脸正在燃烧，舌头比平时大了一倍。“我说的是，男孩子们。”

这时候，纽曼博士朝我们的方向走来。我赶紧冲到教室里。

那天下午，麦克丹尼尔斯小姐从花瓶后面抬起头，看着我。现在是下班时间，大多数孩子都已经回家了。除了她之外，办公室里只剩下一位等待见纽曼博士的女士。我进来时，麦克丹尼尔斯小姐正在修剪几朵变色的花。看到我来了，她放下了剪刀。

“你终于来了，”她面向我说，“我正觉得奇怪呢！”她把剪刀放在办公桌的抽屉里，从电脑桌面上打开一个标有“阳光伙伴”的文件夹。即使在这里，我也能看到我的名字旁边那一栏里有一个空位。我猜我是本周最后一个提交进度报告的人。

“你和你的伙伴相处得怎么样？”她问道。

“迈克尔·克拉克做得很好。”我小心地说。“他已经和男生们成了朋友，也许他希望一个男生做他的阳光伙伴。”我说，试图给她这样的暗示。

然而，并没有。她透过眼镜看着我。“你有没有主动联系他？你有没有非常友好并且欢迎他的到来？”

我拿出我的表格，飞快地递给她。填好这些表格，真需要一些有创造力的想法。我看着自己的肩膀，好像有人期待聆听我的谎话。

“呃……我们今天在谢尔宾斯基的雕塑那儿见面了。”我告诉她。

“啊，非常棒！”她打了几个字，关上了文件夹，“我期待你们更多的接触。”

我沉默地站在那里，眼睛紧紧盯着她办公桌附近崭新的平板显示器。这是一个安全系统，像是美国航天局控制室里的东西。我看着几个孩子和家长走进来又走出去，他们根本没意识到有人正监视着他们。

麦克丹尼尔斯小姐回头看了一眼，然后微微皱起眉头。“还有什么事吗？”她问道。

我想知道我是否正在浪费宝贵的时间，这是麦克丹尼尔斯小姐不喜欢的另一件事。她工作日的每一分钟似乎都很宝贵。但她确实说过我们会“重新安排”这件事，不是吗？

“是这样的……好吧，你确定迈克尔·克拉克需要一个阳光伙伴吗？”我问，“他看起来已经很快乐了，没必要再去搞得一团糟，不是吗？”

她看着我，直到我的眼睛开始颤抖。“每个新到海沃德派恩学院的学生，都有一个阳光伙伴。这是规定——更不用说，也是良好的礼仪。”

说完这句话，她站起来，转向那位仍坐在舒适的沙发上等待我们校长的女士。“纽曼博士现在要见你，女士。请跟我来。”

我眼看着她们穿过那扇华丽的木头门。

孩子的想法没有写在规定里，像往常一样，不会出现在这里，也不会出现在任何地方。

我抬头看了看安装在天花板附近的摄像头，冲它吐了吐舌头，然后转过身，走了出去。

第六章

我不知道这件事是怎么发生的。

一分钟之前，我和洛洛正沿着伊尔·卡比餐厅所在街道的阴凉处骑自行车，我们正走在回家的路上，突然他就不见了。

一开始，我没有注意到他突然消失了，因为我正沉浸在我最近新发生的故事中。

“……然后，她说：‘好吧，麦西，你可以把那些纽扣带过来。’她这么说，好像自己是一位高高在上的女王，给我行了一个方便似的。你能相信吗？她还说我是个麻烦。”

像往常一样，我们要骑很久才能到家，所以没人会听到我们之间的谈话，或者告诉我们今天家务清单上有哪些事要做。但是，我没听到他的任何回应，于是我回头看了看。

就在那时，我看见他趴在地上。

“洛洛！”我跳下自行车，跑到他身边，“发生了什么？你还好吗？”

他努力把自己从自行车中脱身出来，他看起来和我一样迷惑。这些年，我们一直都在骑自行车，他从来没有摔倒过。实际上，洛洛教会了我们每个人如何骑自行车——包括爸爸和蒂娅·伊内丝，那时候他们还小呢！他给我演示如何不扶车把，仅靠固定住丝滑的链条，就能保持平衡。他还会让齿轮变得润滑，这样就能骑得非常顺利。

一滴血顺着他的眉毛滴下来，那是被他的新眼镜割破的。现在，眼镜也歪了，镜片都被摔掉了。石子也沾在他血淋淋的手掌上。

“没事，我没事，”他跪在地上，畏畏缩缩地说，“我被沙子滑倒了，仅此而已，这辆破自行车的轮胎太旧了。”

我朝四周看去，想找到致使他摔倒的地方，但是没有。这周围也没有任何沙子。实际上，我记得人行道上有一些相同的小凸起，我们每个星期天都会骑车从上面经过。

我扶他站起来，回想起今天早上我们推着车走出来

时，他确实看起来有点儿摇摇晃晃的。我心里后悔极了。我真应该多留心一些的，但是洛洛的身体很棒，甚至都没有感冒过。另外，他还是一个为运动疯狂的人，就像我一样。棒球、游泳、骑自行车——他都会。

我们从伊尔·卡比餐厅买的糕点全都散落在地上。

“趁蚂蚁开始吃它们之前，我们得赶快把这些东西捡起来，”洛洛说，“如果我们速度足够快，还能挽救一些。”

洛洛和我经常在周日早晨来到伊尔·卡比餐厅，买些面包和甜点，留着过会儿吃。我不介意这是一件苦差事，因为这是我们在一起的私人时光。当天空还是粉红色的时候，我们就离开了家，我们早晨七点就到了这里，那时蒂娅·伊内丝才刚刚从烤炉里拿出第一个面包。我们总是会为周日的晚餐采购一些食物，那是一周内我们大家一起吃饭的时间。尽管，不是那么典型的正餐，应该叫作午餐加晚餐。因为我们下午三点钟左右开始吃饭——上床睡觉前，会再吃一些零食。

如果没有面包和点心，就不能算是周日的晚餐。如果我们两手空空回到家，肯定会得到阿布拉的一顿臭骂。

一个面包的末端沾上了灰尘。幸运的是，第二个面包完好无损地待在包装纸里。

洛洛捡起一盒饼干，朝里面看了看。“有些饼干碎了，但是并不算严重。在阿布拉看见它们之前，我们把那些碎的饼干藏在底下。”

“不过，我们还要把你头上的伤处理一下。”我这样告诉他。鲜血顺着他的脸颊流下来，留下一条长长的血迹。我从自行车车把上取下水壶，把喷嘴对准他。“准备好了吗？”

他把七扭八歪的眼镜装进口袋，脸皱了一下。“开炮吧！”

我朝他喷水，我们俩都笑得直不起腰。然后，我们走回去扶起我的自行车。洛洛的T恤已经湿透了，我指着街角的公交站台，说：“为什么我们不去那个长凳上休息一会儿呢？这样也能把你的衣服晾干。我来检查一下你的轮胎。”

我检查自行车的时候，洛洛坐了下来。我几乎检查了所有零部件，但是自行车看起来一切正常——对一个老古董来说。“我觉得你的轮胎一切正常，”我告诉他，“外胎的花纹也足够多。”

“嗯，嗯。”他自顾自地说，根本不理我。他在饼干盒子里翻找了一会儿，拿出一个碎掉的饼干。“我猜，

吃点儿甜的能让人骑得飞快。想来一个吗？”

我坐在长凳上，和他一起吃了起来。我们一边吃，一边盯着清晨街道上的车辆从面前经过。这个时间，几乎没人出门。所以，一切都很安静，只有我们咀嚼点心的声音。

“你觉得埃德娜对我做的这些事对吗？我是一个麻烦吗？你可以告诉我实话。”真讨厌，这个词听起来非常刺耳。我心里所能想到的，是双胞胎调皮的时候，我告诉过他们“你们真是一对麻烦”。但是，埃德娜这么评价我，让我感觉自己没有她那么优秀，好像一切都是我做错了。

洛洛擦掉嘴边的饼干碎屑。“麻烦？这真是胡扯！”他说，“如果人们遇上它，有时候还会觉得很好呢，就像这些饼干似的。我们能比别人多吃一些。这并不是什么坏事。这就是人性。”

我思考了一番，然后叹了一口气。“我本以为六年级会变个模样，洛洛。我真的很想过得有趣一些，无论如何，比五年级快乐一些。但是现在，这些课程都需要持续进行。米勒小姐告诉我们，轮班制上课将会很有趣，这意味着我们可以碰见更多的朋友。我觉得她在撒谎。我每天都会遇见埃德娜，她并没有比去年更友好。”

他点了点头，沉思了一会儿。“好吧，现在还早呢！宝贝，让我们一起等待即将发生什么。”

我们在这里坐了很长时间，直到时刻表上的周末巴士出现在我们的视野中。“我们该走了，否则它会停下来载我们一程。”我说。

我跨上自行车的车座，但是洛洛没有回到他的自行车上。相反，他站在自行车旁边，抓着车把。

“你为什么不骑上车，现在就出发呢，宝贝？”他说，“我打算步行走完剩下的路，看看周围的风景。”

我疑惑地看着他。“看整条街都是商场的风景？你确定你还好吗？”

“我告诉你，我很好。我的骨头可不像你，是橡胶做的。现在，我们赶紧走吧！我答应过双胞胎，我们要一起涂色呢！”

我像马戏团的小丑一样，扭来扭去地骑车，以便与缓慢步行的洛洛保持速度一致。

当我们最终到达我们的车棚时，他把自行车靠在墙壁上，用他的大手掌抚摩我的头。

“听我说，别告诉阿布拉我摔跤了。”他小声对我说，“晚餐时，这件事一个字都不要提起。听明白了吗？别告诉任何人。”

“为什么不能告诉别人？”我想起了我们家关于秘密的守则。

“你知道，阿布拉会担心的，”他说，“我们会听她唠叨个没完。如果她以后再也不允许我们在周日骑自行车出门了，怎么办？”

一想到以后不能和洛洛一起骑自行车，我突然觉得非常难过。他说的没错，阿布拉一旦担心起来，能把我们都逼疯。

所以，我打算闭紧嘴巴，一个字也不说。

“谢谢你，麦西。我就知道，我能信得过你。”

他拍了拍我的脸，然后走进了房间。我透过窗户，看见他正在柜台上打开糕点盒。关于要不要告诉阿布拉他摔倒的事情，我想了一会儿。我感觉不太对。就在这时，洛洛抬起头，朝我微笑，就像他经常做的那样。于是，我的顾虑消失了。他朝我挥了挥手，转过身去，挑选出漂亮的小饼干，摆放在最上面。

第七章

罗利最先开口提起了这件事，我希望我离他近一点儿，这样我就可以在桌子底下狠狠地踢他一脚。

“哇！你那里有个黑眼圈。”晚餐时，洛洛眼睛附近已经出现了一块紫色的淤青。这让他看起来像一只浣熊。“你是在拳击场上打了几个回合吗？”

“靠近点儿，我给你看看。”洛洛从桌子那头说。他用拳头空击了几下，这下双胞胎像拳击手被激怒了一样。他们挥舞着拳头，咆哮着，直到蒂娅·伊内丝让他们安静下来。

“孩子们！我们正在吃饭！”

阿布拉在我身边坐下时，只是舔了舔舌头。“今天早上他在厨房里打开橱柜时，撞到了自己的脸。”她说，“恩里克，待会儿你来检查一下铰链。”

“一会儿吃完饭，我就去检查一下。”爸爸说，“铰链可能太紧了。”

“不用麻烦了，”洛洛脸色平静地告诉他，“我已经修好了。”他指着那些大块的鸡肉，说：“请帮个忙，伊内丝，把这些东西从我这里拿走。”

我的眼睛开始游离了。我们要保守秘密的，但是洛洛撒了谎。这让我觉得，胃里似乎有很多大老鼠跑来跑去。

“橱柜，哈？”蒂娅·伊内丝递过来一个盘子，她像审问双胞胎那样抬起了眉毛。席间出现一阵令我不悦的安静，她和爸爸一直注视着彼此，但是最后，她放弃了。

妈妈拍了拍我的肩膀，吓得我差点儿跳起来。“麦西？”她递过来一篮子切成片的面包，等着我，“你想来一点儿吗？这是你最喜欢的。”

我盯着那些我们掉在路上的面包，眼睛不停地在上面寻找，不知道面包上是否还留有没看见的灰尘。但是，它们看起来都挺好的。

“谢谢。”我回答说。我接了过来，但是我的手有点儿不听使唤。

妈妈和蒂娅清理餐桌的时候，爸爸的手机响了。我正在阿布拉的缝纫室，为坦嫩鲍姆女士的地图作业挑拣绿色和蓝色的纽扣。

“伙计，你在干什么呢？”他说。我在隔壁房间，能听见爸爸大声且清晰的声音。我已经知道来电话的人是西蒙，我们偶尔为他做一些粉刷的工作，他住在达维镇上。他们经常那样和对方打招呼。所以，我走到起居室，听他们打电话。爸爸的脸变得明朗起来，我希望电话那头传来的是好消息。

非常肯定，是好消息！

如果我们不介意开车过去的话，那里有一块空地可以进行足球比赛。最重要的是，他们将与爸爸的死对头曼尼·克鲁兹比赛。

“我们会在六点钟到那儿。”爸爸说完，挂掉了电话。他看着我，扬起了眉毛。

“太棒了！”我说。

我跟着他来到厨房。“爸爸，我已经学会了新动作。”我告诉他，“你一会儿就能见到。”整个暑假，他都在帮助我练习如何转身和拖延时间。现在，我可以用脚背带球，飞快地转身，没人能跟上我。

妈妈对我们的计划并不十分热心。

“但是，明天就要上学了，恩里克，你们在路上就要花费一小时的时间，”妈妈边说边在阿布拉的水池中清洗盘子，“麦西应该做的就是写作业，而不是和一群成年人出去踢球。”她转向我，问道：“你有没有做完地形图作业？”

我举起一袋子纽扣，回答说：“我只需要带上一堆材料就行了，我们会在课堂上建造模型。其他的作业我都已经做完了。”

“我还没有检查呢！”她说。

“妈妈，我已经六年级了。”我告诉她，“你不需要凡事都帮我确认。”

她看着爸爸，爸爸朝她耸耸肩，微笑着。“每次我带她去，他们都会轻敌。”他说。为此，我朝他做了个鬼脸。有时候，我能轻而易举地带球越过他的朋友们，尤其是那些吸烟的成年人。对付他们，我太轻松了。

“求求你了，妈妈，”我说，“今年，我要为学校足球队的选拔多多练习。”

妈妈意味深长地看了我一眼，叹了口气，然后她开始擦洗锅上的油垢。

爸爸走到她身后，亲吻着她的脸颊。“你可以打包一些冷饮来观赛。”他补充说，“你的男人即将和他的死对头展开殊死搏斗，你知道的。”

妈妈抬头看了看天空。“我们就不能放下这种怨恨吗？”她转过身，把沾满泡沫的手搭在他的肩膀上，“也许我们可以全家一起看会儿电视？”

我的脑袋里响起了警报！晚餐时，罗利和妈妈讨论起一个“非常有趣”的关于海拉细胞的纪录片，这种细胞可以帮助治疗癌症。谁会喜欢看这种无聊至极的电视？

“不要！”爸爸说，“在有些地方，即使发生小冲突，也会血流成河。”

嗯，历史是这样的。

曼尼·克鲁兹在联邦高速公路上开了一家名为克鲁兹水暖的公司。当年，他和爸爸是高中同学，然而后来，曼尼去了一所贸易学校，在堵塞的排水系统中找到了自己的使命。现在他在戴德、布劳德和棕榈滩县都有店铺。这场恶战并不是因为曼尼是个大人物。事实上，爸爸曾经也支持过他。变成这样是因为几年前，曼尼提出给爸爸手下两名最好的工人支付更高的工资，从而挖走了他们。时至今日，对爸爸来说，没有什么比在一场友好的足球比赛中击败曼尼的球队更令人满意的了。

蒂娅·伊内丝走进厨房，手里拿着最后一个杯子。

“刚才，我听到你在和西蒙打电话，对吗？”她把所有东西泡进满是泡沫的水里，转身对爸爸说。

他给了她一个意味深长的眼神。无论何时，西蒙作为爸爸公司的一份子，来我们家院子里工作时，蒂娅总会在院子里晃悠，她梳理好头发，温柔地笑着，跟他说一句：“你好，今天怎么样？”他踢球赛的时候，她也会去看比赛，即使她根本弄不清楚比赛规则是什么。

“什么？”她说，“这是多么简单的问题啊！”

“今晚在达维镇，我们和老对手有一场比赛。”爸爸说。

“要到那里去？”蒂娅失望地说，“我不能去，今晚双胞胎需要早点儿上床睡觉。”

“当然，”妈妈说着，朝爸爸扬起了眉毛，“明天要上学呢！”

蒂娅看了一眼橱柜盘子里剩下的东西，说：“不过，至少让我送过去一些食物吧，我们还剩下不少呢！”

“我们是去踢足球的，伊内丝，不是和孩子们出去野餐。”爸爸回答她。

蒂娅用手掐着腰，说：“我是好心帮忙，恩里克。西蒙在这里没有家人，还记得吗？”

这话倒是真的。西蒙和他在工作上认识的一个人合租了一间公寓。他的父母和弟弟都住在萨尔瓦多，他特别想念他们。也许这就是为什么他总喜欢说，如果他有一个像我这样的妹妹就好了。

“家人？不，也许他已经有喜欢的人了！”爸爸戏弄她说。

蒂娅的脸突然涨得通红，她猛地拉开阿布拉用来放铝箔和塑料盒的抽屉。“别说了。”

“等我两分钟好吗，爸爸，”我说，“我要去拿我的护膝。”

“晚上十点钟，我会把她带回家的。”爸爸这样告诉妈妈，带着我来到后门。

“先生，请务必完好无损地把她带回来。”妈妈说道。

我喜欢和爸爸一起开车去踢球赛，我能看出来，这件事会令他心情大好，因为他站在花园里时，像洛洛那样吹着口哨。他看起来不再是一脸倦容，或者不停地抱怨，因为需要对付那些难缠的客户，或者需要打电话给某人，礼貌地提醒对方，记得为他已经完成的工作支付报酬。他的神情十分轻松，而且看起来乐在其中。另外，我们都很喜欢达维镇。那里看起来很像乡下，尽管我们依然身处热闹拥挤的佛罗里达南部。那里到处都是马和奶牛，人们就在路边出售农产品，时不时，你还能听见孔雀的叫声。爸爸说，这里总让他想起一些童年时在古巴生活的事情。

当我们沿着小路一直向前开时，我们的面包车嘎吱作响。我把头伸出窗外，这时面包车正在拐进最后一条土路。路的尽头已经聚集了一群人。我认出了其中一些人，因为爸爸在需要他们时，偶尔会雇他们来干活。有时候，他即使负担不起他们的报酬，依然会给他们提供工作。当妈妈付钱时，担心爸爸入不敷出，爸爸总对妈妈说：“他们需要现金。”他会说，他们还有孩子，或者欠着房租，或者其他什么事。如果有其他事，爸爸也总是不遗余力地帮助他们，比如，去哪里报名学习英语，或者怎么考到驾照，这样他们就能开车去工作了。都是一些像这样的事情。

曼尼的队伍也聚拢了过来。他们穿上护具，相互传递防虫喷雾。一旦我们开始出汗，蚊子是无情的。它们会在我们的头顶成群结队地飞来飞去，在我们耳边嗡嗡作响。

西蒙看见了爸爸，走到窗户边上，说：“佩雷斯打电话说他不能来了。我们今晚没有守门员了，兄弟。”

爸爸咕哝了一句。他讨厌看管球网，他宁愿做一名前锋，在场上快速移动，心脏怦怦地跳动。

“那我们就轮换着来吧！”爸爸说，“去看看谁愿意。”

“嘿，西蒙！”我靠在爸爸身上，对他说。

“麦西，你好！”

我递给他一个装满食物的袋子。

“这是什么？”他问道。

“蒂娅给你带了一些晚餐。”我说着，耸了耸肩。

西蒙的眼睛瞟了一眼爸爸，然后就往袋子里面看了看。他勉强掩饰着笑容，深深地吸了一口气。“我会给她发短信致谢的。”他说着，羞赧地看了爸爸一眼。“我把这个放进车里，然后就回来。”

“你为什么不让我当守门员？”看着西蒙慢跑离开，我对爸爸说，“我不介意。”

爸爸在我继续说下去之前阻止了我。“算了吧，你妈妈会杀了我们俩的。”他把手伸到座位下面，寻找他那双被撞坏的防滑钉鞋。

“她不需要知道。”

我轻轻地说，在一片寂静中试探我的想法。有一秒钟，我甚至不确定我敢大声说出来。

爸爸停下手中的事，惊讶地看着我。

“你说什么？”

我没有再说话。

但他听到了我的话。“你想让我对你妈妈撒谎？”

“不是撒谎，”我说，“只是……”

现在我们动不了了，面包车里的气氛变得胶着。他看了我很久，在思考。这很奇怪。这个做任何事情都很强势的爸爸突然犹豫不决。

“听着，”最后，他开口了，“我们不应该这样做。如果你妈妈听见你这么说，她会怎么想？我们不应该隐瞒，麦西·苏亚雷斯。你知道的，对吧？在家里，我们都会跟对方讲真话，对吧？”

他严肃认真的时候，总是会叫我的全名。我胃里的老鼠们又回来了。我不得不说，这并不容易。我想起了洛洛，他希望我们还能在周日继续骑自行车。有时候，我们除了隐瞒，没有别的选择。就像现在。

“是的。”我说。

我从面包车里钻出来，从后面拿出我的幸运之球，在爸爸与他的朋友们打招呼，拍打彼此的背，询问他们家里的情况时，我把球高高地抛向空中，再用脚接住。然后我开始练习我的“煎饼”技巧。左右，左右，左右！我从一只脚上，勾到另一只脚上，然后再把球高高踢起，球在空中旋转，最后我伸平脚踝，让它安稳地平放在地上。球又反弹起来，我继续颠球。

我们队的几个人一边看一边鼓掌、吹口哨。

“那么，谁先来做守门员？”爸爸说。有人举起了手。

几分钟后，他似乎忘记了我们的谈话。

“苏亚雷斯，我的好兄弟。”曼尼走上前，伸出一只手。他是一个矮小的男人，满脸笑容，小手指上戴着一个戒指，他的手臂肌肉很发达。我注意到，他穿着昂贵的球鞋，是耐克的毒蜂系列。他的队友们已经穿上了红色的球鞋，他们背上印着克鲁兹水暖的字样。“准备好认输了吗？”

我们周围响起一片欢呼声。爸爸将他熊掌似的手掌搭在曼尼身上，并与他坚定地握了握手。“那就让我们来领教一下。”他说。

曼尼用他的下巴示意我。“你女儿今天参加比赛吗？”

“麦西等会儿再上场。”爸爸说，“我可不想在比赛中早早地打击你的士气。”

曼尼甩过头，笑了起来。

我用嘴里嚼着的口香糖吹出一个泡泡，在大家各就各位时冷冷地瞪了他一眼。

这场比赛打得很艰难。

最重要的是，我坐在一个便携式冷冻储存盒上，紧挨着球场的边线，所以像胯下传球这样的动作我都能看到，尤其是爸爸有了一个绝妙的计划，在曼尼的主后卫周围做了很多假动作，最终像子弹一样飞速前进，一脚把球踢进网里。

“棒极了！”我在球场边高声喝彩。

但是曼尼队的队员知道他们在做什么，尤其是爸爸向前跑的时候，他们总是迅速地聚集过来，占据很多有利地形。作为反击，他们一下踢进去两个球。

整个晚上，我都在啃指甲。终于，爸爸向我小跑过来。

“你准备好了吗，麦西？”爸爸问我。他喘得上气不接下气，浑身沾满了泥土。

“准备好了。”

爸爸朝一个叫乔斯的人吹口哨，于是我作为后卫参加了比赛。

现在不是炫耀花哨的球技的时候，只需要全速奔跑和耐力，这就是我对战这些人的表现。曼尼的一名前锋冲到我附近，但他在我拿到球之前就躲开了，然后他一脚射门。有那么一瞬间，我认为这是他们的第三个进球，但幸运的是，西蒙在禁区内将它拦下。球没有射进。

那家伙第二次向我运球的时候，我已经准备好了。这一次，我迅速施压，决心抢断他的球并开始反击。我加速冲向他，等到快接近球时又放慢速度，迷惑他。我手臂张开，调整自己的角度，让他无法过去，这招很有效。我用脚后跟抢到球，转个身，再把球往前一送。就这样，我打开了局面。

我交叉传球传给爸爸，他离球门更近，但当他移动到角落时，他很快就被对手包围了。所以他又把球送了回来。我用腹部夹住球，然后送到膝盖。就在那一瞬间，我看到我能做出一个完美的射门。

这一切都发生在几秒钟内，但不知何故，时间变慢了，我周围的一切都消失了，甚至连叫喊声也消失了。我清楚地看到守门员的左边有个空位，正在召唤我。于是，我假意转向右边，我看见曼尼从旁边跑来支援。爸爸也跑过来了，他的眼睛一直盯着我，以防我需要他的支援。

最后一秒，我转过身，用左脚脚背狠狠地射门。

球飞进了球网。但是，在我举起双臂欢呼之前，我看到爸爸和曼尼像两辆重型卡车一样撞到彼此。他们俩重重地摔在草地上，躺在那里大声地呻吟。

我们都跑了过去。

“我很好，我很好。”曼尼说。但是，别人很难相信他的话，他跪在地上，看起来晕晕乎乎的。他的嘴唇裂开了，血滴在他的脸颊和衬衫上。爸爸仍然躺在地上，手捂着他的脸颊，那儿有一个很小的伤口，但是脸上已经肿起了一个包。

“你没事吧，爸爸？”我问道。

“棒极了！”他说着，抬起头冲我眨眨眼。我冲他露出一个最大的笑容。

“我去拿急救箱。”我说。

当我们终于爬回面包车，沿着土路开回去时，已经过了十点钟。爸爸的下巴上肿起一个巨大的肿块，那是他撞到曼尼的地方。当我们在路上的深沟里颠簸时，我的腿摇摇晃晃的，前座上有杀虫剂和我们的汗水的味道。我觉得，虽然和爸爸在一起很累，但感觉好极了。我甚至不在意妈妈可能会因为我们迟回家而大发雷霆。我们能怎么做呢？在回家之前，爸爸用冰块敷脸，尽量修补一下。曼尼的嘴唇流了很多血，我光看着就觉得恶心。是爸爸帮他清理干净的，并且给了他一些冰块，告诉他可能需要缝针。

“你真好心，虽然他是你的敌人，但你依然帮助了他。”我对爸爸说。急救包还在我的腿上，敞着口；我一直努力把纱布包和胶布卷装回原位，然后再把手套箱的盖子合起来。但车颠簸得让我很难受。

爸爸喝了一口水。“任何人都会这么做的。无论如何，克鲁兹和我并不是真正的敌人，麦西。我们是生意人，我们每个人都在努力过日子，仅此而已。”

我看了他一眼。“可他挖走了你的人。”

他耸了耸肩。“没人强迫他们去为他工作，他们想要的是能挣到更多钱的工作。谁能怪他们呢？”他把瓶子里的水喝光，把瓶子捏扁，然后把它扔到后面。“克鲁兹从来不是我最喜欢的人，我承认这一点。但他是我的敌人吗？如果我们能帮上忙的话，这些是没有意义的。”

终于，我把东西塞进了盒子里，把金属盒子放进了手套箱里。然后，我拿起我的手机。

当我手机上的闪光灯亮起几秒钟后，爸爸问我：“你在做什么？”

“等一下。”我检查了一下镜头。汗水顺着爸爸的脸侧滴落，他的胡须很粗壮，他的眼睛看起来明亮而有光泽。我轻轻点击了几下屏幕，用滤镜让颜色变得鲜艳，也调整了一下亮度。

“不错吧？”我把照片递给他看。“你看起来有点儿凶猛，爸爸。”

“凶猛，嗯？”他笑着说。他把宽大的手掌伸过来，捏着我的头，就像我小时候那样。

然后，我们驶入了回家的高速公路。

第八章

当我撬开自己的眼皮时，罗利已经把车开到了海沃德派恩的大门口。今天早上，妈妈毫无同情心地摇醒了我。爸爸和我在午夜后才回到家。甚至当我们告诉她我完美地踢进一个球，射门的弧度恰到好处时，她依然很生气。“你需要认真实现的目标是在学校好好表现，麦西。”她大声呵斥我说。

不过，我并不会过于担心这个问题。目前，最大的问题是如何在本周做一个合格的“阳光伙伴”，直到麦克丹尼尔斯小姐把我放走。她给我们所有人发了一封语气友好的电子邮件，提醒我们按时上交每周的报告。

显然，在想对策的时候，罗利一点儿忙都帮不上。“你是我的大哥哥，难道你一点儿主意都没有？”

“把那孩子带到科学实验室来，”当我们走到“在此下车”的指示牌下的时候，他提议，“我们正在海沃德派恩学院启动一项能源使用情况的调研，这个调研有趣极了。”

罗利，他的本意是好的。对一个想要化学试剂盒和大脑模型作为节日礼物的人，你能有什么期待呢？

我是不会把迈克尔·克拉克带到罗利的实验室里受折磨的。但是，我必须要向麦克丹尼尔斯小姐证明，这个工作不适合我。然而，等我开始做社会科学课作业时，我依然没有任何思路。把它留给埃德娜，这让我感觉更糟糕。

“上周末放学后，我带亚历克莎去吃冰激凌，今天中午她要和我们一起吃午餐。哦，我可能也会给我俩报名，参加食物捐赠活动。”我们用胶水粘贴地形图时，她这么说。

杰米抬起头，噘着嘴说：“我以为，你会和我一起去参加食物捐赠活动。”

“请问，你能快点吗？”我告诉埃德娜，“很快铃声就要响了，我们还要把这个作业交上去呢！”我们大家在全速工作时，她大概只粘贴了四个纽扣。我的手指甲里粘着埃默尔牌胶水的硬痂。

“你的问题处理得怎么样？”埃德娜问，“不喜欢你的阳光伙伴吗？”

我承认，看到埃德娜做“阳光伙伴”比我做得好，我很不高兴。即使在午餐时，我也很难做到接近迈克尔而不引起骚动。我们班就像划分成了两个部分，我们分散开坐，女生坐一边，男生坐另一边。女生坐在靠近窗户的条形桌旁，男生坐在房间对面，他们围坐在一张大圆桌旁。

下课铃打响时，我们的小组终于完成了地形图。

“我得去见亚历克莎了。”埃德娜说完就跑开了，根本没有帮忙收拾一件东西。

等到我到达餐厅时，我的胃里响起了令人尴尬的声音。我真希望妈妈记得在我的三明治里加上果冻，尽管她对糖非常抵制，阿布拉说她简直不像个古巴人。她说妈妈读的书太多了，尤其是关于食物的书。妈妈断然拒绝付钱购买学校的午餐，因为她说那个不健康——而且太贵了。所以，我通常只能用一个棕色袋子装她做的健康三明治，而不是享受学校厨师做的美味。

我一踏进餐厅，就闻到一股玉米饼汤的香味。今天的甜点是什么？酸橙派，这是我最喜欢的点心。当我坐下来时，姑娘们从她们的托盘中抬起头来，微笑着。我的肚子又发出了惊人的咕噜声。“嘿嘿！”我试图用声音掩饰它。

幸运的是，埃德娜没有从她的喋喋不休中喘过气来。如果你认真听，可以知道很多东西。今天的大新闻特别有意思，是关于少年足球队的，这张桌上的人都没有报名参加选拔。我简直不敢相信自己的耳朵。

“我讨厌自己出那么多汗。”埃德娜说。

“但是，这是一个重要的身体机能，”我说，“我很确定，健康课的教科书上讲过，关于我们应该如何使用除臭剂那一部分。”

“真让人难以接受。”她说。

“非常让人难以接受。”杰米补充道。

亚历克莎说，她也不打算报名，不过是因为她已经参加了一个旅行联盟，这个联盟会带着她一路走到奥兰多和塔拉哈西，参加锦标赛。汉娜的妈妈每年只让她参加一项运动，所以她将在冬天参加篮球比赛。

“你打算去报名吗？”亚历克莎说。

我想起了粘在冰箱上的青蛙冰箱贴，那下面还贴着我的家长同意书呢！我每天都提醒妈妈，然而她总是忘记签名。

“显而易见。”

“六年级已经不适合了。”埃德娜说，“没有冒犯你的意思。”

我咬了一小口三明治，回想着昨晚和曼尼队的比赛。西蒙告诉我，我几乎像一个真正的国际足联职业选手一样做假动作、带球过人。

我穿过房间，朝男生的桌上看去。就算是坐着，迈克尔·克拉克也比周围其他人高很多。在明尼苏达州，他们都是像麋鹿一样的大块头，这是肯定的。我真想知道，他今年会不会报名参加足球队。如果我们坐在同一张桌子上，我肯定会开口问他，这没什么大不了的。但是现在，要费点儿功夫。

“你们谁想吃我的甜点？”埃德娜推开她的派，问大家。没有人去动它。

我盯着那块形状完美的酸橙派，嘴里满是口水。

“我想吃，”我说，“不要浪费食物。”

“别那么贪嘴，”她挡住我的手，“也许我的好伙伴想吃呢！”

她对亚历克莎投去一个甜蜜的眼神，亚历克莎却说：“哦，不，我不吃了。你吃了吧，麦西。”

埃德娜把甜点推向我。我在她的注视下，朝下面挖了起来。突然间，我感觉有点儿好笑。如果不是因为里面有全麦饼干碎，我才不会这么做呢！

然而，这是酸橙派，我们说好了，所以我就这么做了。非常美味。

“听说，这周末，最新的侏罗纪电影会在市中心的电影院上映。”埃德娜说，“我爸爸说我可以周六晚上去看，谁想一起去看？”

《恐龙帝国崛起》！从预告片在电视上播放开始，我就一直十分渴望去看这部电影。恐龙和人类在基因拼接后成为机器人，占领了世界。当然，杰克·罗德里戈，我们的英雄，将把大家从厄运中拯救出来。我不知道是因为这个甜点，还是想到杰克·罗德里戈的脸会在屏幕上连续播放两个小时，我瞬间感到有点儿头晕目眩。我的脸突然变得很热。我所能做的就是再咬一口酸橙派，让自己平静下来。

雷切尔皱起了鼻子：“但是我不喜欢机器人电影，特别无聊。”

“无聊？”我张大嘴巴，惊讶极了，“不会吧！”

“如果我们不喜欢就离开，到处逛逛。”埃德娜说。

“如果我们不喜欢？”我重复道。这些人是疯了吗？

“晚上几点？”汉娜问道，“那天下午我有钢琴课。”

“有晚场。”她向前靠着，扬起了眉毛。“我们现在是中学生了。我们可以去看晚场，并在晚上十点钟回家。”

桌上一片安静。市中心的电影院是最大的一所电影院，那里看起来就像是巴黎的大街。那栋大楼里有假的阳台和街灯，引导员穿着黑色背心和条纹衬衫。对面是一家非常豪华的餐厅，妈妈很喜欢那里。去年，罗利赢得了科学展览会的大奖，我们就在那里美美地吃了一顿。我吃了整整十二个小馄饨。

“别提了，我妈妈永远不会允许我晚上出门的。”汉娜说。

“为什么？这有什么大不了的？”埃德娜问道。

没人立刻回答这个问题。我想起了那个总是吸引很多人的龙舌兰酒吧，还有在它周围走来走去的大孩子们。爸爸和妈妈会让我去吗？我不知道。然而，我已经六年级了，什么时候可以自己一个人出门？

汉娜脸红了：“她是个疯子，我猜。”

“各位，为什么我们不去打保龄球呢？”雷切尔提议。

埃德娜生气了：“因为，没有冒犯你的意思，我们不是九岁的孩子了，雷切尔。”

就这样结束了。

“我不知道……”汉娜说。

“如果我们都去，我们会有一大群人——她不会说不行的。”埃德娜又说。

“你不了解我妈妈，她会派一整个军队来的。”汉娜说。

埃德娜沉思了一会儿。然后，她转向杰米，一把抓住她，说：“跟我来。”

在我们的注视下，她们穿过餐厅。埃德娜走过去的时候，背挺得直直的，鼻子抬得很高。好几次，杰米回过头来看我们。当她们在男生坐的桌前停下来的时候，她紧张得一直抠脖子上的痘痘。

雷切尔捂着嘴巴。“天哪！”

“她要干什么？”汉娜问。

我说：“谁知道呢。”但是，有一点是确定的。埃德娜一直在讲话，所有男生都在听她讲。迈克尔也在听她讲话。从我们这里，我能看到她翻动嘴唇，说个不停，一边把一缕头发塞在耳后，一边咯咯笑着。

魔法上升到一个新的阶段。

过了一会儿，她们回到我们的桌子上。杰米的表情看起来快要吐出来了，但是埃德娜的眼睛里闪烁着胜利的光芒。

“我们也有一支军队了！”她对汉娜说。

“啊？”

“男生们也会一起来。”她的目光扫视了我们所有人，好像还没有失去理智一样。

“男生们？”我不知道该说别的什么好。难道她是想取笑我和迈克尔吗？她还没有把男生们捉弄够吗？为什么他们突然要和我们一起去？在公开场合？

“别像个小宝宝似的，麦西。晚上七点，周六晚场。回家问问你的父母。”

“一个人去市中心？还在晚上？我不同意，麦西。”妈妈说，“那些酒吧挤满了人，尤其是周末。”

妈妈把图尔托从厨房的餐桌旁赶走，她要在这里整理这周来看病的病人的资料。我坐在她对面，面前摆着一小锅豆子，我要从里面筛选出小石子。这是世界上最没有意义的工作。我从来没有找到过哪怕一颗硌牙的小石子。

“但是我们不去酒吧。”我说着，在锅里搅动我的手指，“我们是要去看电影。”

爸爸停止切洋葱，用刀指着我说：“你不许去。那里不久之前发生了枪击案。都上了新闻了，还记得吗？有些人在那里打架。”

“你可以开车带我去，就把我放在电影院门口。”我恳求道。

“什么时候开饭啊？”罗利站在厨房门口。他一直在房间里看一部脸部移植的片子。这就是他放松的方式，天哪！尽管他戴着耳机，我还是不得不赶紧离开房间，因为那部片子让我恶心极了。

“半个小时以后。”爸爸告诉他，“你把垃圾拖出来了吗？上次，你忘记拖阿布拉家里的垃圾了。”

罗利点了点头，打开了冰箱。

“每个人都会去的。”我说，“我们会有一大帮人。另外，我必须和我的阳光伙伴做些什么事情，这太难了。这恰好是一个机会，他也会去的。”

爸爸慢慢地转过身。“他？”他的眼睛看向了妈妈。

她叹了口气，关上了笔记本电脑，看着他。“麦西被学校选中，成为新生的阳光伙伴。”她解释说，“迈克尔·克拉克。”

爸爸皱着眉头，转过去继续切洋葱，不过切的声音有点儿用力。

“这件事为什么必须在晚上进行？这和你们的主张不同啊？夜晚的时候，外面也没有阳光啊？”

“所以，你可以白天去看。这个我们是同意的。”爸爸说。

“但是，计划不是这样的。每个人都是晚上去的。为什么我不能去？”

“因为我不喜欢，这就是原因。这个原因足够了。”

“恩里克。”妈妈说道。

“孩子长大了，安娜。她现在十一岁了，她在那里无所事事地转来转去，肯定不会和男生一起？”

他说“和男生一起”的语气，让我脸红起来。就像那天，他突然在我和罗利的房间中间装了一个帘子，把我俩分开了。他一定是看到我的内衣扔在房间的地板上，和一堆脏衣服混在一起。他说这样不合适。

“妈妈，”我说，“那些女生都叫我小宝宝。而且，要是麦克丹尼尔斯小姐问起来，我和我的伙伴做了什么事，我该怎么回答呢？”

“你告诉她，你什么都没有做，因为你已经十一岁了。”爸爸说，“如果她有问题，让她来找我。他们以为自己在做什么？”

“恩里克，”妈妈再次叫他的名字，“如果其他女孩也去，能出什么问题呢？他们是一大帮人。”

哈哈，爸妈的统一战线上有了一道裂痕，我必须闪电出击。“求求你了，”我恳求道，“我不是小学生了，你知道的。”

“我们为什么不折中一下？”最后，妈妈提议，“如果罗利也跟她一起去，怎么样？他十七岁了。他可以载一位小乘客，一直到晚上十一点。”

“等等，你说什么？”我的哥哥把头从冰箱里抬起来时狠狠地撞到了脑袋，一块奶酪还在他的嘴里。“你的意思是，要我做她的监护人？”

“不完全是，你开车载她到电影院，”妈妈说，“在电影院里，你坐在他们俩中间，你也可以看看电影。万一有什么事，你就在他们旁边。”

罗利关上冰箱的门，交叉双臂，震惊地说：“所以，我是一个间谍，监视这些小孩。不，谢谢你，比起和一群六年级的孩子看电影，我还有更有意思的事要做。”

“比如什么？”我问道，“在你的大学申请书上添油加醋？”

他给了我一个“死亡注视”。

爸爸摇了摇头。“这个是坏主意，安娜。万一那条街出现骚乱，怎么办？”他的声音拖得长长的，意味深长地看了一眼罗利。在罗利独立开车前，我听到过他们与罗利的谈话：如果被交警拦下来应该怎么做，哪里不该去，手千万不要伸到口袋里……罗利很难逐条遵守，因为他虽然喜欢大声外放听歌，但手总是揣在口袋里，摩挲终端。

“你的话听起来像阿布拉说的似的。”我说。

爸爸瞪了我一眼：“别油嘴滑舌的。”

妈妈沉默了一会儿。“我们不能把她永远保护在泡泡里，亲爱的。”最后，她说，“我们不可能永远把他们保护起来，任何时间，任何地点。”

爸爸使劲用刀剁着案板，思考着什么。终于，他轻轻地点了点头：“好吧，但是罗利一起去才可以。”

我哥哥看起来一副想掐死我的模样。但是公平就是公平。

“有多少次，我都被拖去科学展览会，都是为了你。求你了，罗利。这可是《恐龙帝国崛起》。”我恳求他，“你肯定也很想看，对吧？”我狠狠地打了他一拳，比我预计得还要狠一些，“我会给你买爆米花吃。”

“那里有一个空位。”我指着停车场里最后一个停车位说。今天是周六，而且是劳动节的周末，市中心比白天时更拥挤。

当罗利试着（试了一次又一次）把车停进停车位，摆正汽车的位置时，我从倒车镜中看到自己，这是蒂娅的作品。无论如何，我还是我，但是镜子中的女孩看起来有些不一样了。当妈妈告诉蒂娅我要去哪里后，她像是被点燃了。“别动。”她说。过了几分钟，她带来一个装满美容产品的储物箱。

她在我的发尾涂了滴滴闪亮牌发胶，那味道闻起来好闻极了。然后，她帮我挑选了合适的短裤和高帮鞋。这是我第一次不介意这件事。对于怎样搭配衣服，或者扎头发，那些女孩都会的事情，我真的一点儿都不擅长，蒂娅在背后支持我，真是一件令人高兴的事。“你看起来美极了！”当她把一切弄完时，她这么称赞道。因此，有那么一瞬间，我是相信她的。

罗利终于放弃了和方向盘搏斗，把发动机熄了火。停车真是一场灾难。我们停成一个锐角，把旁边的车围得严严实实。我深吸了口气，摇摇晃晃地走出车门。

他从仪表板上抓起一顶迈阿密马林鱼队[①]的帽子，低下头，把帽檐拉得低低的。他穿着一件老式短裤和破T恤，趿（tā）拉着人字拖。

我们顺着台阶走到街道上，然后他转向我。“听好了，”他说，“我打算去比拉尔的家里拜访。”那是高级科学实验室的另一位导师。“我们十点钟在这里集合。”

①迈阿密马林鱼队：原名为佛罗里达马林鱼队，是一支位于佛罗里达州迈阿密的美国职业棒球大联盟球队。

我站在那里，不确定他是否真的要这么做："等等，你告诉爸爸妈妈你要去看恐龙电影，所以，你应该留在这里。"

他瞪着我，这和我在看双胞胎时的表情一样。"我知道我说了什么，但我不会和你的小伙伴们一起度过周六晚上，麦西。"

他的话刺痛了我。首先，我没那么小。但真正让我生气的是，他肯定不想让人看到他和我在一起。

"如果妈妈打电话来，要跟你说话怎么办？"

"那就说我去上厕所了，然后发信息给我。"

"罗利。"我说。

"比拉尔家旁边种着木槿花，离这里只有几个街区，"他说，"如果你需要什么东西，可以告诉我，我两分钟就能到这里。"

我刚想和他争论，他已经消失在人群中。

市中心很热闹，街道纵横交错，人们在商店和餐馆外排队等候。这么多人聚在一起，感觉空气很潮湿。几个警察也在一盏路灯下交谈，他们的眼睛不时扫视着拐角附近的一群吵闹的孩子。我想我甚至能认出那个把洛洛带回家的警察。

我迈出脚步，一个人走在这里，依然感到有点儿紧张。也许是因为这个地方在晚上看起来如此不同，而且更有活力。但也可能是因为，现在罗利走了，我感到有点儿内疚了。又要保守一个秘密。更糟糕的是，我和罗利离开时，爸爸正在收拾他的足球装备。原来我们的球队今晚要和曼尼队进行复赛，而曼尼要带着他的超级明星儿子。我会错过这一切。

“好好玩。”爸爸这么说，但是他的声音听起来不是这个意思。他的意思也许是，我选择了我的朋友，而不是他。也许，我确实是这么做的。

前面就是入口了，我终于看见了汉娜，这让我感觉好多了。她穿着有金属装饰的高帮鞋，浑身上下都是闪亮亮的，她喜欢这么打扮自己。然而，她看起来并不是很高兴。她旁边站着一个女人，像保护者一样，在她周围画出了一片保护区。那肯定是她的妈妈。

“嘿，汉娜。”我说。

“噢，太好了！”她转向那位女士，“妈妈，现在你可以走了。”

“很高兴见到你。”她妈妈对我说，没理睬汉娜，“我是金女士。”

“我是麦西。”

她上下打量着我，我猜我通过了她的危险扫描雷达，因为她转向了汉娜。“我会在那里看会儿书，”她指着一家咖啡馆，说，“我会一直开着定位仪，以防——”

“妈妈！”汉娜似乎是咬牙切齿地说这句话。

她妈妈的嘴巴抿成一条线。“好吧，好吧，你们等其他人都到了再一起进去。你们俩别走散了。”她走到路对面，在露台上的一张金属桌旁坐了下来。

汉娜立刻转过身，翻着白眼。“她简直就是个控制狂。”

没过多久，大家都在这里集合了。雷切尔最先到达，看起来很高兴的样子。然后几个男生出现了：蔡斯，他喜欢在田园里玩，这样他就可以做白日梦了。戴维穿着一件在环球影城买的哈利·波特魔法世界的T恤。这个暑假，他和蔡斯一起去的。我也超级想去那里玩，但是如果全家人一起去，即使我们有佛罗里达州居民通行证，依然太贵了。所以，我在问他这件事。至少这个话题我们可以聊一会儿。

过了一会儿，一辆面包车停了过来，迈克尔·克拉克从车上跳了出来。雷切尔话说到一半就呆住了。迈克尔穿着棕褐色短裤和深蓝色衬衫。我往车里偷看，发现方向盘后面的女人基本上是他的翻版，只不过留着长发，戴着眼镜。

“你带好手机了吗？”她问。迈克尔朝她举起了手机，她朝我们挥了挥手，然后把车开进了长长的车流中。

“所以，那是你妈妈咯？”这真是个愚蠢的问题，但现在尴尬的安静笼罩着我们，我们需要找点儿话题聊一聊。

“是的。”他回答。

“傻瓜，那肯定不是他爸爸。”雷切尔说着，剜了我一眼。

迈克尔朝周围看了看。“那么，这就是大家都来看电影的地方咯？”他问。

“好像是。”我说。意思是我不知道。妈妈至今仍然从超市里租借电影放给我们看，因为价格便宜，而且我们家的网络非常慢。

和他站得这么近，我才发现我只到他的肩膀那么高。从我的角度看来，我已经看到佛罗里达州的阳光在他身上施展了魔法。至少，他不再像胶水那样惨白了。他的鼻子上长着一些雀斑。如果把它们连起来看，好像他身上沾了一些染料。

站在那里等其他人来时，我们热火朝天地聊起了恐龙，想知道这部电影会不会比之前那部更精彩，或者只是凑合。戴维说，这部电影的特效应该比上一部的更好。

“看看我这个吧！”我向他们展示了我最新的真人卡通表情——我穿着恐龙的制服，拿着武器。尽管我的卡通头发十分狂野，但我仍然在眼睛上加了一个眼罩，它看起来咄咄逼人。他们都想要一个。

“怎么才能做出你这样的表情？”迈克尔问我。于是，我告诉他在应用程序哪里点击可以制作。

几分钟后，那感觉就像去年我们在餐厅里一样，只是没有人告诉我们要压低声音或清理我们的盘子。

我非常喜欢这种感觉。

后来，一辆熟悉的黑色越野车停在我们身旁。车窗是暗色的，车牌上写着 FUT-ZEES。

车门打开了，埃德娜和杰米从奶油色的真皮座椅中走下来。她们的头发统一梳成带有碎发的丸子头。埃德娜拿着一个小钱包，涂着唇釉。杰米的蓝眼睛画着眼线，我注意到，她化妆遮盖了脸上的粉刺。她的 T 恤上写着“OBVIOUSLY”（引人注目）。

桑托斯医生靠在方向盘上。一股须后水①的味道扑面而来。“大家好！”

---

①须后水：指剃须后专用的乳液。

但是埃德娜似乎根本没有听到。她关上车门，朝我们的方向走了过来。她的脸明亮而快乐。

“我们去后排吧！”她说。

我不知道这是怎样发生的，但是她一开口，我们都停止了交谈，跟着她走进了电影院。

对了，带着3D眼镜看电影真的很愚蠢。阿布拉说我会因此而得红眼病，但是大家如果一起得了红眼病，应该也是一件很有趣的事。埃德娜和杰米一直要求我给所有人拍些穿着豹纹服饰的可笑的照片。我们可能有点儿太吵了，因为一个穿戴整齐的工作人员走过来，在预告片时，他用手电筒指着我们的方向。“安静点儿，不要吵闹，否则就出去。”他歪着大拇指，冲着出口的标志指了指。

不论怎样，这部电影比上一部好太多了。我最喜欢的角色是卢帕，翼龙突变体，在最后五分钟，她因冰冷的机械心脏被杰克·罗德里戈用军刀刺中而死亡。不只我一个人喜欢她。

“她真恶心。”我们在丢垃圾的路上，迈克尔告诉我说，“她翅膀末端的爪子就像明尼苏达州的蝙蝠。我家附近有一个山洞。有一次，一只蝙蝠飞进了我的房间。”

“她朝我们飞来时，我看到你弯下了腰。”我说。

我们都笑了起来，但是很快我意识到，埃德娜插了进来。

“我就坐在迈克尔旁边，他一点儿都没害怕。”她说。

牛奶在我的胃里冒泡，爆米花也在其中翻腾。“我不是说他真的害怕，”我说，“你知道的……是那种有趣的反应……”

杰米走过来，挪到埃德娜身边。

“行了，傻瓜，迈克尔这么大个头儿，怎么会害怕呢？”她的嗓音黏黏糊糊的，我差点儿吐出来。

迈克尔的脸变成西瓜瓤一般红。

埃德娜看了一眼自己的手机，想都没想就说出了一个令我震惊的主意。“我们一起去吃冰激凌吧！”她说，“我们还有时间。”

队伍长得没有尽头，但是我们不介意。埃德娜从钱包里掏出一张 50 美元的钞票，为所有的冰激凌买单。整个晚上，她笑得最大声，我们都在侧耳倾听她讲自己的故事。她让夜晚变得疯狂而有趣，我们啃着冰激凌的蛋卷筒，尽量不让自己的大脑冻僵。

当她爸爸来接她时，她和杰米降下车窗，向我们挥手大喊“再见”。我们剩下的人站在人行道上，笑着与她们告别。然而，汽车消失后，留给我们的是奇怪的安静。我们看向彼此，嘴巴感觉空空的，却黏黏糊糊的，大概是因为吃了很多糖吧！

“再见。”“我得走了。”“那是我妈。”“再见。”

没过多久，我们都散开了。

我在回家的路上，告诉罗利电影都演了什么。万一爸爸妈妈问起来呢。

“尽管科学立意不太好，但是听起来还不错。”他说。

“你说这话是什么意思？”

“那种生物几乎不可能基因突变，麦西。”他这样回答。

“只是现在看来是这样。”我说。我花了路过几盏路灯的时间才让他承认，有很多事情在完成之前都被科学称为疯狂的事情。

我们走入私家车道时，大约十点三十分，我的嘴巴里是巧克力杏仁味的。爸爸的面包车不在后面，没有我在场，比赛可能会延时。或者，他们可能在回家的路上临时去喝冰啤酒了。我们家客厅里的灯还亮着，所以我们知道妈妈一定还在等着我们。然而，我们一走上小路，我最先看到的是阿布拉和洛洛。他们坐在门廊的双人椅上，周围漆黑一片，他们正盯着天空看着什么。唯一的光亮来自他们为驱赶虫子而燃烧的香茅蜡烛。

“呃……你们好。”我说着，也向上瞥了一眼。

“晚上好。”阿布拉说。

“你们俩坐在这里干什么？”罗利问道。他非常有礼貌地提醒，他们正穿着睡衣坐在外面，通常这可是万万不可以的。阿布拉经常提醒我们要注意体面，不要在公共场合穿着内衣或者睡衣，永远不可以，哪怕赤脚或者穿着浴袍都不能走进餐厅。

她噘起嘴巴。“你们的爷爷整个晚上都在走来走去，我猜，一定是你们的妈妈给他做了什么康复治疗。我担心他把地板踩出一个洞，掉进去。你说说，这谁能睡得着？”

“不管怎么样，运动会让人冷静下来。”罗利的手插在裤兜里，边说边耸了耸肩膀。

“你有什么烦心事吗，洛洛？”我在他身边坐下来。

洛洛还没有开口，阿布拉便挥挥手，打消了我的疑问。“没事的，麦西，你不用担心。我们就是出来坐坐，看看星星，像年轻人那样浪漫一下。”她拍了拍洛洛的手，说：“对吧？”

尽管他眼睛上面的淤青已经开始消肿，但是还能看到痕迹。我把耳朵贴在他的胸口，像小时候做的那样，聆听他的心跳。

“你们去看电影了吗？”他的声音在胸膛里回响，伴随着心跳和肺里传来的有节奏的呼吸声。

“是的，很疯狂，也很吓人，但是挺好看的。”

“所以，你和你的朋友们玩得开心吗？”阿布拉问我。我向后仰着头，抬头看着深蓝色的天空。我想起了汉娜、埃德娜还有其他同学，甚至想到了迈克尔，想到他看见凶猛的野兽在我们面前咆哮时瑟缩的样子。

“当然。”我回答。

“那太好了！你现在是一位年轻的女士了，可以独自去一些地方了。”

我打了个哈欠。今晚的所有乐趣好像正在消失，我的眼皮越来越重。在我们周围，青蛙的叫声此起彼伏，合成一首奇怪的夜歌。

“看啊，火星。”然后，罗利开始说了一通关于夏季夜空的三角形和亮度的话，真是不知所云。

洛洛听了一会儿。然后他叹了口气，捏了捏我的肩膀。“你今晚去看电影了？”他又问我。

我静静地待在那儿，听到他的胸腔中响起这个古怪的问题的回声。

阿布拉的声音在夜晚显得格外低沉。“嘘！”她说，“她当然去了。”

然后，我和洛洛都抬起头看星星，一阵小心翼翼的安宁夹在我们之间。

第九章

“把这个放在迈克尔的桌上。”杰米小声告诉我。

她拿出一个由活页纸叠成的三角形。边角塞得紧紧的，就像去年我们踢的纸足球似的。但这张纸又有些不同。上面还用闪闪发光的记号笔，写下迈克尔名字的首字母 MC[1]。

“这是什么？”我问。

她看了一眼埃德娜，然后塞到我的手里。“字条，真傻。快去吧！”

今天是星期二，我们又回到了学校模式，就像灰姑娘和老鼠车夫都重新变回平时的模样。

我正在帮坦嫩鲍姆女士发试卷，她正背对着我们，在公告栏上挂我们完成的地图。我们小组得了 A，所以

①即迈克尔·克拉克，英文名是 Michael Clark。

它将被挂在公告栏上。公告栏上新装饰了假的秋叶，提醒我们现在是九月。还有一张地图完全是由种子制成的，另一张地图是由不同大小和颜色的吸管剪成的。这些地图，还有我们做的地图，都是最好的。

“麦西，请你赶紧完成它，”坦嫩鲍姆女士说，“我今天还有很多令人兴奋的消息要向大家宣布。”

我回到那叠试卷旁。下一张是莉娜的，她得了C，尽管她那组的地图可能是最好的，就是用种子做的那张。我想，我不是唯一一个在考试中挣扎的人。恰巧她和迈克尔坐在房间的同一侧。我给莉娜发卷子的时候路过了迈克尔的桌子，像扔炸弹一样扔下字条，迈克尔抬头看了我一眼，但他一动没动。

“不是我给你的。”我说完，就带着一张没有名字的试卷回到了坦嫩鲍姆女士的桌子旁。

我真的忍不住。整个早晨我都在想那个字条，即使我们排着队到礼堂参加集会时，我依然在想。

字条上到底写了什么？也许是一个派对的邀请函，一个我不知道的派对。

我忍不住想起去年卡莉·弗拉卡斯的生日派对。卡莉是埃德娜的朋友，但是她跳过了六年级，直接升到了七年级。现在，她完全不和埃德娜一起玩了。我被邀请到那个派对，完全是因为我是埃德娜的阳光伙伴，她为我说了好话。埃德娜告诉我，这可是一件大事，我应该为此特别兴奋。为了防止我不知道，她还告诉我，卡莉的爸爸有一家弗拉卡斯游艇公司，就在朱皮特镇上。她家住在海边，实际上，那是一座豪宅。她家的院子里有一个带滑梯的游泳池。

但是，让埃德娜最兴奋的是，这是一个男生和女生一起参加的派对，这种派对她是第一次参加。我觉得这种想法真是古怪，我自己的生日派对一直都有男生和女生啊，当然也还有老老少少的，那是因为我们全家都被邀请参加。上至阿布拉的姐姐康帕，她都快九十岁了，下至年龄最小的表兄，他住在坦帕市，总喜欢尖叫。妈妈的兄弟们也会从海厄利亚市赶过来，在这里玩上一整天。甚至多纳·罗莎夫人还活着的时候，她也经常拖着她的助行器来街对面吃蛋糕。

卡莉的派对与众不同。大人们都站在门口向我们问好，但是从那之后，好像只剩下了小孩。我们在泳池里游泳，还抓住前面人的肩膀，一个挨一个，组成“小火车”，轮流从滑梯上滑下来。我们吃了比萨，想喝多少可乐就喝多少。然后，我们挺着圆鼓鼓的肚子，在一个卡莉称之为多媒体室的地方打游戏，那里放着一个巨大的电视荧幕。我真不敢相信，这么大的房间里，只住了三个人。我在找卫生间的时候，还迷路了。一位为弗拉卡斯夫妇工作的女士不得不来帮助我。她的名字叫伊内丝，和蒂娅的一样，但是她很安静，并且一脸严肃，这可一点儿也不像蒂娅。“这边走，小姐。”她的声音非常厚重，她递给我一条新毛巾，领着我走出长长的走廊。我光着脚，一路滴着水。走到一半，我以为她会像蒂娅那样骂我一顿。但是没有，这位“蒂娅”引导着我，好像我是一位非常重要的客人。

无论如何，纽曼博士在台上看起来慷慨激昂，他应该这样，因为他想让我们对今年的礼品包装销售感到兴奋。我看了看奖品的目录，还不错。卖得最好的人可以赢得一只巨大的公羊毛绒玩具，那是我们学校的吉祥物。我没有机会得到它了。为了支持我，妈妈可能会买一卷，但仅此而已。我们家用的礼品包装纸是在一元店买的。她说，反正这也是要被撕成碎片的。

我注意到，纽曼博士身后有一个巨大的“温度计”，是用来显示筹款进度的。这是为下周召开的家长会准备的，他们将在会上开始筹集资金。水银汞柱现在在“5000 美元”的刻度线上，但是目标是“25 万美元”，这个巨大的红色数字放在最显眼的顶部。旁边的牌子上还写着："你的捐赠将一切变成可能。"那里还有一张拼贴的照片：教学团队和他们的新设备，艺术室的窑炉，甚至还有现在已经遍布校园的高科技安全摄像头。上面还写着"阳光学子"的字样。

"今年，我们的目标是让所有人都参与礼品包装的销售。"纽曼博士告诉我，"记住，每一分努力都不会浪费。这是海沃德派恩学院的传统，更是你们大家对学院的贡献，这一点至关重要。加油吧，孩子们！"

啊……

你只要看一眼纽曼博士昂贵的西装，就知道他说的不是真的。洛洛曾尝试测验过他一次。"那人说我们至少应该给年度捐赠活动提供一美元的资金。"洛洛去年就说过，"我已经把我生命中最无价的两样东西给了它，罗利和麦西！"当然，阿布拉是不会听这些的。无论如何她叫他"小气鬼"，并让他去拿支票簿。洛洛从来没有告诉我他们捐了多少钱，但不可能有那么多。在年终颁奖大会上，我看了看清单。苏亚雷斯家族列在最后一张名单里。"弗拉卡斯"几个大字则醒目地印在另一边，并且有自己的类别，因为他们捐赠了礼堂的新椅子。桑托斯和其他几个人的名字也在前面。

狄克逊先生给了我们一个警告的眼神。女生们正在小声说话。

“迈克尔怎么回复埃德娜的字条的？”

多亏了这里清晰的音响效果，我们都能听到它。

“请安静，姑娘们。”一小滴唾沫星子从狄克逊先生的嘴里飞出来，落在我的手臂上，我吓得不禁瑟缩了一下。

杰米皱了皱眉头，再次转身面对前方。

我替埃德娜递了一封什么？

当铃声响起时，我们都期待着纽曼博士宣布各班逐排解散。当轮到我们班时，男生走在前面。迈克尔走得很快，一言不发，甚至没有看女生们一眼。就好像他走得还不够快似的。戴维在快靠近埃德娜时放慢了速度，他在等狄克逊先生把目光移开。

“迈克尔说了‘可能’。”然后他跟在其他男生后面走了出去。

雷切尔在我旁边，眼睛睁得像杯碟一样大。“可能。”她低声说着，拽着她的发梢。

与此同时，杰米和埃德娜咧嘴一笑。不过，我不明白她们为什么笑。

“可能？好吧，这可真蠢。”

我没意识到我把这话高声说了出来，排在我前面的女生都转过头来朝我这里看。

埃德娜深棕色的眼睛变得亮晶晶的。“你说的是什么意思，麦西？”我太了解她了，我做什么事都不会让埃德娜脸红的。但是这次，她的脸颊变得绯红。

我狠狠地咽了一口口水，感觉我的眼睛又开始飘走了。“对不起。我的意思是，‘可能’这个答案是一个很愚蠢的回答。”

一时间，没有人说话。但是我注意到，汉娜满心担忧地看了我一眼，然后叹了一口气，好像她在等待一场“大爆炸”一样。

果然如此。

“你知道什么？”埃德娜怒气冲冲地说，“我没有冒犯你的意思。你根本不懂这些事。你看你，麦西，你就是个小屁孩，像个傻子似的迷恋杰克·罗德里戈，那都是假的。”她翻了个白眼，“我打赌，你还会时不时玩布娃娃吧？”说到最后，她的声音变得特别大。似乎每一个字都被放大了。

现在轮到我了，我的脸像火烧似的灼热。

“我不玩布娃娃了。”我用最大的音量辩解道，“我从来不玩。”我的话变成了愤怒的长矛。“这个我当然懂。当我妈妈说可能的时候，她的意思通常是不可能。”

埃德娜愣了一下。说实话，这种感觉真好！我知道，和以往不同，我的话狠狠地刺痛了她，仅仅这一次而已。

“谁会在意你妈妈说什么？”她回答。

“没人在意。”杰米补充道。

“各位，我们得往前走了。”汉娜说，“快点走吧！”

狄克逊先生朝我们打响指，示意我们离开。“你们耽误了队伍的进程。快走吧，姑娘们。”

埃德娜和我对视着彼此。然后，我们谁也没说话，离开了礼堂，像我们平时做的那样。

第十章

去年大部分时间，罗利都在与阿哈娜·帕特尔进行竞争。阿哈娜的爸爸是美国国家航空航天局的物理学家。他们为争夺第一名互不相让。每当说到她时，罗利就翻白眼，似乎就要吐出来。他说，在课堂讨论中，她竟然质疑他的答案。她还在她的研究论文中使用了“问题性推理”（这是他的话）。她很烦人，痴迷于有朝一日成为贵族。

当中学舞会临近时，妈妈告诉我，罗利邀请的女生是阿哈娜·帕特尔。你能想象到我有多么惊讶吗？

“但是，他们那么讨厌对方！”我惊讶地说道。

“人心是琢磨不透的。”她说。

阿哈娜穿了一件喇叭袖的礼服裙，罗利从商场里租了一套燕尾服。蒂娅用我们花园里的花，亲手做了胸花。我们在院子里把整个过程都拍了下来。每个看到他

们的人都说，罗利和阿哈娜是多么般配。但即使现在，我也无法想象他们在跳舞时会和对方聊什么。也许他们会比赛背诵长长的化学公式？年底时，阿哈娜搬家去了梅里特岛，那时她的爸爸约翰·F. 肯尼迪在航天中心获得了一个很大的晋升机会。罗利足足难过了一个月，情绪十分低落。

不管怎样，如果有人想了解毫无意义的浪漫，那一定是他。在房间里，他忙着往图形计算器里输入数字，咔嗒、咔嗒的声音快让我疯了。我躺在床上，眼睛盯着语言艺术课本，呼唤他。

“我需要确认一个词的定义，罗利。”我说。

“上网搜索一下。”

“那里面没有。”

“你说谎。”咔嗒、咔嗒、咔嗒。

“我是认真的。”当他抬起头时，我放低声音说，“求你了。”

他叹了一口气，放下了手中的铅笔。

“如果我回答了你的问题，你能去厨房写作业吗？你在这里，我没法集中注意力。”

“好吧！反正听见你在那东西上敲敲打打，我也看不进去书。你知道的。”

他双手交叉，问道："什么词不理解？"

"可能。"我小心翼翼地说出这个词，好像我在念出拼写比赛的答案似的，"比如，一个人说，他可能喜欢你。"

他看着我，一脸震惊的模样。"有人这么对你说？"

我的脸红了。"别瞎扯了。有人对一个我认识的人这么说。"我翻了个白眼。

"哈！"他转身回到他的工作上，"这就是你整个下午都闷闷不乐的原因吗？"

"我没有闷闷不乐。"我回击道。

他突然举起双手。"好了，好了，你是因为别的事情不高兴。"

"所以你快回答我的问题。"

"你了解我的，麦西，我是一个语言大师，不是情感专家。"

我沮丧地翻过一页书。"所以，你甚至不肯假设一下这个词是什么意思吗？我不得不说，作为哥哥，你只能得一个很低的分数 F。"

他眨了一下眼睛。我回想起自己说的话，感觉更糟糕了。

他把椅子转过来，面朝我坐在那儿，思考着什么。

“你看，麦西，”他说，“我不想让你觉得困惑。喜欢一个人或者讨厌一个人，其实没什么。从头到尾，这都是符合逻辑的。”

“为什么没什么？”

他耸了耸肩。“这上面覆盖的是一层幻觉，以及矛盾，这是故意放在那里的。就像计算机里的加密技术，可以混淆视听，隐藏有价值的数据。你必须知道代码，才能读懂其中真正的内容。”他充满期望地笑了起来，“现在你明白了吗？”

“一点儿也没有。”我说。

他揉了揉眼睛，叹了一口气。当试图为辅导的某些学生分解物理公式时，他经常会这么做。“我的意思是，这是一个谜。”他把他的魔方扔给我，笑着说。他可以在不到四分钟的时间内，让魔方的每个面都变成同一种颜色。

我躺在床上，沮丧极了。多年来，我一直想玩魔方，但我总是放弃。

这次我感觉更难了。

第十一章

星期六大清早，双胞胎穿着睡衣，低着头，趴在我的旧玩具——桌面手术游戏上。

“你们两个起这么早，究竟在做什么？”我看了看周围，发现他们已经在这儿忙活一阵子了，现在是早晨六点半。门廊凌乱得像是有个玩具箱在这里引爆了。

“我们在和罗利玩呢，笨蛋。”托马斯的声音有点儿刺耳。他正拿着电子镊子，靠近游戏板上小丑的腿。

“是的，我们已经玩了很久了。”阿克塞尔补充道，声音更加刺耳。他拿起一小片塑料，向我证明：“我得到了许愿骨。”

“我告诉过你的，还记得吗？这是锁骨。”罗利纠正他说，“你必须说出正确的词，不然不算数的。我们说好的。”他仰面躺着，膝盖弯曲，闭着眼睛。今天他来做双胞胎的临时保姆，而我要和爸爸、洛洛去做重要的油漆工作。

“他们才五岁，你知道的。”我用脚指头轻轻地推了推他。

“你为什么不来照看他们，反而是我？”他说。

“因为总是我照顾他们。”

“好吧！这会儿我应该忙着准备大学的申请材料。另外，今天我还有可能辅导一个孩子学习化学，还能得到一笔可观的现金收入。他跟我打过电话了，感觉他特别绝望。”

我举起双手。“没这个可能。放学辅导学生，你已经赚了足够多的钱。现在轮到我赚钱了。另外，以后我还打算挤出一些时间练习足球。下周就要开始选拔了，记得吗？”

小丑的鼻子亮了起来，发出铿锵有力的警报声。“啊！”托马斯喊道。

“给我给我，”阿克塞尔说着，一把夺了过来，“我想要喉结。”

“不要抢，好吗？它在喉咙附近。啊……就这里。”

哎，男生。生物课将是我们所有人的梦魇。

就在这时，旁边厨房的灯“啪”的一声亮了，蒂娅·伊内丝打开推拉门，从屋里走了出来。像往常一样，今天是她的休息日，但是没人在午餐时间轮岗。天哪，她看起来需要再多睡一会儿。我猜，问题在于她满头都是小发卷。真不知道，她戴着那些硬邦邦的卷发器是怎么睡觉的。当然，我可没有这么说。在一张紧闭的嘴巴里，没有一只苍蝇能飞进去。洛洛经常这么说。

“失眠的一家人。”蒂娅·伊内丝一边说，一边打了个哈欠。她看了看走廊里乱七八糟的玩具，用涂好指甲油的脚趾戳了戳一些游戏碎片。

“再见，家人们。”洛洛从他房间的后门走出来，朝我们挥手。他洗完澡，穿着他的百慕大短裤，还有一件与我相同的T恤。上个月，我们定制了新的公司制服。这都是我的主意。“营销广告非常重要。”我告诉爸爸，然后设计了所有的东西。上面不仅印着“索尔喷涂”的字样，一个太阳从海平面升起的公司标志，还印着“价格公道，我们也说西班牙语”的广告语，下面是我们的电话号码。我们还搭配了成套的帽子。

蒂娅开始拆头上的卷发器。“嘿，洛洛，”她站在院子中央朝洛洛喊，“我们家的牛奶喝完了，双胞胎喜欢用牛奶泡燕麦。你那儿还有牛奶吗？”

他从厨房探出脑袋，到处寻找阿布拉。“你的孙子们要喝牛奶。”然后他转过头，面朝我，说：“你准备好了吗，麦西？”

“马上就好。”我伸出手，朝他笑着打招呼，“但是，你还记得我们达成的薪酬协议吗？ 30 美元哟！”

他摇了摇头，开始在口袋里翻找起来。“我还是会说，这简直就是抢劫。”他一边说着，一边递给我一沓响声清脆的钞票。

阿布拉走到院子里，两只手分别拿着一罐炼乳，摇晃着，好像在摇着两个沙锤似的。她走到蒂娅家封闭的门廊前，把炼乳递给她。

“炼乳？这就是你所有的东西了？”蒂娅问。

阿布拉狠狠地瞪了她一眼。“天哪！是的，这就是我所有的东西了。这没什么不好的，你也是我用炼乳喂养长大的。”

“但是双胞胎只喝新鲜的纯牛奶。你知道，他们对食物很挑剔。”

“伊内丝，双胞胎没有入社会保险。”

阿克塞尔开口了。“我饿了，我想吃椰子饼干。”

“我也想！”托马斯突然站起来，说，“我饿了！我想吃椰子饼干，椰子饼干！”一转眼，他们就开始摆动自己的小臂，像蒸汽火车上的轮杆似的绕圈圈。“椰子——呜呜——呜呜——椰子——呜呜——呜呜——”

他们的火车一边转圈圈，一边从游戏板上轧过。

“没有椰子饼干！”阿布拉跟在他们身后大喊，“那些都不是食物。你们的牙齿会烂掉，牙医会把它们全都拔出来！后半辈子你们就等着吃流食吧！”

“阿布拉，我猜这中间还有一些挽救措施，”罗利说，“比如说，补牙。”

她瞥了罗利一眼。

蒂娅转向罗利，愤怒地说：“去拿我的钱包，替我去一趟大众超市，可以吗？他们七点钟就开门了。”

“我？”他反问道。他还穿着睡裤呢。“我还没穿好衣服。”

“那就给自己随便找个短裤。另外，我这样也没办法出门。”她指了指自己的头，把罗利赶走了。然后，她穿过院子时看见了爸爸。他正在往面包车的后备厢装最后一桶油漆。“西蒙今天会去帮忙吗？”她问我。

天哪。

“这次只有我和爷爷。”我回答。

蒂娅有点儿失落，我走到爷爷身边：“我们该走了。爸爸不喜欢他的员工迟到，你知道的。”

“再等一分钟。”在我们走之前，阿布拉伸出手，抚平了爷爷的肩膀上的褶皱。

“盯着他点儿，麦西，别让他在太阳下站得太久。”她微微皱着眉毛，轻轻用手抚摸了一下洛洛脸上的淤青。我盯着自己的鞋子，不然我的眼睛又要“离家出走”了。“他的头会晒伤的，对他这个年纪的人来说，炎热可没有什么好处。”她又补充说：“不要让他上梯子，他会摔到屁股，接下来的日子就得一瘸一拐地生活了。”

哇哦！这真是一份长长的潜在伤害清单，即使对灾难防范管理部门来说也是如此。

“别管我了。”爷爷回答，轻轻地吻了一下阿布拉的脸颊。然后他从裤子后面的口袋里掏出来一顶帽子，戴在头上。“米拉，这个问题解决啦！”

“阿布拉，你不用担心，”我说，“我们大部分时间都会在室内工作。”然而，即便我们已经离开了，我依然能感受到她担忧的眼神跟随着我们。

当我们走到爸爸身边时，爸爸问道：“准备好了吗，我的员工们？”

“时刻注意管控创伤风险。”我说。爸爸说他不能支付我工资。因为：第一，妈妈希望我把主要精力放在学校里，而不是我的喷漆帝国；第二，我们需要遵守《童工保护法》。然而，我可以做一些准备工作，比如贴胶带之类的。但是当然，我们都知道，我是正在接受培训的管理人员，所以我应该尽可能多地吸收知识。比如说，今天，我已经决定把重点放在质量监督上面。上次，爷爷忘记清洗刷子，爸爸只能把它们扔掉，重新买新的。我不喜欢给爷爷写留言提醒，但是他最近经常忘这忘那，这很有可能发生。真希望不要到那一步。

“我可以坐在后面。”爷爷说着，就开始从后门往车里爬。爸爸的面包车前面只有两个座位。后面是开放式的空间，用来装设备。这意味着，如果超过两个人，就需要有人坐在油漆桶上。

“怎么回事？”爸爸说，“你跟我坐在前面，爸爸。麦西可以坐在那儿。”

“小心座椅上戳起来的弹簧。”我告诉爷爷，“它们从座椅的软垫里戳出来，非常坚硬。”

当我在水桶和抹布中安顿下来时，汗水已经从我的脖子上淌了下来。我们踢球的东西还堆在这里。爸爸点了几次火，试图让汽车的发动机转起来。

“快点儿，爸爸。我需要新鲜空气。”

“耐心。”他转动钥匙。

等待引擎发动的时候，我又擦了擦脖子上的汗水。爸爸的面包车基本上就是一个在车轮上的烤箱。他一直在为空调添加制冷剂，但它还是坏的。所以不管外面有多热，我们总是开着窗户开车。夜间驾驶并不那么糟糕，但在白天呢？哎呀。

试了几次之后，他终于启动了引擎。我们沿着私家车道出发，面包车的底盘吱吱作响。突然，爷爷喊起来。

“小心，孩子！”

爸爸猛地踩下刹车。我们的梯子在头上嘎吱作响，水桶从我下面滚了出去。我“砰”的一声躺在了地上。当我爬起来，朝窗户外面看时，我看到罗利难为情地朝我们微笑，车里的音乐像是在爆炸。

爸爸从窗户里探出身子。“把音乐的声音关小点儿，专注驾驶，像个正经人那样，罗利！你差点儿撞到别人！如果再让我看到你这样做，你不管去哪里都要走着去。听明白了吗？”

罗利点了点头。

“走之前，去问问妈妈，看她是否还需要什么。”爸爸告诉他。

然后，随着面包车再次发出“嘎吱嘎吱”的声响，我们开车上了路。

第十二章

沃斯湖赌场没有老虎机，也没有人玩二十一点，你的想象大概来源于它的名字给人的暗示。爸爸说，这里曾经有人赌博，但那是在二十世纪三十年代，在我们家族移居到这个国家之前的很长一段时间以前。现在，它只是一座漂亮的建筑，有绿色和白色的遮阳篷，市长称之为“我们的城市对本地旅客的承诺”的标志。时不时会有新人在可以俯瞰水景的宴会厅里举办婚礼，但大多数时候人们只是在外面的草地上野餐，或者花 40 美元租一套躺椅和沙地上的遮阳伞。

我很高兴，今天我能来到这里，即便是周末。按理来说，在我的工资单上，应该有双倍工资。当然，最重要的是，我正在为我的新自行车攒钱。如果我们能早点儿完工，说不定还能去市中心的自行车商店逛逛，只逛不买。洛洛会帮我挑选一辆好自行车，而且爸爸也是一位杀价高手。如果商品上有小划痕或者是一款停产的车型，爸爸总是大胆地索要折扣。如果我骑着一辆帅气的“巡洋舰”，我真想看看埃德娜的反应。据罗利说，我们家距离学校 12.1 英里，但是那又怎么样？我打赌，只要经过一小段时间的训练，我肯定能成功。骑车到学校可能需要一个小时，只要能向她炫耀一下我的新自行车，即使汗流浃背、肌肉酸痛也是值得的。

我花了一上午时间，把蓝色胶带贴在踢脚线的边缘，然后在水槽上铺上盖布，保护水槽。还在女卫生间周围放置了“油漆未干”的标志。接着，我用砂纸打磨掉门上的碎漆——嚓、嚓、嚓——努力打磨平整。爸爸和洛洛正在走廊另一端的男卫生间工作。我用砂纸转圈打磨时，能听见他们的声音在音乐声中回响。那是洛洛的老收音机，外面布满了我们工作时飞溅的油漆斑点。洛洛喜欢音乐。实际上，他和阿布拉是在一次舞会上认识的。现在，他们只在新年来临的前一夜跳舞，那时候我们都会熬夜到很晚，还会吃掉十二颗葡萄，每颗葡萄代表新年的一个月。阿布拉微笑着，洛洛闭着眼睛，俩人抵着额头。好像他们正身处某个地方，滑行，旋转。

终于，当卫生间门的表面摸起来光滑而平整时，我把砂纸丢在一边，去另一头找爸爸和洛洛。如果我不提醒他们，他们总是会忘记休息。

当我经过舞厅的双开门时，我发现那里的门是打开的。于是，我停下来，打算进去看一眼。房间里有一整面墙是落地窗，正对着大海。巨大的吊灯折射着阳光，在地板上投射出闪闪发光的图案。在其中一个阴影中，有一个布满灰尘的结婚礼物，由两个塑料婚戒组成，于是我捡了起来。脏兮兮的丝带上，印着烫金的字样：贾斯廷与利安娜。这突然让我想起蒂娅·伊内丝与马可的婚礼，他们俩的婚礼派对就在我们家的后院举行。那时候我才五岁，所以我只能回忆起一些零零星星的碎片。伊尔·卡比餐厅的烘焙师肩膀上扛着一个巨大的方形蛋糕。上面有两个小的塑料人偶——新郎和新娘。阿布拉点了香槟酒和各种类型的小甜点。然而，我记得最清楚的是，我多么渴望拿罗利手中放在天鹅绒戒指盒里的结婚对戒，而不是在一旁撒花瓣。不论我怎么恳求，他都不答应和我交换。

然而，现在蒂娅·伊内丝和马可已经不再是夫妻了。有一次，我问蒂娅他们为什么会离婚，她回答说："他不再爱我了。"我很好奇，如果他可能爱过她，那才真的很麻烦。

罗利说过，爱情是一个谜团，也许他是对的。

但是，一切都太让人觉得困惑了。妈妈爱爸爸，这很普通。我爱杰克·罗德里戈——当然这是个秘密，不过确实是真的。而且，我也爱洛洛，当然还有我们家里的其他人，这也并没有那么复杂。但是，说到罗利和阿哈娜，蒂娅和马可，当然也包括蒂娅对西蒙的迷恋，这些都让我感觉一头雾水。那是爱情吗？我不知道。

我从兜里摸出手机，对着大海拍了一张照片。有时候，我会喜欢拍一些日常事物的照片，比如现在云层正和水面远处的天空聚集在一起。如果你仔细看，就能发现那些灰色的幕帘下已经开始下雨了。如果我们足够幸运，站在原地，等待一会儿就能看到闪电。我能拍到闪电击中水面的绝佳场景。洛洛有一次告诉我，这是因为上天看到人们做愚蠢的事时，发怒了，比如人们伤害彼此。但是罗利说，这不是真的。他坚持说："这是潮湿的空气相互碰撞的结果，能量会由此向上推到云层。"

真是煞风景，还是洛洛的说法更好一些。

"真是抱歉，请问你是不是迷路了？"一个身上别着黄铜制的姓名牌的女士站在敞开的大门旁问道。

"不是的，女士。我和喷漆团队是一起的。我正在拍照片呢。"

她看着我，好像我没有做好事似的。我们工作时，有时候会发生这种事。一些顾客会看着我们，好像他们一不看我们，我们就会偷拿东西似的。也许我看起来不够体面？我收起我的手机，从她身边溜走，去找爸爸。

当我找到爸爸时，他还在男卫生间工作。

当爸爸看到我时，他说："赶快工作。"在这样的高温下，他的衬衫已经全部湿透了。他把门窗都打开，让热气排出去，否则他会头晕的。但即使是海风也吹不走今天的高温。

"现在是十点半，"我说，"你的员工正式向你申请休息一会儿，先生。"

爸爸把茶色的油漆倒进托盘，用肩膀擦拭他汗湿的下巴。"已经很照顾你们了。"

"什么意思？"我环顾四周，"洛洛在哪里？"

爸爸放下手中的滚筒。"他刚才出去了，在阳台上休息了一会儿。你知道他多么喜欢看海。"

"所以，没有人告诉我现在是休息时间？你这是偏心。你知道的，你可不能这样做。"

爸爸滚了几下滚筒，在接近顶端时眯起了眼睛。"放轻松，老板。"他又把滚筒浸在油漆里，"他需要休息。一个好的老板在必要的时候会做出调整。洛洛的速度不如从前了，你知道的。"

我立刻想起洛洛摔倒那次。“我猜他确实是。”

爸爸看了我一眼，好像要和我说什么，但是他又继续工作了。“我来告诉你。我还要在这里再干二十多分钟，还有上面要刷。”他说，“然后，等油漆风干的时候，我们就能休息一下，还能去吃点儿东西。你去告诉洛洛。”

我顺着他手指的方向，打开推拉门走出去，但是洛洛没有坐在任何一张躺椅上。于是，我爬下金属楼梯，去看看一楼的阴凉处。这真是一个放松的好地方。

“洛洛？”我喊道。

但是他也没有在这里。

我走遍整栋楼，呼喊他的名字。我甚至还跑到了前面，大家通常在那里租赁游乐项目的地方，因为我知道他偶尔会喜欢站在那边，和某个陌生人随意聊天。

但是，哪里都没有他的影子。

一种针扎的感觉从我的胃里升起。然而，当我沿着大楼背后再次行走的时候，我把这种感觉压了下去。我的眼睛沿着整个海滩扫描，我把手搭在眼睛上，遮挡刺眼的光芒。即便现在天气非常炎热，海滩上依然人来人往。孩子们在海滩上听音乐，穿着冲浪短裤的男孩们正在冲浪板上玩得不亦乐乎。还有一群小家伙在冲浪，他们尖叫着，从每一个卷起的浪头上跑开，就像双胞胎在这里时一样。

我重新沿着楼梯爬回楼上，衬衫贴在我的皮肤上，我的头发膨胀出一个新高度。“洛洛不在这里。”我告诉爸爸。

“他不在这里，是什么意思？”他皱着眉头，放下手中的滚筒。然后，他穿过舞厅，小心翼翼地走出去，生怕他鞋上的油漆滴在实木地板上。“我去楼下的男卫生间找一下。你去海边看看，也许他会在那里。”

爸爸的声音里透出某种东西，似乎改变了我内心的想法。我赶紧再次来到楼梯处，然后把牛仔裤的裤腿挽起来，这样我走在沙滩上时至少会感觉凉快一点儿。

我不禁回想起罗利和我小时候的事。洛洛和阿布拉经常开着他们的车带我们来这里。洛洛一边开车一边跟着收音机唱歌。阿布拉总是把我们的食物装在不同的塑料容器里。那时，洛洛可以游到水更深的地方，那里的海水颜色很深，而且没有海浪。他让我紧紧抱着他的背。

我走到海边，期待看到他的身影。但是，他没有在海边蹚水漫步，也没有下海游泳。

正当我打算离开时，我看到海浪冲上来一些东西。那是一只鞋子，一半埋在沙子里。

洛洛的黄色袜子依然塞在里面，上面覆盖着海浪带来的小石子和海藻。他的另一只鞋子在哪里，没有任何线索。从现场来看，它一定是在潮汐中被冲走的。

我摇摇晃晃地往水里前进了两步，大声叫喊他的名字。

“洛洛！”

几个和海浪嬉戏的人转头看着我。在他们身后，一艘双体船和几只滑翔伞船在远处摆动，它们停泊在海面上，像糖果一样明亮。戴着氧气面罩的游泳者从甲板上跳下，在海底潜泳。

“盯着他点儿，麦西。”阿布拉的话回响在我的脑海中。以前，我们出发去海边时，她站在岸边说过同样的话。“盯着点儿孩子。”她这样告诉洛洛，当我们走进大海深处时，她的声音随着海浪的撞击逐渐消失。

我的眼睛开始变得不舒服，它又开始“离家出走”了。我攥着拳头用力揉了揉。洛洛会在哪里？

距离上一次阿布拉和洛洛单独带我们来这里，已经过去很久了。那时候，我上二年级，洛洛去了卫生间，一直没回来。阿布拉发狂似的，非要罗利去看看。当罗利终于在离我们很远的地方——靠近停车场的位置找到他时，他抱怨道：“这些遮阳伞看起来一模一样。”从那以后，再也没有“背小猪”的游泳游戏了，同时，如果没有蒂娅或者妈妈陪伴，我们再也不能单独出行了。现在，我想起来了。

我转过身，朝救生员看去，好让自己安心。他们正自顾自地聊天。如果有人在海浪中遇到麻烦，他们会看见的。我们还会听到哨声和警报声。

于是，我把洛洛的鞋子和袜子夹到胳膊下，匆匆穿过热气腾腾的沙滩，走向码头，大人通常不允许我自己过去。当到达顶层台阶时，我已经气喘吁吁、汗流浃背了。当我跑近看他是否在远处聚集的人群中时，海鸥正在我的头顶上尖叫盘旋。

最后，我看见了他的黄色帽子。他和一群钓鱼的人在一起。一股轻松的感觉涌上心头，我开始跑起来。

“洛洛！”我喊道。

然而他并没有理会我。相反，他和其他人一起靠在栏杆边上，看一个人钓鱼。当渔夫的鱼竿像字母 C 一样弯曲时，人们大喊起来。

“放松点儿，”一个男人说，“你不知道它游累了没有。”

洛洛的脸看起来因激动而变得明亮。他还没有转身，尽管我拍了拍他的背。我注意到，他的脚趾已经变得通红。沙子烫得像岩浆，难道他没有注意到吗？而且，他的耳朵也晒红了。它们变成深红色，有些起水泡。过会儿，我们肯定都会听见阿布拉唠叨这件事。

我再次用手拉他的胳膊肘，终于，我的心脏不再跳得那么厉害了。“嘿，”我的声音听起来那么僵硬，这让我吓了一跳，“洛洛！”

“这是一条梭鱼，”他悄声说，“你瞧瞧它。”

我顺着他手指的方向看去。一条身体细长的银鱼在细线上闪闪发光，仿佛某种金属。当它被慢慢地拖到木栏杆这里时，男人们欢呼起来，鱼扭动着身体，大口喘息着。它看起来很凶猛，有一双大眼睛和一口尖尖的牙齿，但当大家围着它，看它在地上扑腾、走向死亡时，我不禁感到很难过。看到它挣扎的样子，我就想哭。

我狠狠地推了推洛洛，终于把我的抱怨说了出来。“你为什么不告诉爸爸你要去哪里？”我说，“我们一直在找你，而且你把东西放得离水太近了。”

我对他说话的方式就像我有时对双胞胎说话那样，很霸道，很厌烦，但洛洛似乎没有注意到。事实上，他有一秒钟看起来很困惑，好像我不是他认识的人一样。这让我更生气了。

“这是你剩下的所有东西，”我举起他的鞋子，告诉他，“其余的都被海浪卷走了。我们要怎么跟阿布拉解释呢？”

继续撒谎吗？我本想加上这句话。

洛洛低头看了看他的脚，勾了勾他的脚指头，咯咯笑了。他熟悉的笑声让我彻底放松了下来。

“给你。”我掏出他湿漉漉的袜子，穿到他的脚上，“穿上这个总比什么都没有好。至少你的脚不会再被沙子烫伤。我们可以把海鸥的粪便冲洗干净，等我们去吃午饭时给你买双橡胶拖鞋。”

“谢谢你，伊内丝，”他说，“你是一个好女儿。”

我直起身来，仔细看着他的脸。“我是麦西，洛洛，”我告诉他，“伊内丝在家里。”

“麦西。”他轻声说。

我们开始回到码头上。当我们走在路上时，海浪拍打着木桩，海水飞溅到我们脸上。他看起来有点儿站不稳，于是我把胳膊搭在他的肘部，脑子里回想他从自行车上摔落的情景。

爸爸仍然在沃斯湖赌场。他站在阳台上，手搭在眼睛上，到处寻找我们。我带洛洛来到一个长椅上休息，然后发了一条短信。

在码头。看到我们了吗？

我看着他在口袋里翻找手机，查看信息。然后他朝我们的方向看去，发现我在挥手。几秒钟后，我的手机震动了。

在那里等着。

我在洛洛旁边坐下来。突然间，我感到浑身乏力，满头大汗。

“你吓到我了，洛洛。”说着，泪水充满了我的眼睛，我没有再说什么。

他拍拍我的手，但他似乎没有注意到我的不安。

“你永远不会相信，”他说，“菲科在河里抓到了一条梭鱼！你真应该看看。”

我眨了眨眼，一种沉重的感觉填满了我的胸腔。

菲科？河？

我只听说过一个人叫菲科，他是洛洛的哥哥。

洛洛的哥哥。我们都没见过他。他还是一个孩子时，在古巴溺水而亡。

我只是望着海鸥潜入海浪中，发出尖锐的叫声。这一次，我懒得纠正他的错误。

第十三章

没有什么比说闲话的人更糟糕了，所以我对这件事闭口不谈。

但奇怪的是，爸爸也是如此。

他到了码头后，根本没有问我细节。他完全沉默地站在那里，盯着我们看了一会儿。他脸色通红，满头大汗，也许和我一样感到疲惫不堪。我猜他看到洛洛的鞋子后，应该能猜出来发生了什么，以及他是如何走失的。

爸爸在海滩商店给洛洛买了一双橡胶鞋，我们自顾自地吃热狗，谁也没有说话。后来，他让洛洛坐在浴室外的椅子上，让我拿起刷子滚墙，以便早点儿结束工作。

现在已经快到晚上十点了，爸爸在厨房里，和妈妈及蒂娅·伊内丝在一起。他们在说悄悄话，但这是一场争吵，我看得出来。他们低声细语，但是说话的速度很快。一旦音量增大，紧接着就会出现长时间的沉默。是关于洛洛的话题，我几乎可以肯定。或者，也许更多的是关于爸爸和我没有看住洛洛的事——今天下午，阿布拉看到他起泡的耳朵，这是她的主要话题。也许只是蒂娅和爸爸又在为洛洛的事争吵，就像他们一贯的做法一样，妈妈试图在中间维持和平：轮到谁带他去商店买新鞋，谁不能再请假去医院。

但我不确定，因为每次他们听到我离开房间，都会变得很安静。当我去厨房看我的足球队选拔同意书是否签好时，他们的眼睛就会跟着移动。直到我离开了，他们才又开始继续谈话。

“孩子们不需要听到生活中的丑恶现象。长大后有足够的时间来听。”我以前听阿布拉说过这样的话，她讨厌我和罗利看悲伤或血腥的书和电影。但这太难以理解了，很多悲伤的事情都发生在孩子身上。你的狗死了。你的父母分开了。你最好的朋友为了更好的人抛弃了你。有人给你发了一条刻薄的短信。

我可以继续说下去。

“发生什么了？”我问罗利。他正在床上，用他的笔记本电脑看一个关于大脑的视频。“他们在争论什么，你知道吗？”

他不会把目光从屏幕上移开。“别想偷听了，去睡觉吧，麦西。你需要 9.25 个小时的睡眠来维持大脑的正常功能，你知道的。”

“洛洛有什么不对劲吗？告诉我，罗利。”

“我告诉你，我在看东西。”

我所有的怒火都冒出来了。

“我真等不及你明年才去大学，我巴不得你赶紧离开。”我这样告诉他，尽管这是个谎言，“我将拥有自己的房间。我不会在任何地方留下任何一个愚蠢的关于科学的东西。”

然后，我拉上了我们床之间的布帘。

周一，当罗利把车开进学校时，我知道妈妈在看 LED（发光二极管）灯箱。那是纽曼博士每周张贴他那令人讨厌的鼓舞人心的励志名言的地方，也是提醒我们重大事情日程的地方，比如音乐会和田野考察。

中年级足球选拔赛，周一至周三，放学后立即进行。

低层球场。今天是六年级。

我盯着这条标语。我的球鞋、护膝和护腕都在我的包里。我唯一缺少的是我的选拔同意书。

罗利下了车，妈妈坐在驾驶位。我也从车里爬出来，但我站在车窗附近。

“怎么了，麦西？”她问道，“你忘带午餐了吗？”

我拉开背包的拉链，掏出同意书。“你又忘了签这个，”我说，“今天有选拔赛。”

她盯着我看了很久，她的眼神让我的心又开始乱跳，我害怕的时候总是这样。她深吸了一口气，直视着前方，大概过了一分钟，然后她转头面向我。

“事实是，我没有忘记，麦西。”她说。

我转了转我的背包。“那你为什么不签呢？”她看了看周围其他送孩子的爸爸妈妈，压低了声音：“我知道你有多喜欢足球，麦西，我真的知道。但是你现在不得不和你爸爸的球队一起踢球。我们还有太多的事情要做。我们需要你放学后回家。阿布拉不能每天都自己照顾双胞胎。”

我的嘴张得大大的：“我不能参加选拔？但是，我整个夏天都在为这个练习，妈妈。我很擅长这个。”

“我知道你很擅长，亲爱的，”她说，她的眼睛看起来就像被什么东西填满了，“你在这方面很出色。”

“那就让我参加吧！蒂娅可以找别人来照顾她的孩子，”我说，“为什么罗利不能帮忙照顾他们？”

“到时候，你怎么回家呢？罗利放学后会辅导别人作业，然后他每天都要再开车回来接你。”她说，“这个学期，他一直忙着申请大学，他已经够忙了。”

“但是，总是我去照顾他们，这不公平！”

“是这样的。但是，很多事情就是不公平，麦西。”她又开始了。

就在这时，停车场的志愿者冲我们举起“即停即走”的标志，并且朝我们走了过来。妈妈朝她挤出一个笑容，尽管我和她之间并没有争吵。

“非常抱歉，”志愿者说，“但是我们必须让车辆动起来。您是否方便离开呢？”

“哦，好的，当然。”妈妈说，“真是抱歉！”

她把车的挡位推至启动挡，满怀歉意地看着我。“我们晚点儿再讨论这件事，麦西。”

“但是没有时间了，今天就是选拔日。”我说。眼泪沾满了脸颊，我能感到我的下巴在颤抖。我再次把同意书推到她面前。“求你了，妈妈，签了吧！”

她从我手中接过那张纸，没有签字，却将它扔在后排座位上。

“这次你就不要参加了，麦西。我非常抱歉，我知道你非常失望。但是我保证，明年你可以参加。”

我站在原地，车一辆接一辆从我身边驶离，我盯着她离开的背影发呆。

我的胃里翻腾着愤怒的泡泡。突然，我开始怨恨那对双胞胎的出生，怨恨蒂娅·伊内丝不肯雇一个临时保姆，我怨恨洛洛突然莫名消失，我怨恨阿布拉总觉得累，怨恨罗利申请大学，我讨厌妈妈，也讨厌海沃德派恩学院，还有足球队。

一切！我讨厌一切！我跑进女卫生间，想藏起来。

第十四章

这一周就是一场悲剧。

最后一小时上体育课通常是件好事，尤其是在周五。

但这周却很难。足球场上已经摆上了橙色的安全锥和额外的球网，以便进行选拔赛，所以我每天都不得不提醒自己，我不能加入足球队。

更糟糕的是，那些男生们，不知道从哪里冒出来的，每天午餐时都变成了皇家害虫。他们一直试图弄乱我们的食物，并假装那不是他们干的。这周早些时候，他们偷吃了雷切尔的苹果和埃德娜的甜点。我以为他们不会来烦我，因为我的心情一直不好，但今天我吃完三明治，起身去拿牛奶时，回来发现我剩下的食物都消失了。

“我的午餐在哪里？”我问道。桌上只留下空空如也的纸袋子。

“秃鹫叼走了。”埃德娜说着，指着男生们的餐桌。她和杰米偷偷地笑起来。

当我朝那里看时，我很确定，我的午餐水果正在男生们的餐桌上转来转去。我走过去，我并不在意今天谁看见我和男生说话了。

“还给我。”

“还给你什么？”蔡斯咧嘴一笑，问道。他把我最喜欢的两个葡萄味口香糖粘在他的大门牙上。

“真可笑！”

“等着，好的，”戴维回答，“就来了。”他假装自己正在呕吐。

就连迈克尔也笑了起来，这真让我觉得奇怪。这还是那群和我一起看恐龙电影的人吗？

“你们可真成熟。”我说。这句话是从罗利那里借来的。

我两手空空地走回自己的餐桌，气得快冒烟了。汉娜分给我一些她的巧克力饼干，这让我好受多了。“在这里，”她说，“他们真是一群傻瓜。”

“不仅仅是傻瓜，”我说，“可恶！”

我是第一个走进球场上体育课的。这就是在裙子下面穿着运动短裤的好处。去年，我们不需要换成运动服。穿着运动鞋就可以玩。但是，今年我们必须换衣服，如果我们不换衣服，就得零分。我不想参与其中，有些人总喜欢在别人脱衣服时，当着他人的面打开隔间的布帘取乐。

我们班的体育用品放在棒球场。对我来说，这实际上是邀请我在其他人到来之前试用一下。也许我可以在回家之前发泄一下午餐时的坏心情。但是，事情变得更糟糕了。我钻进网袋里找球。从技术上讲，上课前我们不应该碰任何东西，因为我们被“适当地监督”着。但这些不是电动工具，它们是棒球，全新的、气味好的棒球。能发生什么呢？

我拿起球棒，看向球场，瞄准我的目标。这是一片绿色的海洋，是一个棒球翡翠城，在你能看到的范围内，草地上没有一块秃地。回想小学时，我们的球场被烧焦了，踢球时必须注意那些压在土里的玻璃碎片。但在这里，草是一种珍贵的东西。巴普蒂斯特先生是这里的首席场地管理员，如果连着几天不下雨，他就会让他的工作人员打开洒水装置，他还命令科学实验室定期测试土壤，以确保土壤保持合适的酸碱值。我知道这些，是因为罗利就是测试土壤的那个人。

洛洛到我们学校时，就喜欢来这里。爸爸和妈妈可能对罗利的学业赞不绝口，但洛洛认为这块草地是最好的。去年，在祖辈团聚日，他和我一起来到海沃德派恩学院。他带来了他的旧球棒和一件来自古巴的球衣，并告诉我们他在 1980 年来到这里之前是如何成为一名球童的。他告诉我们每一个细节。体育场内看台的样子、制服，所有的细节都很精确，我们几乎可以从他的话中看到它的模样。他从来没有忘记很久以前的事情，这是他最近十分奇怪的地方。他怎么能记得四十年前的所有事情，却忘了十分钟前发生的事情？甚至忘记我的名字？

“没有冒犯你的意思，苏亚雷斯先生，但是棒球球童不是应该都是小孩子吗？”埃德娜问道。

“在这里是的，他们都是男孩和女孩。但是在古巴，棒球球童可以是成年人，即便是今天。所以你看，桑托斯小姐，我是真正的棒球小子。”

就连组织这次活动的麦克丹尼尔斯小姐也很喜欢洛洛。事实上，她今天早上还问起我关于他的情况，因为下周就是祖辈团聚日了，而这是我们最后一年举办这个活动。显然，对七八年级学生的爷爷奶奶来说，他们已经太老了。

“那位迷人的苏亚雷斯先生今年会参加我们的活动吗？”她问。

“当然！”我说。然后我就匆匆离开了。我不想让她问我关于我的阳光伙伴的任何事情。我不敢告诉她，我和迈克尔唯一的新联系是给他发短信，在他去矫正牙齿时，把错过的阅读作业告诉他。哎！我想知道，他吃了我的食物，那么我在他的小腿上狠狠地踢一脚，算不算是一项活动？

我抛出一个球，按照洛洛教我的方法，把重量放在我的后腿上。像往常一样，我把球压在下面，满意地拍了一下，把球送进了外场。它划出一道高高的弧线，击中了围栏的顶端。再走几步，就肯定是个本垒打了。如果洛洛不再表现得那么奇怪，我也许可以在春天参加棒球队的选拔。

“观众们在为你欢呼呢！”一个声音说。我转过身去，发现迈克尔正在本垒的铁丝网后面看着我。他甩了甩眼睛上的头发，咧嘴一笑。

我冷冷地看了他一眼，因为我还在为午餐生气。另外，埃德娜可能就在附近，随时准备扑过来。当她发现我给他发作业短信时，她变得很生气。

“你给他发了短信？”雷切尔瞪大眼睛问道，“你有他的号码？”

“所有阳光伙伴都有对方的号码。谁在乎呢？”埃德娜说。但你可以看出她肯定是在乎的。在午餐的其余时间里，她从桌子对面向我射出死亡射线。我真需要一个恐龙帝国的盾牌来保护自己。

我环视了一下场地。有几个男孩从体育馆的门里走出来，正朝我们这里走来。很好，让他们和他聊天。

“我不和偷别人食物的人说话。”我说。

“不是我，”他说，“我只是个证人。”

迈克尔绕过栅栏，从我脚边的袋子里拿了几个球。我注意到，他每只手都能拿两个球，就像洛洛一样。他小跑着来到投手丘，面对我。“我有一个擅长打球的手臂，你知道的。快球、曲球——你说了算。”他说。

我站在那里，眨着眼睛。

“害怕了吗？”他问我。

“得了吧！”

“那就来吧。我赌5美元，如果你能击中的话。但是我猜你肯定击不中。”他再次晃了晃眼前的头发。

我怜悯地瞪了他一眼。一个新来的怎么能知道我的实力？这就好比你从婴儿那里抢糖果。现在我倒是觉得，这是他应得的。

“但是我一定会击中的。”我说，“我会从这里把球打出去，然后你就不能再触碰我的午餐——也不能让其他任何人触碰它。任何时候都不能。”

“嗯，哈。来啊。”他等着我应战。

5 美元，这会让我离我的新自行车更近一步，不是吗？出于本能，我用最佳击球姿势蹲下，将球棒举过右肩。

“随你怎么投球。”我告诉他，“然后准备好支付钱吧，迈克尔·克拉克，千万不要哭哟，别说我没提醒过你。”

“哈！”

现在，我们班的孩子已经聚集在看台上，包括埃德娜，她的眼睛像鹰一样盯着我们。她穿着崭新的运动鞋，鞋头是印着豹纹图案的橡胶。从她脸上的表情来看，我觉得她很可能想像大猫一样挠我。整整一周，她一直在傻笑，并大声叫着迈克尔的名字以引起他的注意。她一有机会就给他发照片。我希望这一切赶紧结束。

“你本不应该碰那些东西，麦西。”她叫道。

但这一次，在这块场地上，我不想让埃德娜充当老大。

“快点儿！”我告诉他。

我听到有哨声响起。帕切特先生正在向我们慢跑过来，他挥舞着他那肌肉发达的手臂。他不喜欢破坏规则，因为这违反了他的军事化训练。我握紧我的球棒，摆好我的脚。

“来吧，投球！”

迈克尔慢慢地转过身来，朝树的方向凝视了几秒钟，然后只听“咻”的一声，他投出了球。

我把目光集中在球的缝隙上，就像洛洛总是说的那样，然后我触到了球。我的手臂像被电击了一下，迈克尔并不是在开玩笑，他投掷的力度足以让我的牙齿松动。

不幸的是，球并没有划出弧线。

相反，它像子弹一样从我的球棒上弹出去。糟糕！——这个直线球正中迈克尔的脸，他像中了枪一样跌倒在投手丘上。

我扔掉球棒，飞快地跑到他身边。他巨大的后背一动不动。他的上唇裂开了，血顺着他苍白的脖子流下来。

大家一边大喊着，一边向我们跑来，在周围围成一个圈。帕切特先生一次又一次地大声吹着哨子，他靠近我们的时候，把身边的人一个个剥开。

“退后！往后站！”

“麦西用棒球打了迈克尔的脸。”埃德娜说。在帕切特先生到达的一刹那，她立刻告发了我。她愤怒地看着我。“混蛋！”

帕切特先生拿下他的对讲机。“麦克丹尼尔斯小姐，我们需要哈里斯护士尽快到B场地，头部受伤。完毕。”然后他开始在他的急救包里翻找，他总是把急救包当作腰包挎在腰间。

“谁允许你在没有老师主持的情况下就开始了？”他拿出了纱布和其他用品。

“我没有开始，我们只是……”

“谁先开始的？”他再次问我。

“没有人，先生。”

他拉上橡胶手套，俯身在迈克尔身上。“孩子，你能告诉我你的名字吗？”

“他是迈克尔。”埃德娜说。

“这个问题不是问你的，桑托斯小姐。”帕切特先生冷冷地说，“请往后站，安静点儿。”然后他又转向迈克尔：“你叫什么？”

“啊啊啊……”他喃喃地说。

我所能想到的尽是阿布拉关于头部受伤的警告。迈克尔的大脑受损了吗？他还能再说话吗？

“慢慢坐起来，迈克尔，让我检查一下你的牙齿，像这样动动你的下巴。”他向迈克尔演示如何打开和闭上他的嘴。

迈克尔看起来一脸茫然，他艰难地用手肘撑起了自己的身体。他的嘴唇怎么会膨胀得这么快？看起来像《动物星球》上播放的那些大青蛙的喉囊。他把一口血淋淋的唾液吐到橙色的泥土里，让我感到恶心。

“我很抱歉！这是个意外。”我说。

帕切特先生向我投来一个严厉的眼神，他稳住迈克尔，用带手电筒的笔检查了一下他的瞳孔。他小心翼翼地掀开迈克尔的嘴唇检查。谢天谢地，我仍然看到了他的门牙。

“干得好，麦西。”埃德娜说。

“了不起的伙伴。”杰米补充道。

“这是个意外。”我又说，“我们打了个赌，如果我能击中球，他就会放过我的午餐，而且——”

“所有人，现在都到看台上来。”帕切特先生吼道，“埃德娜·桑托斯，入列。”他把写字板递出去，然后开始帮助迈克尔站起来。这时哈里斯护士开着一辆高尔夫球车过来。她从车里跳出来。当她看到迈克尔的血淋淋的运动衫时，不禁龇牙咧嘴一番。

“麦西差点儿杀了迈克尔，就因为他拿走了她的水果和其他零食。”埃德娜这样告诉她。

“闭嘴！”我说。

“安静。”帕切特先生说，“看台集合。”

他帮助哈里斯护士，把迈克尔装进高尔夫球车里，并在他的脸上敷了一个冰袋。我的脖子烫极了，这不是因为太阳的烘烤。我走到看台，独自坐在前排。太悲惨了，大家都在盯着我看。

“他很可能脑震荡，”在他们离开时，埃德娜大声说，“在你的整个人生中，只能有几次这样的经历，你知道。然后你就会一直昏昏沉沉的。”

迈克尔走后，帕切特先生深吸了一口气，开始了一场关于遵守规则的长篇大论。这是一场全面的说教，每个人都对我投来鄙夷的目光，因为是我把这一切带给了大家。

最后，只剩下二十分钟时，他让我们分别报出“一、二、一、二……”，我们分好组，进行了一场简短的比赛，多亏了他所说的“不幸的事”。

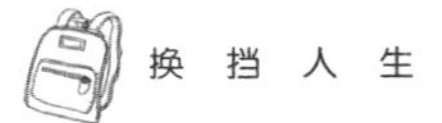

“你不要走，苏亚雷斯。”当我开始朝外场走时，他告诉我，“你去向麦克丹尼尔斯小姐报告，她需要你当面向她汇报这次事故。”他像个执法者一样站在那里，双臂交叉，姿态很高。“她还要给你的父母打电话，你放学的时候要留在学校。”

“什么？”我想起妈妈的规定，我不能因为其他理由从学校给家里打电话。呕吐、发烧，这是她的两个要求，只有发生这两种情况我才能打扰在工作中的她。

我试着恳求。“但我不是故意的，帕切特先生。”

“规矩就是规矩，”他说，“你破坏了它们，就要付出代价。去吧。”

第十五章

~~亲爱的迈克尔·克拉克：~~

~~非常抱歉！我的平直球打伤了你。你真应该听我的，我提醒过你，还记得吗？~~

~~亲爱的迈克尔·克拉克：~~

~~看到你还有牙齿，我真高兴。如果没有牙齿，生活会变得非常难熬，这是我奶奶说的。~~

~~亲爱的迈克尔·克拉克：~~

~~非常抱歉！我的平直球把你打趴下了。你欠我的5美元，就不用给我了。你是新来的，怎么会知道我的厉害呢！~~

我重写了好几遍言辞诚恳的道歉信，如果我想让我的放学留校时间是一天而不是两天的话。终于，麦克丹尼尔斯小姐批准了这封信。我放弃了解释那是个意外。现在的时间是周五下午快四点半了，是她的下班时间，她没有心情多待一秒钟。当我在道歉信上签下我的名字时，她正在桌子上敲打着她光洁的指甲。我终于屈服了，在纸上写下了她在学校安全规则的重要性讲座上讲过的要点。

亲爱的迈克尔·克拉克：

我真诚地向你道歉，我的鲁莽行为没有体现出海沃德派恩学院的价值观，我们始终尊重规则。学校的规则是以学生的最大利益为出发点制定的。作为一名“阳光伙伴”，我应该知道得更多，尤其是包括打赌在内的博彩活动违反了学校的道德准则。

你真诚的朋友

麦西·苏亚雷斯

“这样就可以了。”麦克丹尼尔斯小姐检查完所有的内容后说。她把信折叠起来，塞进漂亮的海沃德派恩学院的信封里，然后递还给我。“等周一迈克尔·克拉克回来上学时，你把这个给他。我不希望下次还在这里看到你违反学校安全准则。对于像迈克尔·克拉克这样的新学生而言，我可以原谅他是初犯，他可能不知道这些规则。但是，你是知道的，如果还有类似的事情出现，恐怕你就要被阳光伙伴组织除名了。”

我逃离这个愚蠢的组织的机会就在这里，但是一切都是错的。离开和开除是两回事。

“好的，女士。我不会再犯了。”

她收拾好自己的东西，关掉了灯。“周末愉快，麦西。”

我沿着环形停车道散步。妈妈很可能把我放学留校当作一个耻辱，就好比去年我告诉她我不想参加拼写比赛。原因是一旦我站在台上面对其他人做什么事情，总会濒临崩溃。这也会让我的眼睛变得疯狂。她说：“麦西，你的老师们会怎么看待这件事？你甚至连尝试一下都不想。”

然后，等在那里的车不是她的车，反而是爸爸的面包车，看起来破破烂烂的。我打开车门时，车门发出一阵很大的噪声，引得麦克丹尼尔斯小姐从对面的停车场探头张望，寻找声音的来源。我从来没有这么庆幸，周围没什么人。

“妈妈在哪里？”我问。

“她去康复中心开会了。她会晚点儿回家。”

我没有问是谁在看双胞胎。当然，本应该是我看的。阿布拉可能正为此操劳，也许罗利在帮忙。

爸爸嘴里叼着一根牙签。他此时胡子拉碴的，浑身是汗。我能看出来他很疲惫，而且一脸愠怒，这是他工作时的表情。这让我想起，去年我问爸爸：“你喜欢做油漆工的工作吗？”那天是学校的职业宣讲日。一些家长来演讲了，如果你的父母没来，你必须向他们询问工作状况并且上交报告。那天有人因为他在工作时在车库门上弄出一个凹痕而向他索要250美元。那人说是爸爸在停车时弄的，但爸爸知道，他到的时候那个凹痕已经在那里了。爸爸尽量不与他的客户争论，但这并不容易。因为那天的事，我猜他并不是很喜欢做油漆工。

当我扣上安全带时，他严肃地看了我一眼。然后他开车开得特别特别慢——甚至比罗利开得还要慢。好像我们正在参加校友日的游行。

“为什么开这么慢？”我说。

“你在赶时间吗？”他做了一个转弯的手势。他一英寸[1]一英寸转弯，车子吱吱作响。罗利就是这样。

我耸了耸肩，瞥了一眼停车场里剩下的几辆车，都是带着有色玻璃窗的闪亮的车，后窗上贴着火柴人家族的笑脸贴纸。几个妈妈正在等足球队的选拔赛结束，有的正在打电话。

“这太尴尬了，”我说，“更不要提没有空调了。”

“噢，尴尬，你是指我们的面包车吗？”

我点了点头。有那么一瞬间，我以为他明白了，但后来我发现这是一个圈套。

“尴尬，真是可怕的东西。我知道那是什么感觉。”他说，“毕竟，我接到我女儿的学校打来的电话，说她弄伤了人，我也觉得很尴尬。”

“我不是故意伤害他的，那是一个意外。”

“我相信你，但不是每个人都会相信，而且你在以一种不好的方式引起人们对你的关注。”他太阳穴上的小静脉正在跳动。“你必须考虑到这一点，麦西，因为纽曼博士可以要求你离开学校，如果他认为你是个大麻

①英寸：英美制长度单位，1 英寸＝2.54 厘米。

烦的话。”

我盯着他。

“是这样的，”他说，“你必须每天向这里的每个人表明，他们接受你是正确的事情。你必须表现得像一个正经女孩。”

“其他人一直在这里做蠢事，”我辩解道，“为什么我必须证明什么？”

爸爸叹了口气。

“我知道你和罗利都很聪明，足够在这里学习生活——你们甚至更聪明一些。但是，我们并没有像其他许多家庭一样支付学费，所以，你对学校的贡献，必须来源于你自己，因为我们没办法用我们的钱包支付这些贡献。”

“这不公平。”我说。

“也许不公平，但是我想是值得的。未来，你受到的教育将会为你打开一扇门，麦西，相信我。我不希望你把它搞砸了。”

我的眼睛被泪水填满了，我没有回答他。相反，我一直盯着窗外，满心悲伤，我多希望是罗利开车接我回家。有时，妈妈会指着路上的房子让我们看。这里的街道很窄，两边都是西班牙风格的房子，紫色的藤蔓爬上棚架，布满整个阳台，院子里有游戏堡垒。“看啊！”她说，她会压低声音，就像她在教堂里一样。

我多想住在这里，骑着一辆漂亮的自行车去朋友家，在他们的游泳池里游泳。我想象着埃德娜和杰米骑车去对方家里时的情景。她们没有为谁做临时保姆，她们也没有写道歉信。

然而，不知什么原因，现在所有这些房子对我来说都丑极了，甚至比我们的小房子和斑驳的杂草地里散落的双胞胎的玩具更糟糕。我摘下头带，闭上眼睛，直到海岸线出现在我的眼前。今天阳光太刺眼了，什么都看不清楚。我把头靠在窗边，让风在我耳边嗡嗡作响，淹没了这一天，尽管我知道它把我的鬈发缠成了结。

第十六章

“发生了什么事？”蒂娅·伊内丝坐在阿布拉的软凳上上下打量着我，“一整天，你都闷闷不乐的。”

“不，我没有。”我讪讪地说。一想到明天我要去学校就让我郁闷。迈克尔，字条，这丢脸的整件事情。

“闷闷不乐？”阿布拉烦躁地瞥了我一眼。我能看出来，她还在为洛洛的耳朵生气。上周六我们回到家时，她大惊小怪，让我从她家前窗的芦荟上剪下一片叶子，这样她就可以往洛洛的水泡上涂上凝胶。一整周她都在抱怨这件事，甚至在今天的周日晚餐上，她仍然表现得好像每件事情都让她烦心。我希望她能在下周二的祖辈团聚日前克服这个问题，要不然，带她去学校简直就是一场灾难。

“这个姑娘需要的是多做点儿家务，家务活能让她增加责任感。”她狠狠地看着我，再次提醒我，上周我没有信守诺言看好洛洛。

“哎呀，妈妈，”蒂娅说，“你就让这孩子单独待会儿吧！”

多做点儿家务？这不可能！今天早上，我已经花费了一小时整理阿布拉的缝纫物品。（妈妈说，用这一小时的家务交换我在学校惹的祸，很公平，但是我仍然觉得这不是我的错。）另外，我独自骑车去取我们的周日面包，因为洛洛说他感觉很累。然后蒂娅在伊尔·卡比餐厅的疯狂周日工作时，我还帮忙照看了双胞胎。现在，吃完晚饭，蒂娅正在试穿一条新牛仔裤，而我正举着一盒别针，在她身后等待着。

阿布拉皱着眉头，围着她走来走去。我不知道她生气是因为我还是因为这条裤子。尽管裤子的腰部还有缝隙，但蒂娅的背后看起来还是有点儿紧。

“这些裤子是做给什么样的女人穿的？”她嘟囔道，“难道没有人注意版型吗？”她捏着腰间的缝隙。“而且我还要换掉这条拉链，伊内丝。它缝得歪歪扭扭，你没注意到吗？它的曲线比河流的还多。”

蒂娅·伊内丝低头看了看，惊讶地说：“原来这就是它们被做上标记的原因啊！”

阿布拉摇了摇头。“这么多年来，我什么都没有教你吗？当你从清仓的货架上买东西时，你必须多加小心。”她抬头看着我说：“帮我拿来做标记的粉笔，还要一把锋利的剪刀，谢谢你，麦西。”

我走回衣柜前，从图尔托身边走过，它正在一个架子上打盹，蜷缩在一篮子碎布头儿里。我一边挠着它的脸颊，一边查看我的手机，看迈克尔是否回复我了。还没有。我在周五晚上给他发了一条短信，看他是否还好，但他整个周末都没有回复我。我不知道这意味着什么。他是疯了还是脑子坏掉了？无论是哪种情况，都很糟糕。

我深吸一口气，走到衣柜后面，推开阿布拉放在这里的无头服装假人模特拉波巴，这个模特总让人觉得毛骨悚然。她的躯干由黑色织物制成，无头的颈部伸出一节直直的针状杆子。当你移动她时，她金属底座上的轮子也会发出奇怪的尖鸣声，不管洛洛给它们上过多少次油。那听上去就像她在尖叫。当然，双胞胎最喜欢这个东西。当阿布拉不注意时，他们喜欢在拉波巴身上盖一张床单，把她在房间里推来推去，假装她是一个追赶我们的幽灵。我盯着她看了一会儿，鼓起勇气，从她身后的桶里拿出粉笔和剪刀。她没有力气，我告诉自己。她真的能对我做什么吗？毕竟，她没有头脑产生想法，没有手来保护自己，也没有腿可以移动到自己想去的地方。她只是被困在那里，让人们随意地摆弄她，用他们喜欢的方式打扮她，告诉她该做什么。也许我们并没有什么不同。我让她转了一圈，她发出“咯吱、咯吱”的声音。这让我对发生在迈克尔身上的事再次感到愤怒。

我拿起粉笔和手柄上贴着“请勿触摸”字样的剪刀。那贴纸是用来提醒那对双胞胎的，他们喜欢互相玩理发的游戏。我把它们交给阿布拉。

“不要太松，妈妈，”蒂娅说，“它们会被拉松的。”

阿布拉皱起了眉头。“究竟谁是这里的专家，伊内丝？转个身。”

蒂娅正在试穿高跟鞋。这是她在市中心探戈宫殿上免费舞蹈课时穿的舞鞋。她清了清嗓子。“在我忘记之前，妈妈，”她说，“我又为洛洛预约了一位医生。”

阿布拉在蒂娅的裤子后缝处画了一个V字。“预约什么？古普塔医生三月份刚给他看过病。”她抬起头来，把手放在她的心脏上，“那个晒伤看起来会让他得皮肤癌吗？”

“我们能不能讲点儿道理？”蒂娅的目光飘向我，她欲言又止，“那个……呃……恩里克、安娜和我讨论了这个问题。我们想掌控这一切，仅此而已。”

我竖起耳朵。掌控什么事情？难道这就是上周他们在我们家厨房讨论的事？

阿布拉给裤腰上别针的时候，嘴巴抿得紧紧的。“好吧，我真希望你喜欢你们的私下谈话。”她又在牛仔裤上扎了几个别针。“如果你愿意问我，我会告诉你，所有这些预约都是毫无意义的。这些医生都做了些什么？除了让你更加担心之外，什么都没有做。”

这里的气氛突然变得剑拔弩张，但是我不想错过这一切。我假装研究阿布拉贴在墙上的照片，她把所有的家庭照片都贴得歪歪扭扭。从罗利六岁开始，她就为我们拍摄了第一天上学的照片。不过，阿布拉是个糟糕的摄影师，几乎每张照片都是失焦的，或者缺少某人的头。

“妈妈……”蒂娅说着，叹了口气。

但是阿拉布正在发火，她的声音越来越大了。“为什么现在没有人上门服务了？两个老人怎么去？那些班车从来不会准时到来。我甚至不想告诉你费用的问题，他们恨不得掏空你的每一分钱，然后用它来支付他们的大厅房租，包括那些室内瀑布和鱼缸。真是胡说八道！他们应该到患者身边，忘记那些花里胡哨的东西。我告诉你，没人尊重像我们这么大年纪的人……”

“如果我或者恩里克不能开车带你们去，罗利可以。”蒂娅恼火地说，“就一英里。”

阿布拉的嘴巴张得大大的，她捂着胸口。“罗利？你对我们还有一点点爱吗？”她问，“还不如让洛洛把我放在他的自行车前杠上，那样会更安全。”

好吧，这可能是真的。不过，这一次，我很庆幸罗利不在这里。

“洛洛需要去看医生。”蒂娅的声音突然变得沉重起来。我几乎能听到她没有说出口的话。这没的商量。

阿布拉瞪着她。我不知道，有一天我是否也会像蒂娅对阿布拉那样，指挥妈妈或爸爸做什么事。我真是无法想象。这能让世界天翻地覆。

“好吧，我们这周很忙，”阿布拉激动地说，“我们会去参加麦西学校的一场活动，这是专由祖辈们参加的节日。而且，我们一直很期待去参加。”

蒂娅歪着头。“那是下周三，不是吗，麦西？我看到你冰箱上的通知书了。”

我点了点头。我卡在了她们中间。阿布拉不喜欢被谁指挥，但与此同时，蒂娅只是想帮忙。我不知道该站在哪一边，所以我只是站在那里，张口结舌。

“我们还有另外四天可以选择，”蒂娅说，“选一天吧！”

阿布拉不理她。“脱下裤子，伊内丝。”她说。

蒂娅叹了口气，小心翼翼地脱下牛仔裤，以免被别针划伤。

“帮我把孩子们叫进来，麦西，”她平静地告诉我，“现在时间不早了，他们明天还要上学。”

我放下别针，赶紧出去，很庆幸能从这场谈话中逃离出来。

当我到达厨房时，发现那里一团糟。桌上放着三个盛着三明治皮的盘子和喝了一半的橙汁，一罐蛋黄酱和切片的火腿也是凉的。如果罗利看到这些，我们就会上一堂肉毒杆菌中毒的课程。

此时，洛洛就在窗外，正在拔掉最后一朵被灼伤的浸水的夏花。双胞胎也和他在一起。他们从头到脚都湿透了，正在用软管往桶里灌水，油漆滚筒和刷子躺在他们的脚边。

我把盘子放在水槽里，然后放水浸泡它们。接着，我打开窗户，大声喊道：“你们两个在做什么？”

“我们在给房子刷油漆，”阿克塞尔说着，把手中的刷子浸泡在一桶水里，“你看不出来吗？”

托马斯朝高处举起他瘦小的胳膊，尽全力举到最高，滚动着滚刷，在地上留下一条长长的水印。“这是隐形油漆。”

“所以你看不见。”阿克塞尔说。

“除非你会魔法。”托马斯说。

“但是你不会魔法。”阿克塞尔补充说。

“你们的妈妈说了，游戏结束了。”我告诉他们，“现在已经很晚了，你们明天还要上学。”

托马斯大声地朝我嘘了一声，算是作为回应。

洛洛上下打量着他。“我们说过这件事，托马斯。一个绅士会做这样的事吗？”他责骂道。

我冲洗干净盘子，把它们放在沥水槽上。接着把面包屑擦到垃圾桶里，把蛋黄酱和火腿收起来，放回冰箱里。

但当我拉开冰箱门时，我发现了一些奇怪的东西。一副巨大的圆形眼镜正放在放熟肉的抽屉里。

是洛洛的。

我心里有一个声音告诉我：关上抽屉，假装我没有看到它。但我又想到了阿布拉，如果她在洛洛之前找到它，她会怎么说。

我伸手去拿眼镜。

眼镜框那么大，镜片那么厚。它看起来很傻，甚至很丑——尤其还带着划痕。我摘下自己的眼镜，试着戴了一下这副。整个房间都失去了原有的形状，朝眼镜腿的方向倾斜。真奇怪，我们需要完全不同的东西帮助我们看清这个世界。我把它摘下来，装进口袋，然后向外走去。

“你是不是恰好在找什么东西？”我眨了几下眼睛，给洛洛一点儿提示。

“谁？我吗？”

“对，是你。”

我从口袋里掏出洛洛的眼镜，递给他。

他的脸上笼罩着一层不解的迷茫，但很快就过去了。他笑了笑，戴上了眼镜，擦了擦起雾的镜片。“我看东西都模模糊糊的了。”

他没有问我眼镜是在哪里找到的，也没有问为什么这么凉。

我不敢问洛洛，为什么会把眼镜放在冰箱里。当他转身回去，拉扯剩下的破烂植物时，这个问题在我嘴里逐渐变得酸涩，仿佛十字路口正有一名警卫在我面前举着一个巨大的“停止”标志。

相反，我使劲拍打着在我腿边嗡嗡作响的蚊子，还注意到洛洛的脖子和胳膊上有几处被蚊虫叮咬过的伤痕。“你都被咬伤了，阿布拉会大惊小怪的。”我把他的手指移到他的脖子上，以便他能够摸到肿包，“看见了吗？屋里有喷雾剂，需要我帮你拿来吗？”

“我去吧。”他的眼睛看向托马斯和阿克塞尔，“孩子们，开始清理吧！”他对他们说。

我等着他身后的纱门关上后，走到双胞胎身边。他们正沉浸在游戏中，他们的眼睛认真地看着手中的刷子上下移动，假装自己正在工作。我以前很喜欢这样玩。罗利和我经常用枕头当作飞船，用纸板当作木筏子穿越亚马孙河。现在，我不知道为什么，一看到这对双胞胎玩耍，我就生气。这很傻，很幼稚。这一切都是假装的。

“这只是水，你们知道的。”

他们不理会我，继续工作，但我无法阻止自己想要破坏他们游戏的冲动。一个想法闪过我的脑海，尽管我知道这不是真的，但我希望它是真的。

“你们拿走洛洛的东西，并把它藏起来，这是不对的。”我说，接着用更大的声音嚷嚷道，“尤其是他的眼镜，他不戴眼镜就看不清楚东西。”

托马斯是第一个转身的人，他一脸茫然地看着我。“我没有藏洛洛的眼镜。”他说。

“我也没有。”阿克塞尔说。

我几乎听不到他们的声音，因为我的耳朵在嗡嗡作响，而且我内心升腾起一阵因打断了他们的游戏而产生的满足感。因为他们，我没办法继续踢球，所以我很难不对他们生气。谁又能证明他们没有拿洛洛的眼镜呢?这并不牵强。他们经常撒谎，尤其是自己打碎了东西的时候，不是吗?蒂娅·伊内丝的花瓶、阿布拉收藏的瓷器、那个拎着水桶的女孩、罗利的航天飞机模型，谁能相信他们?

我给了他们一个典狱长般的眼神，感觉自己变得高大起来。“你们把眼镜藏在了冰箱里，这真是个卑鄙的把戏。”这个指控轻易地从我嘴里溜了出来。

“洛洛！麦西一直在烦我们！”托马斯扯着嗓子喊道，然后回头看着我。“滚蛋吧！”他向我的方向挥动滚刷，就像在用魔法棒对付巨魔一样。脏水溅到了我的脸上。我想都没想，粗暴地从他手中抢过滚刷。他摇摇晃晃地，差点儿没站稳。

“别闹了，骗子！”

他握着拳头，打着我的大腿，哭了起来。一秒钟后，阿克塞尔也流起了鼻涕。

“发生了什么事？”洛洛从屋里走出来，他的衬衣还没干。

蒂娅·伊内丝紧跟在他身后出了门。“安静！邻居们随时都会把警察叫来！”

“没什么。”我咕哝道。

“都是麦西的错，”阿克塞尔喊道，“她是个坏人！”

托马斯吮吸着他的大拇指，投给我一个如同匕首一般锋利的眼神，表示赞同。

“呀，呀，呀！”洛洛把他们拉到自己怀里，“让我们都平静一下，没有坏人，到底发生了什么事？”

有那么一秒钟，我不知道该说什么。当然，事情是我先挑起来的。我知道那是真的，也知道那是错的。但是，我瞟了洛洛一眼，看到他的眼镜歪歪扭扭地戴在鼻梁上，衬衫也穿错了，就像双胞胎有时会做的那样。看到他，我的脾气就又上来了。

“我说过没什么，”我坚持说，“他们累了，而且脾气暴躁，就是这样！他们就像往常一样顽皮。他们一直是讨人厌的小屁孩。”我的眼睑抽搐了一下，眼睛开始游走。

“骗子！”阿克塞尔喊道。

“麦西，不要叫他们小屁孩。”蒂娅·伊内丝说，“你这么叫他们，会让他们伤心的。”

“那就找别人来照看他们。”我说，“我不是你的仆人。”

“麦西·苏亚雷斯！”

爸爸的声音让我吓得差点儿跳起来，我的脑子里嗡嗡作响，仿佛被闪电击中了。他穿着短裤，从我们的房子里走出来，看看到底发生了什么。妈妈就在他身后。

“这里到底发生了什么事？”她问。

“我讨厌照看他们。”我喊道，“我讨厌看到你们每个人！”

滚烫的眼泪充满了我的眼眶，我狠狠地踢了一脚双胞胎的水桶，穿过院子，朝家里走去。

第十七章

你很难找到被禁足一周的好处，除了你开始欣赏任何形式的乐趣，即便它是家庭作业。

“猜猜会发生什么？假设今天你已经离开了海沃德派恩学院。”坦嫩鲍姆女士告诉我们。

唉，只是假设……今天早上公布了进入足球队的女生名单。我不得不把头压得低低的。

“今天，你们都要上抄写员课程了！”

我们开始学习象形文字的单元。她拿出一顶旧软帽，在房间里走来走去，告诉我们要选一个名字。“这将是你们今晚作业的新笔友。你们必须用古埃及人的文字给这个人写一张字条。”她指着她桌子旁边的一叠卷曲的纸莎草[1]、

---

①纸莎草：又称埃及纸草，有粗壮的根状茎，茎杆直立。古埃及人利用纸莎草制成书写载体，是古埃及文明的重要组成部分。因为纸莎草质量轻巧、茎杆内有空腔，所以人们还会利用纸莎草造船。

记号笔和彩色铅笔，并递给我们一份代码，让我们像研究罗塞塔石碑[①]一样使用它们。

当坦嫩鲍姆女士在教室里转悠时，我又瞥了一眼迈克尔打开的书包。我一整天都在努力，想找个机会把那封正式而真诚的道歉信送给他。但是没有发现他一个人的时候。在他的储物柜附近、在餐厅里、在大厅里，人们都围着他转，好像他是个名人，一部分原因是他嘴唇上缝了两针。他的嘴唇不再像一个气球了，但你可以看到结痂和瘀伤，甚至从房间的另一边都能看见。当然，每个人都在为他大惊小怪，尤其是埃德娜。我真恨不得朝她打一个平直球。她问他的第一个问题是："那么，你的父母打算起诉麦西·苏亚雷斯吗？"然后对着他发紫的下巴发笑。"我爸爸是一位医生。他可以看看这个，你知道的。"

"我打破了他的嘴唇，埃德娜，"我告诉她，"不是他的脚指甲。"

"哈！"当埃德娜转身朝我瞪眼时，汉娜惊讶地捂住

---

①罗塞塔石碑：古埃及托勒密王朝的石碑，碑长114厘米，宽72厘米，重76千克。现藏于伦敦大英博物馆。碑上刻写了象形文字圣书体、象形文字大众体和希腊文三种文字，这也为后人研究古埃及文字提供了有利条件。

了自己的嘴巴。

总之，我很高兴他的大脑没有受到损伤。我认为，他也没有生我的气。我无意中听到他告诉埃德娜，整个周末，他妈妈没收了他的手机，因为麦克丹尼尔斯小姐告诉他妈妈，他受伤是因为违反了学校的规定。我希望这就是他没有回复我信息的原因。

我看了看我的笔友作业搭档：莉娜。她坐在前排，敲打着她的指关节。我并不真正了解她，因为这是我们在一起上的唯一的课。另外，午餐时，她通常自己在外面看书。不过，这个周末她剪了个飞机头，发梢还染成了蓝色。她看起来有点儿像一只刺猬。

我把装着道歉信的信封夹到胳膊下，藏起来，然后走到房间前面。当我从她身边经过，去拿我的纸莎草时，埃德娜瞥了我一眼。我在塑料记号笔筒里找了找，拿了几支笔，然后走了很长的路回到我的座位上，顺道把信封丢在迈克尔书包的外侧袋里。

莉娜是唯一一个似乎注意到这些的人。不过，当她的眼睛和我的目光相遇时，她把眼睛移开了。

“你在做什么？”罗利问我。我们的房间里很热。如果电费太高，或者日历上写着是秋天的时候，不管温度是多少，妈妈都会关掉空调。这意味着我必须像服刑一般待在房间里，浑身又热又黏。我还看见，一只小蝙蝠那么大的飞蛾，正趴在电脑屏幕上，寻找逃出去的路。

“如同那些被监禁的人一样写信。”

我抹掉脖子上的汗珠。我穿着短裤和一个短背心，趴在桌子上，记号笔散落在我的周围。这一次，我在罗利之前占据了房间里的空间。我把一叠属于他的文件、大脑模型和用玻璃包裹的化石推到一边，方便我做作业。

他拿起一个卷轴，扫描起来。到目前为止，我的象形文字作业已经写到第三页了。他问：“你是在写书还是在写文章？”

“图片占用了很多空间。”我说。

他扑倒在床上，一边盯着天花板，一边叹气。“妈妈说得和你谈谈。”

“谈什么？”

他停顿了一下。“学校的事，还有其他事情。”

“好吧，不说了。”我在猫头鹰的翅膀上涂上颜色，那是一个 M 的形状。

他沉默了一会儿，然后用手肘撑起身体。“还记得我在坦嫩鲍姆女士的班上做入殓师的时候吗？”

“这就是‘谈话’的开始吗？”我说。

“你记得吗？”

我抬起头来。那年他刚到海沃德派恩。阿布拉把白毛巾缝在一起，这样他就可以把自己裹在中间。她也编了一条长布条，绑在他头上。他赤膊上阵，穿着凉鞋，带着爸爸的凿子和锤子。他用蒂娅的眼线液沿着眼睛周围画了一圈。当他告诉观众关于来世的预言时，我们几乎都相信他说的是真的。

“还记得那个扮演尸体的孩子吗？”我问。

“詹姆斯·塔克。他可以像恐龙一样躺着不动。我想他睡着了。”

“然后你用阿布拉的钩针做了什么，你还记得吗？”

“好吧，那件事可能是个错误。”他用他的臭脚点了点我。

我把给莉娜的信做了最后的润色，把那几页纸递给他。“你觉得怎么样？你能读懂吗？”

我递给他一张密码表，但罗利举手阻止我。他喜欢解谜，而且博闻强识。我看着他的眼睛在象形文字上移动。

他把作业递还给我。“也许你可以考虑重新修改一段文字——你说她的发型让她的额头显得更小的那部分。”

第二天的社会研究课上，坦嫩鲍姆女士分发了我们写给神秘笔友的信。它们被绑在卷轴上，上面贴着收信人的名字。

她说："你们要阅读写给你们的信，并在下面写出译文。你们的测验成绩将由两方面组成：你们在给你们的笔友写信时所做的努力，以及你们对所收到的信件进行解码的准确性。二十分钟后，我会拿着成绩登记册进来。"

戴维把头放在桌子上。"没有人说信必须写得很长，"他呻吟道，"有人这么说过吗？"

"大家可以开始了。"坦嫩鲍姆女士说。

当莉娜开始阅读时，我用余光看了看她。然后我解开我的卷轴。这是一张非常短的字条，因此我认为这是戴维写的。但是，底部有一张5美元的钞票和一袋水果

零食粘在一起。我愣住了，立即把零食和钱放到腿上，开始解码。我没有罗利那么快，但是我解开了。尽管E和I都用同一个图案表示，这增加了解码的难度，但是我依然很快就明白了它在说什么。

亲爱的麦西：

约定就是约定。

迈克尔

看来，他不会因为作业的字数而得高分了。但是，哇！5美元！我环顾了教室一周。迈克尔正好在看我。他咧嘴一笑，但是很快，他结痂的嘴唇裂开了。他的脸抽动了一下，急忙看向别处。

“你的信是谁写的？”杰米拿铅笔在我背后戳了戳，小声问道。

我假装继续写作业。

“我不知道。”我回答。

那天晚上，妈妈把我送到洛洛家，和他一起玩多米

诺骨牌。“下周就是祖辈团聚日了，”她说，“不许有任何不愉快，快去和洛洛与阿布拉和好吧！”

我们都聚在奶奶家的厨房里，阿布拉正在准备晚餐。这是一种我们说道歉的特别方式——食物和多米诺骨牌。面包牛排是我的最爱，所以今晚我会一个人在这里吃饭。没有罗利，没有双胞胎，而且还有洛洛和我一起玩他最喜欢的游戏。这简直可以称为完美、宁静的一夜。

洛洛抓了一张双五点的牌，在桌上滑动着，然后接在牌的队列里。

“嘿，作弊！”我说，“你拿错了牌。你需要一张四点的牌。”

他凑近看了看，收回手中的牌。“一个四点的牌……你说的对。”

他把眼镜向鼻梁上方推了推，仔细研究应该如何出牌。“你在学校怎么样，宝贝？你什么都没有告诉我呢！难道没有什么特别的事要告诉我吗？”

我耸了耸肩膀。一整周，我一直在努力忘记足球队的事情。如果我不需要承担洛洛的工作，帮助照顾双胞胎，妈妈很可能会在我的同意书上签字。在学校，我也会穿着足球运动服，一整天我都会和朋友们碰拳，庆贺自己加入校队。

我深深地吸了一口气，在我的口袋里翻找起来。

“你看。”我找出迈克尔的留言条给他看，还向他解释了钱的事情。洛洛解不开这个谜题，所以最后我不得不大声地读给他听。

“你怎么看这件事？”我问。

“我想他是一个信守承诺的人。这通常来说是个不错的征兆。”

但是，阿布拉停止用木槌敲打她手中的肉，转而看向我。她的眉毛向上拱起来。她用西班牙语说：“也许，那个鸡蛋希望来点儿盐。”[1]

也许那个鸡蛋希望来点儿盐？

“这是什么意思？”我问。

“是的，”洛洛告诉她，“麦西年纪太小了，还不懂浪漫。”

“浪漫？”我说，“敬谢不敏。”

他扫视了一下自己的牌，思考如何出牌。“跳过。”他说。我能看到他牌堆的角落里有一张四点的牌。他不应该跳过这张牌的。

在我们玩游戏的过程中，阿布拉的眼睛一直盯着

---

①原文是“Quizá ese huevo quiere sal”，常用于形容两个人情投意合。

我。“年纪太小了？时间会在我们每个人身上留下痕迹，老家伙！”她轻轻地说。然后，她把第一块肉浸入面包屑中，然后把肉扔进油锅里，油锅里溅起了一阵油花。

第十八章

洛洛不想出门。

他穿着一件有折痕的棕褐色裤子和一件带纽扣的衬衫。他的头发梳理得十分整齐。但是，似乎哪里有些不对劲儿。他穿着拖鞋在门廊上踱步。

“莱奥波尔多·苏亚雷斯，”奶奶说，“把你的鞋穿上。今天是祖辈团聚日，我们就要迟到了。孩子们在等着呢！”

他给了她一个难看的眼神。“让我一个人待会儿。”

罗利和我看了对方一眼。我们已经在这里站了十分钟了，洛洛只是变得越来越不高兴，可我们谁也说不出原因。

“但是，洛洛，”我说，“我给你做了姓名贴，还有所有需要的东西，就像去年一样。今天上午，你需要和我一起去学校，和我的同学讲讲棒球的事。我会把你带到场地上。”

他转身离开我，走到门廊的尽头。

“老家伙！”阿布拉正在往耳朵上戴耳环，她也失去了耐心，“拜托了！这非常重要！”

毫无预兆地，洛洛突然冲到她身边。他的脸涨得通红，拳头张开，紧接着又握得紧紧的。“我不去！”他大喊道。

我从来没有见过洛洛用这种方式和阿布拉说话，从来没有。阿布拉才是那个爱大吼大叫的人。但是现在，如果我不了解他的话，我会以为洛洛就要朝阿布拉挥舞拳头了。

阿布拉轻声叫了一声，那一瞬间，罗利跳到他们中间，试图拉住洛洛。“你在做什么？”他大喊，“停下！”

但洛洛狠狠地推开了他。

“去叫爸爸来。”罗利说着，仍然试图让他们俩分开。我愣在原地，不过只有那么一瞬间，随后我的双脚加速朝我们家的房子跑去。

“快来帮洛洛，”我对着我们厨房的窗户喊道，“快来！”

转眼间，爸爸跑了过来。妈妈在他身后，仍然穿着她的拖鞋。

爸爸走到洛洛身边，示意罗利离开。“冷静一下，爸爸，”他轻声说，“深呼吸。”

“我不去！”洛洛再次高喊，“我不会去的！”紧接着，一串西班牙语脏话从他嘴里冒出来，那些词我这辈子都不会说出来。他的声音大到在庭院里都能听到。

“你可以不去。”爸爸用平静的声音说，“没人逼你。冷静下来。”

洛洛厌恶地看了爸爸一眼，然后像个巨魔一样再次匆匆走到门廊的另一边。

与此同时，妈妈把阿布拉带到门廊的摇椅上。阿布拉脸色苍白，双手不停地颤抖。“你受伤了吗？”妈妈轻声询问。然后她抬头看了看罗利：“你呢？”

我从来没有见过罗利这样的表情。他把衬衫塞进裤子里，抚平他的头发，但即使从这里我也能看到他的眼睛是水汪汪的。看到他这副样子，我很害怕。

“我很好。”他说。

爸爸清了清嗓子。“我来处理这件事，安娜，”他告诉妈妈，“你把他们俩带到学校去。”

“但是，爸爸，今天是祖辈团聚日。麦克丹尼尔斯小姐和每个人都在期待洛洛……”

“安静点儿，麦西。”爸爸把手伸进口袋，摸出车钥

匙扔给罗利。“你先去替妈妈发动汽车，”爸爸告诉他，“你们要迟到了。”

罗利接住钥匙，头也不回地走了。

现在轮到我眼泪汪汪地站在那里了。

“哦！我的天哪！……”阿布拉看着我，她的手依然放在她的喉咙处，“这太可怕了！给他喝杯水，等他平静下来了，我们待一会儿再过去。”

爸爸打断了她：“他不会去的，争论这件事情只能让我们一无所获。”

“也许我应该留下来。”妈妈说。

爸爸转向她。“没事的，安娜，”他说，“我来处理，你快去吧！”

去学校的路上，我的心里难过极了。因为我的爷爷奶奶没有到场，而且没人想解释这一切。

“但是他为什么会这么生气？”

“嘘，麦西，让罗利专心开车。今天早上我们家已经上演了一场大戏了。”

“他们打架了？他还在因为我朝双胞胎吼叫而生气吗？”

“安静点儿，拜托了。”

“他原本打算和阿布拉打一架吗，还是罗利？他推了他，你知道的。”

“够了！”妈妈的声音变得尖厉，“一个字也不要说了。”

余下的路程，我坐在后排的座位上，眼睛望向窗外，憋了一肚子气。车停了，罗利抓着他的背包，从车上跳下来。

“一起走吗？”他问。

我转过头，不理他。当看到我依然坐在后座上一动不动时，他和妈妈交换了一个眼神。

“你走吧。”妈妈告诉他。

我盯着罗利走上小路。妈妈坐进驾驶位，根据她的身高调整着后视镜，然后，她转向我。

“当你冷静下来的时候，你再下车，麦西。”

“我想请一天假，求你了。”

“不可以。”

“但是，我会是唯一一个没有祖辈陪伴的人，哪怕一个人到场也行啊！”

“对此我表示非常怀疑。现在，家庭成员们都住得比较远。不是每个人都像你那么幸运，爷爷奶奶都住得很近。”

我的嘴巴张得大大的。

“幸运？今天早上发生的这些事是幸运的吗？洛洛简直像疯了一样。”

“永远不要用那个词形容你的爷爷。”她闭上眼睛，叹了一口气。

“随着时间的流逝，有些事情总会发生的，麦西。”最后，妈妈这样说道，“我们都会长大，会变老。我们必须尊重发生改变的事，并且为之做出调整。”

这些话从她嘴里说出来，让我感到更加愤怒了。“你到底在说什么？”我粗鲁地打断了她，“都是一些毫无意义的废话，没有一个人告诉我到底发生了什么事！”

停车场的志愿者朝我们的方向走过来，想知道究竟是什么让我们花费了这么长时间。我的脸像着了火似的，我那只眼睛正朝眼角移动。

“在这个时间，在学校的停车场里，不太适合谈这些事情。”妈妈说，“从现在开始，你只要知道，我们今天度过了一个糟糕的清晨。这些糟糕的事，每天都会发生，任何人都会遇上。现在，请不要让事情变得更糟。下车吧，不要再想这些事，充分享受你的一天吧！”

当然，我不可能享受这一天。

一想起洛洛带着可怕的表情冲向阿布拉，就让我觉得很糟糕。即便我和汉娜的奶奶一起吃了午餐，我依然记得洛洛的叫喊声，还有当他大叫着他不会来学校时，他嘴巴抽动的模样。

至少，妈妈有一件事说对了。一小部分孩子的祖辈没有来，因为他们住得太远了。实际上，埃德娜的祖辈也没有来，因为他们都住在加利福尼亚。迈克尔的家人都住在明尼苏达州。莉娜的祖辈们都去世了。所以，每个人都需要“分享”祖辈。到了艺术课，莉娜和阿里的爷爷一起画水彩，他还打着一个领结呢。埃德娜和杰米的网红奶奶在一起，听她讲自己在法国当摄影师时发生暴乱的长篇故事。不过，我发现杰米有几次对她的奶奶翻白眼。我猜，所有的爷爷奶奶、外公外婆都会不时地感到尴尬，也许是因为我们长大了，不适合过祖辈团聚日了。不管怎样，我坚持和汉娜待在一起。她的奶奶穿着鲜艳的粉红色运动服，因为她是马拉松比赛的高手。她向我们展示了她的手表，上面显示了她跑过的步数、距离以及消耗的热量。

所有的爷爷奶奶以及外公外婆都很好。

但他们都不是我的。

那天下午，当我从学校回家，换上家居服，走去阿布拉的家里时，我的动作有点儿像图尔托过马路时的样子，一边走向后院，一边好奇地听着周围的动静。双胞胎都不在身边。我在阿布拉的纱门前站了很久，没有敲门。一切都很安静，只有窗台上的收音机发出低沉的杂音。

“洛洛在睡觉。”阿布拉说。终于，她在走进厨房时，发现了我站在外面。

她把门打开了一点儿，递给我两块饼干和一个信封。我看到她又穿上了她的家居服，但她还戴着今天早上特地戴上的珍珠耳环。“把这个交给办公室里的那些好心人，”她低声说，“是我们给学校的一点儿捐赠。”然后她伸出手来，握了握我的手，“很抱歉，我们没能陪你去学校，麦西。”

第十九章

我已经坐在棕榈滩附近的洛德斯·奇灵顿公寓的室外休息区一个小时了，我一直在等妈妈出来。这是位于市中心的一处高级住宅区，这里住着很多老年人，当然前提是他们付得起房租。去年快放假的时候，我们五年级的学生聚在这里为他们唱歌。唱完，我们喝了热巧克力，还玩了跳棋，尽管那是一个阳光明媚的好天气，气温超过了三十二摄氏度。那天，汉娜戴着毛线帽子，差点儿因此晕倒。现在，我也满身是汗，热得快死过去了。不过，偶尔有一阵风吹来。阵风很强，我身边的几张塑料椅子不停地翻过来覆过去。天气预报员说海洋上将会出现一个小飓风，它不会朝我们这边来，但至少能带来一阵凉爽的风。

不管怎样，妈妈说我们应该多花一些时间在一起，因为她最近实在是太忙了。她说，她想补偿我，为了足球队的事和糟糕的祖辈团聚日。但是像往常一样，所有的时间都被她的工作挤占了。今天是哥伦布纪念日，也是周末。很多人都离开了，但我们没有。妈妈要做一个演讲，最近她一直在练习这件事。内容是关于老年人如何提高平衡能力，以免摔倒。昨晚，妈妈试图帮助洛洛和阿布拉练习这项技能，她让他们闭上眼睛，只用一条腿站立。她没成功，我想没人有这个心情。“我们不是火烈鸟，安娜。”阿布拉说着，把她赶走了。

我本来是不同意跟着她来的，后来妈妈答应我演讲结束后可以去自行车店看看。那家店离这里只隔几个街区。现在，我有大约 90 美元的存款。

我坐在花园里的一个秋千上，听着音乐，让风轻轻推动着秋千。妈妈向我保证，只要三十分钟就够了，但是我早就应该明白，她总是忘记时间。我把我最喜欢的歌曲重新整理了一番，设定每首歌播放两次。但是，当又一个十五分钟过去后，我决定进去找她。

服务台的女士微笑着让我进去。她穿着卡其色短裤和蓝色的网球衫，像营地辅导员似的。她的名牌上写着：“你好，我叫盖尔。”她身边放着一些美术用品，跟我说话的时候，她正忙着裁剪纸板上的南瓜图案。

“早上好，”盖尔说，“你是来参观的吗？”

“不，小姐，我是来找我妈妈的。她在这里做一个讲座。”我指了指钉在公告栏上的传单。海报上，妈妈的照片正向我们微笑着。

“哦，好的。讲座正在奥马利会议室举行。”她用手里的剪刀指向一条长长的走廊，“你沿着这条走廊直走，穿过一扇双开门进入旁边那栋楼，在第一个路口处向右转，你会看到会议室在你的左手边。”

除了贯穿所有墙壁的扶手外，很容易将这里与酒店混为一谈，因为这里也有大盆栽、有品位的画作。

从放在画架上的一张表格能看出来，今天晚上晚些时候，沃斯湖赌场将会有一场活动，明天还会举办苹果馅饼品尝会。有几个人正坐在客厅里，还有几个人围着桌子打牌。

当我经过时，一位女士向我招手。“你好，亲爱的！”她喊道。我也挥手回礼。

我穿过写着“二期”的门。但当我走到另一边时，我不记得盖尔说的是向左走还是向右走。我看了看大厅，看到远处有一个护士站，所以我决定走那条路，还能顺便向护士问路。

这段路非常安静，我的运动鞋踩在发光的地板上发出咯吱咯吱的声音。我注意到，这里的空气中残留着一些味道，像是某种清洁剂留下的。走道两边都有房间，有些房间的床是空的。但是，在其中一个房间里，一个男人张着嘴，在一台吵闹的电视机前睡着了。我的脚步不禁慢了下来，我站在那里，盯着他发呆。我突然想到了多纳·罗莎，以及她是如何独自死去的。

“我能帮你做些什么吗？”一位护工从大厅对面的房间里走出来，把我吓了一跳。她戴着蓝色的橡胶手套，手里拿着床单和毛巾。她身后的门上贴着一个牌子，上面写着“埃塞尔·布莱尔女士”。

我忍不住瞥了一眼她身后那位小个子女士，她正在床上睁大眼睛看着我们。她的脸上一丝笑容也没有。

我说：“我正在找奥马利会议室。”

“哦，我可以陪你走过去。”这位护工回答，“我正好要去那个方向。”她扭过头，喊道：“过一会儿我就回来，陪你吃午餐，布莱尔女士。”接着，她轻轻掩上门。

“你来这里是拜访你的爷爷奶奶或者外公外婆的吗？”她说着，把一条亚麻床单扔进一辆手推车里。她扯下手套，扔进一旁的垃圾桶里。

阿布拉或者洛洛在这里生活？

我真不敢想象那种场景。他们的房子闻起来像是大蒜、洋葱和肉桂的味道。一到晚上，阿布拉看肥皂剧的噪声就从院子对面飘过来。洛洛的鞋子总是放在厨房门口。如果妈妈回来晚了，谁来煮晚餐，或者照顾双胞胎呢？谁来照看我们的花园？

我摇了摇头："不是的，女士。我的爷爷奶奶不住在这里。我妈妈正在这里做一个讲座，仅此而已。她是一位康复理疗师。"

"哈。"她点点头，就在这时，我们来到了走廊的分岔口，"好吧，奥马利会议室就在那边。"她说，"看见了吗？就在前面向右转。"

我们离开之后，我的思绪依然停留在那个房间里的男人和布莱尔女士身上。

在自行车商店里，我和妈妈沿着一排摆放整齐的新自行车向前走。商店老板在收银台旁添置了一些可以出租的海滩巡洋舰。所有东西都散发着橡胶轮胎和乙烯基材质的新塑料味。

"这一辆怎么样？"妈妈问我。这是一辆紫色的自行车，与她身上的淡紫色外科手术服很相配。"它不会让我们倾家荡产的。"

我耸耸肩："我不喜欢车把上的花。"

她又推荐了几辆，包括一辆山地车，尽管这里的地形平坦得像个煎饼。

似乎什么都不太对。

“怎么了？”妈妈问我，“你看起来一点儿也不兴奋。”

我轻轻拍打着离我最近的一辆自行车的轮胎，查看轮胎的花纹，回想起周日早上洛洛摔倒在人行道上时的情形。

“别告诉阿布拉，”他说，“别告诉任何人。”

随后，几乎是在同时，我想象着布莱尔夫人躺在她的床上，用那双惊恐的眼睛看着这个世界。这个想法让我的胸口发闷。

“那些人哪里也去不了吗？”我脱口而出。

妈妈一脸疑惑地看着我：“哪些人？”

“埃塞尔·布莱尔女士，还有其他人。”

“谁？”

“那些住在高级公寓里的人。”

妈妈正用手拨弄着一个价格标签，她停了下来。

“这个嘛，看情况。有些人住在那里，是因为他们想和同龄人在一起，他们通常有共同的爱好。你看到那些活动海报了吗？如果有那么多社交活动，我会觉得很累。难怪住在那里要花那么多钱！”她拖出一辆亮黄色的自行车，看着价格标签摇了摇头，“我买第一辆汽车时就花了这么多钱。”

“但并不都是这样的，妈妈。我看到那些人，他们看起来……很孤独，而且生病了。”

我看到妈妈试图挤出一个“没那么糟糕”的微笑，那模样就像好几年前，她告诉我们，因为图尔托和一只浣熊打架，所以很可能失去一只眼睛时一样。

“对每个人来说，年龄的意义都不同。一些年长的人只需要一点儿帮助就能独立生活。但是有些人，随着时间的推移，他们需要很多帮助，麦西。有时，这超出了他们家人在家庭中所能给予的。他们需要一个安全的地方生活。”

我的眼睛盯在那辆自行车上，脑子里却想着洛洛，以及他最近奇怪的举动。我再次想到多纳·罗莎，以及那天她走到我们家里，向我们抱怨起她的儿子，他想让她搬到一家养老院去。“那是多么恐怖啊！”阿布拉颤抖着身体说道，“那是多么可怕的地方。”

“我们会把洛洛和阿布拉送到那种地方去生活吗？他们会变成那样吗？”

妈妈久久地盯着我：“麦西……”

我的眼睛又开始紧张地转动：“他们会吗？”

“人总是会变的，生活也是如此，就连你也在不停地改变。改变不会停止。但是，有一点是肯定的，我们会帮助阿布拉和洛洛。”她说，“你不要为此担心，至少现在不用这么担心。”

她伸出胳膊搂着我的肩膀，把我带到下一个过道。那里放着一些型号已经停产的自行车。

那么，我应该从什么时候开始担心呢？手持暂停牌的指挥员再次出现在我的脑海里，阻止我问任何问题。

我从一辆又一辆自行车旁走过，试图让自己对它们产生兴趣，但是我的心根本不在这上面。

“我们走吧。”过了一会儿，我这样告诉妈妈，“这里没有我喜欢的。”

第二十章

佛罗里达州的秋天根本不像你在书中看到的那样，人们聚集在一起，一阵风吹来，五彩缤纷的叶子纷纷从枝头掉落。它发生的方式是那么微不足道，大多数人几乎注意不到。热气渐渐散去，所以我们都在露台上吃饭。住在密歇根州和加拿大等寒冷地方的“候鸟居民”，突然飞临至加勒比地区，让这里变得更加拥挤。阿布拉和洛洛种下了新的凤仙花，准备过冬。

在海沃德派恩，嘉年华到来时，我们就知道秋天到了。今年，正好赶上节日，这简直太完美了！我也会参与节日布置，因为六年级的学生总是负责布置主干道。每个上三小时课的班级，都要用两周的时间来建造一个狂欢节的游戏。我很庆幸没有上狄克逊先生任教的三小时数学课。他不太喜欢娱乐和假期，他说这妨碍了学生的注意力，迫使他扮演保姆的角色。我为他的学生感到难过。他们肯定会有一个最无聊的摊位，和去年一样。估计一下罐子里有多少块玉米糖，就能赢得所有的东西。他甚至不会写一张带问题的新游戏卡。没有人愿意在节日里做质量和体积的计算，也许除了罗利，事实上，他去年确实赢了。他以两块的优势击败了阿哈娜·帕特尔（还能是谁？）。

坦嫩鲍姆女士让我们自己决定我们想要玩的游戏，我们投票选出了玉米坑游戏。我们唯一不能改变的是，游戏必须有一个古代文明的主题。

“这将是我们 12 月考古项目的绝佳宣传。”随后，坦嫩鲍姆女士就给了我们一个甜头，“我还计划给那些装扮成我们所研究的神话人物的人加分。”她告诉我们，“这对那些在上次测验中苦苦挣扎的人来说，会很有帮助。”她有意无意地环视了一下房间，“准备好之后，告诉我你选了哪位神话人物。”

因此，游戏差不多定下来了。我们仍需要经过很多讨论才能画出草图，但最后，我们达成了一致。我们把木板切成巨大的三角形，使它们看起来更像金字塔。莉娜的爸爸会捐赠一些木材。我能提供一些爸爸的旧油漆。其他几个人将负责建造它们。

在那之后，我们花了大部分时间来调研和决定服装款式。我们从书架上拿出相关书籍，并调出坦嫩鲍姆女士告诉我们的需要使用的网站。豺狼头、狮子脸、长矛——做出选择很困难。即使到后来，当我们成群结队去上数学课时，我们仍然在讨论。

“我哥哥在德赖弗斯的戏剧系，”汉娜说，“他们去年演了《猫》。我要为巴斯泰托借一个好的猫面具。”

“你要扮演什么，迈克尔？”埃德娜说着，走到他身边，这让雷切尔瞪圆了眼睛。我注意到，每隔几分钟埃德娜就会问迈克尔一些问题：“你有铅笔吗，迈克尔？”“你的午餐是什么，迈克尔？”“你住在哪里，迈克尔？”“你去过海滩吗，迈克尔？”

“我不确定。”他回答，“也许是阿努比斯，他有一个很酷的豺狼头。然而，我不知道应该怎么做出来。”

我们到达教学楼前，那里有一大群孩子挤在入口处。其中一扇门不知何故被锁住了，现在每个人都在推搡着，试图从唯一一扇还能打开的门进去。

“让一让。”埃德娜说，但即使是公主殿下也无法从这种混乱中通过。

最后，迈克尔向前走了一步。他足够高大，所以当他站在那里时，就像一堵人墙挡住了人们，让我们能走过去。我们一个接一个，从他的手臂下溜进去。

“谢谢你，迈克尔。”埃德娜走进去时，甜甜地对他说。

我是最后一个走进去的人。我挤进去的时候，迈克尔正好让开位置，让拥挤的孩子们从另一个方向走进去。

我们一起并肩走着。

“你准备扮演什么？”他问我。

“我自己吗？没有什么想演的。但是我奶奶什么都会缝制，所以无论我扮演什么都会演得很像。”

“真的？”

“她以前开了一个服装店。”我没说那家服装店就开在她的卧室后面。

就在我们要走向大厅时，他停了下来。“她能帮我做好我的阿努比斯的服装吗？”他问道，“我需要额外的学分，我的测验没及格。”

我心里一震，就像双胞胎中的一个跳出来给我一个惊喜一样。我想到了阿布拉关于鸡蛋想要一些盐的说法。想到这儿的一瞬间，我下意识地朝肩膀后面看去，好像埃德娜和其他女孩就在那里似的。值得庆幸的是，她们已经淹没在一群孩子中。迈克尔低头看着我，我的脚像被钉在了地上似的。

“这是一个优秀的阳光伙伴应该做的事情，是最好的帮助了。”他试图说服我，“至少比打烂我的脸好。”

“一点儿也不好笑。”

“呜呜呜，缝针也不是什么有趣的事，麦西！”

上课铃响了，大家匆匆散去。

“帮我问问她。”他恳求道。

狄克逊先生关门时，我赶上了他的课。我是最后一个溜入座位的人。我脸变红了，好像我又做错了什么似的。但我突然意识到，帮助迈克尔会让我在麦克丹尼尔斯小姐那里得到一些分数，尤其是在棒球事件之后。下定决心后，我打开我的书，开始解数学题。

我们家里没有人穿过商店卖的服装道具，因为阿布拉不会买。这么多年来，我扮过长尾巴美人鱼、狮子、雏菊、巧克力饼干（罗利扮演牛奶）和一棵使我跑步困难的树。我扮成树的那年双胞胎扮演小狗，他们一直假装在我身上撒尿。

制作服装期间，唯一的麻烦是阿布拉会变得比平时更加专横。

我们刚在外面吃完晚饭，罗利就让我们在原地等着。他送双胞胎去蒂娅家，几分钟后，他们回来的模样让我们大吃一惊。

“你觉得我们看上去怎么样？我们是疯狂的科学家和他的追随者们。”罗利说。

爸爸看了阿布拉一眼，在最后一块酥皮饼上咬了一口，就像他坐下来看电视上的拳击节目那样。双胞胎在演绎他们扮演的人物时，阿布拉双臂交叉，在一旁静静地观看。他们穿着罗利从海沃德派恩借来的实验室外套，戴着旧泳镜和爸爸使用油漆稀释剂时使用的黑色橡胶手套。他们的头发上抹着蒂娅·伊内丝的发胶，从而形成一个高而上翘的发尖。

“对双胞胎来说，那些外套的袖子太长了。”阿布拉说。

“是的，但除此之外，如果在他们脸上再抹上一点儿血，画上黑眼圈，他们就是一对完美的‘小疯子’。”罗利自豪地说。“放声大笑吧！”他指示道。

双胞胎瞪大了眼睛：“哇哈哈哈！”

“妈妈，我不得不承认他们看起来真是不错，尽管我很讨厌这样。”蒂娅说，“而且，这对你来说，工作减轻了不少。”

但是阿布拉看起来似乎为此很受伤：“我准备了海盗的图案和一切需要的东西。我还为他们买了钩子做的假手，甚至打算重新利用麦西以前为了训练眼球而戴的那些眼罩。”

我以为我已经摆脱了那些东西，但无论如何，总能提醒我想起这件事。我把手伸进背包，拿出我带回来的书。

“别担心，阿布拉，”我说，“我的服装依然需要很多帮助。这是为秋天的节日准备的——能获得额外的学分呢。”

蒂娅看了一眼我在课本上标记的那一页：“噢，埃及女神！我想我有一个假发可以用，那种发梢向内卷的齐耳发型。你会看起来非常漂亮。”

我揉了揉眼睛。这正是我想避免的事情。布料紧紧地缠绕着我，假发、眼线、珠宝，真讨厌。

“实际上，我想扮成这个人。”我指着阿穆特[①]的照片说道。照片上的神话人物拥有鳄鱼的头、母狮的身体，以及河马的臀部。

阿布拉在胸前比画了一下，抬头望着天空：“你在说什么？我不会把我唯一的孙女变成那个模样的东西。小孩子们变成疯子了，这已经够糟糕了。”说完，她投

①阿穆特：古埃及传说中的女神。

给罗利一个严厉的眼神。

“科学疯子，”他纠正道，“具体来说，是恶魔般的追随者。”

“但是，阿穆特不是恶魔。”我说，“她会吃掉那些生前邪恶的人的灵魂。此外，她还有超能力，她是不死之身，可以在同一时间出现在两个地方。”

“现在，这是我最想要的超能力。”妈妈整天看起来都很疲惫。这周，她多了三个新病人。

蒂娅仔细研究了照片，并指着照片上的臀部说：“这套服装上有一个巨大的屁股。”

“这很流行。”妈妈说着，把我的盘子刮干净，放在她的盘子上。然后她掏出纸巾，擦了擦鼻子。

“坐着别动，安娜。”爸爸说，从她手里接过那摞盘子，“我去收拾碗筷。”

阿布拉看了一眼妈妈：“安娜，你是她的母亲。你是说你同意她穿这套服装吗？”

我举起双手做乞求状，无声地恳求妈妈。

妈妈使劲擤了擤鼻涕，然后她耸耸肩，笑了笑。“有什么不好呢？”她说，“麦西已经长大了，可以选择她想要的东西。”

“不，她永远是我的小宝贝。”洛洛在桌子那头提出异议。

“洛洛。”我说。我的声音变得很尖锐。我知道他想表现得很贴心，但我对他取的这个昵称突然感觉很厌烦，仿佛是一个我想摆脱的盒子。

“这有点儿复杂……”阿布拉嘀咕道。她咂着嘴，更加仔细地研究了照片上的图案：“我需要找一些泡沫来做底……也许还需要纸板，来做鳄鱼头……”

“嗯。”我压低了声音，“我们班上，还有一个孩子也需要一些帮助。”

“是吗？”

“迈克尔·克拉克想扮演阿努比斯。”我指着另一张照片说，“他需要一个豺狼头。”

“豺狼头！”

蒂娅的耳朵竖了起来：“迈克尔·克拉克？你是说那个……你不想对他友好的孩子？”

“电影院里的那个男孩？”爸爸补充了一句。

“那个被她打烂了脸的人。”罗利说。

“对！就是他！行了吗？迈克尔！”我说。

“嗯，他需要来试一下尺寸。”阿布拉告诉我。

“你是说来这里？”我问。

“否则我怎么能做出合身的东西？”

“但这意味着他必须跟我回家。”

“嗯，很明显，而且需要在明天或者后天之内，麦西。做东西很费时间。”

我站在那里，眨着眼睛。

“你到底要不要我为这套服装提供服务，小姑娘？”阿布拉说。

“好吧，我来问问他。”

我从口袋里掏出手机，给他发了一条短信：“你明天能来我家，为你的服装量一下尺寸吗？”

我按下发送键，站在那里一直盯着手机屏幕，等待他的回复。

突然，身后一声响亮的吱吱声把我吓得跳了起来，我转过身，看见拉波巴从缝纫室的壁橱里悄然出现在我面前。她的脖子上挂着一条床单，这让她看起来像个幽灵。

“哦，哦，哦……把迈克尔·克拉克的豺狼头给我！”

我追赶着双胞胎，一直追到折叠桌下，他们躲在洛洛的腿间。当我试图抓住他们时，他们的尖叫声比拉波巴嘈杂的轮子声还要响亮。但就在这时，我的手机振动了起来。当我看到信息时，一股更大的恐惧感涌上心头。

他说他能来。

第二十一章

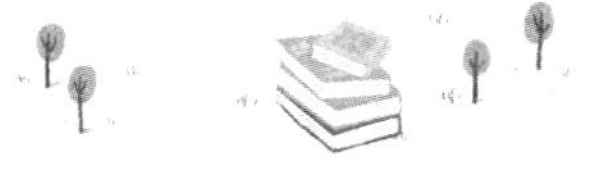

说真的，我真不知道今天我为什么这么紧张：是因为迈克尔会来我家量一下衣服的尺寸，还是因为罗利开车把我们从家里带到学校？妈妈醒来的时候，发现自己生病了。她发烧了，浑身疼痛，还感到发冷——症状全中。当今天早上我们走进她的卧室时，我们快被维克斯牌咳嗽药的味道熏倒了。那味道浓烈得能融化你的脸。妈妈的目光呆滞，两个鼻孔里分别塞着一张纸巾的两端。爸爸已经走了，他一早就出门去工作了。

“钥匙就挂在厨房里。”妈妈告诉罗利。她呻吟着翻了个身，把毯子拉到下巴上。

我们像往常一样以乌龟爬行的速度驶入海沃德派恩，但值得庆幸的是，我们完好无损地到达了。不过，离我上课的时间只剩下一分钟。由于我们没有停车证，停车场管理员让我们把车停到访客区，这意味着要走很长时间才能到我上课的教学楼。麦克丹尼尔斯小姐对谁在哪里停车有严格的规定。如果她发现一辆车停错了地方，她会马上叫来一辆拖车。我曾亲眼看见过。

“三点十五分准时在这里见面。”罗利说。

我拎起爸爸留给我的两罐油漆，疯狂地冲向教室。这些油漆来自博因顿海滩的一项粉刷工作，是粉刷一个育婴室剩下的。颜色是鲜艳的亮黄色，像蛋黄那样。对我们来说，这恰好合适，像是特意为我们的秋季嘉年华摊位的玉米坑游戏上色而准备的。

我喘着粗气，就快走到教学楼前了，这时，埃德娜和杰米在小路上向我走来。她们看起来并不高兴，尽管这可能是因为她们成对的高马尾辫扎得太紧了。

埃德娜向前走了一步，摇了摇头：“迈克尔·克拉克要去你家？”

“今天？”杰米补充道。

我站在那里喘着粗气。消息传得很快。我就知道。“他想让我奶奶帮他缝衣服，我奶奶很擅长缝纫。”

她们彼此交换了一个眼神。

“这有什么关系呢？”我说，“只是在做一个学校的项目。另外，关于帮助阳光伙伴的事，我需要汇报给麦克丹尼尔斯小姐。”

我站在那里，一阵尴尬的沉默随之而来。埃德娜看起来更加悲伤了，而不是生气，我不知道为什么。

油漆罐越来越重，我感觉我的手臂像双胞胎的弹力玩具一样被拉扯着：“我们要迟到了，而且这些东西有一吨重，所以……”

当我离开时，我能感觉到她们的目光一直停留在我身上。

整整一天，埃德娜的魔力都特别强大。

我在脑海中回想着发生过的事情，看看我到底做了什么。我们在电影院的欢乐时光似乎是在一百万年前，而不是几周前。

在午餐时间，她不看我，我注意到其他女孩也变得有点儿安静。只有汉娜在午餐铃响后等着我。然后，那天下午的体育课上，我们打长曲棍球，埃德娜一次都没有传球给我，即使我站的位置非常明显，也能打出一个完美的射门。

更糟糕的是，放学后，埃德娜和杰米站在自行车停车点附近，那儿离罗利停车的地方很近。我能看到她们在窃窃私语，因为我跑去和迈克尔会合，他已经在我们的车旁等着了。罗利也正匆忙地穿过停车场。

“对不起！”罗利走到我们面前时说，“我们正在忙着订购下周的用品。”

“什么都别问。”我对迈克尔小声说。

迈克尔脱下他的红色西装外套和领带，爬到后座上。不过，后座很小，对他的长腿来说想进去绝对不是一件容易的事。

“我到后面去。”我说。

我们刚驶出停车场，我的手机就嗡嗡作响。这是一张“阅后即焚”照片。当我点开它时，我看到一张埃德娜对我横眉竖目、吐出舌头的照片。她是在取笑我的眼睛吗？我不信她没有在生我的气。每个人都会发送愚蠢的“阅后即焚”照片，对吗？这只是我们偶尔会做的事，比如戴着3D眼镜看电影，比如故意快速吃冰激凌，看谁会头疼，甚至互相偷吃对方的午餐。

但现在感觉不同了——更刻薄了。

我还在思考应该怎样看待这件事时，照片消失了。我盯着屏幕，一切都蒸发了，就像它根本没有发生过一样。唯一能证明它是真实存在过的，就是我手掌上的汗水。

我关掉手机，把它扔进我的背包里。

罗利试图沿着小路快速地走，我的意思是他以每小时 26 英里的速度开车，但我们还是在吊桥放下之前被卡住了。有一长串的汽车排队等候，等待船从下面通过。这让我怀疑下面是否有弗拉卡斯的游艇。

“看，罗利。”我指着一艘船说，“那艘船叫‘海塞纳塔’。洛洛肯定会喜欢的。”

“洛洛是谁？”迈克尔问道。

“我们的爷爷。”

“他有一艘船吗？”迈克尔转过身来问我。

“谁，洛洛？”罗利哼了一声，“没有。”他滑动他的手机屏幕，打算听一些音乐来打发时间。

“哦。”

“我们更喜欢承包一艘。”我快速地说。

罗利抬起头，从后视镜里看我。我在夸大其词，他知道。我们只承包过一次船。

“你喜欢划船吗？”我问。

迈克尔耸耸肩：“嗯。我们曾经在夏天驾驶一艘叫‘约翰逊’的船去北方，但我们离开明尼苏达州时把它卖了。寒假时我们也会去冰钓。我想，这里没有多少这样的活动。”听起来他有点儿悲伤。

罗利看着他：“嗯，没有。奥基乔比湖永远不会结冰。”他的声音一直保持平静，就像他在努力辅导一个笨头笨脑的人时一样。

“奥基乔比湖？那是哪里？”

“就是佛罗里达州地图上那个巨大的蓝点，”罗利说，“它在西边，过了甘蔗地就是。当然，这就是它不结冰的原因。”

哦，不！在我阻止罗利之前，他已经开始讲述化肥如何流入湖中，以及如何导致海洋中的有毒藻类暴发，以致最终在几年前关闭海滩。“那是一种绿色的黏液，闻起来像谁放了屁，它一天之内就可以让水中的生物量翻倍。”他真的这样说。

在迈克尔的脑袋爆炸之前，我打断了罗利。“但是，在海滩附近还有其他有趣的事情可以做。”我在车后座说道。我狠狠地踢了一下罗利的座位，他继续挑选音乐。

我告诉迈克尔，有一次罗利带我们在一艘承包的船上夜钓，我们在月光下钓到了一条二十磅[①]重的金枪鱼。我告诉他关于拯救海牛俱乐部的事情，以及我们班去年收养的那只叫图比的海牛。

在那之后，迈克尔似乎变得高兴一些了。当桥终于放下来时，他坐了下来。然后，车里响起罗利最喜欢的

①磅：英美制质量或重量单位，1 磅≈0.45 千克。

音乐，我们开车往家驶去。

当我们把车开进私家车道时，我感到很紧张。有海沃德派恩的人在这里，这很奇怪。事实是，除了我们的家人之外，没有外人拜访过这里。我们只是在学校或我们要去的地方与朋友见面。我们从未谈论过原因，但不知为何，我们都知道这是我们的规则。在学校里，没有人像我们这样，整个大家族的人都生活在一起。他们的兄弟姐妹不会共用一个房间，所以我们的朋友可能会认为我们很奇怪或者很穷。然而如果你家的房子很小，你能怎么办？其他人的房子似乎也有更多有趣的东西。我们的后院没有游泳池。街对面的公寓里有一个游泳池，只有当罗莎女士把她家的大门钥匙借给我们时，我们才会偷偷溜进去。这里不像汉娜家，没有 VR（虚拟现实）跳舞机游戏。这里也不像雷切尔家有智能音箱，它能搜索网络信息，并回答你最疯狂的问题。这里的一切再普通不过。

阿布拉在前院等着我们，她的脖子上已经挂上了皮尺。洛洛也在那里。他站起来了，看起来很焦躁。我想知道，他是不是一直在踱步。我看了一眼迈克尔，但他似乎没有注意到什么。我不想让他或其他人看到洛洛的古怪行为。

“关于我的奶奶……”最后，我们把车停下时，我告诉迈克尔，“她可能有点儿挑剔，而且很专横。”不过，我没有说任何关于洛洛的事情。罗利和我已经制订了一个计划，以防万一。

突然，原本在院子里的双胞胎，猛地朝我们的车飞奔而来。他们像疯子一样尖叫着，把脸贴在车窗上。

“他们会咬人吗？”迈克尔问道。

我朝前座靠近了一些。“通常不会。但如果他们中的任何一个人，给你吃任何食物，一定要先检查一下，或拿给我看看。”我告诉他。

“嗯，好的。”

迈克尔下了车，双胞胎瞪大了眼睛。

“你是鬼吗？”阿克塞尔问道。

“难道是一个巨人？”托马斯补充道。

“别这么没礼貌。”我说。

“从我们的客人那里回来，孩子们。”阿布拉向他们示意。

罗利抓住了托马斯，托马斯刚刚跟着我们来到阿布拉的门廊前。

洛洛把他的手塞进口袋里，紧张地晃动着口袋中的零钱。当我们走到他面前时，他向我们打招呼，但他似乎心不在焉。然后他转向迈克尔。

“安娜今天感觉不舒服，她病得很重。”

迈克尔看着我，不确定地问：“安娜是谁？”

“是我妈妈，”我说，“她得了流感。”我回头看洛洛，我的胃已经在紧张地翻腾了。我在想，也许他整天都在担心妈妈。我笑了笑，尽量装出一副无所谓的样子。

“洛洛，这是迈克尔。”我说。

他仿佛根本没有听到我说的话。“安娜今天生病了。”他又说。

阿布拉走近我们。“她会好起来的。”她说着，然后她给迈克尔投来一个大大的微笑，“你好！”

罗利瞥了我一眼，不用我掐他，他也会按照计划行事。“我们去玩多米诺骨牌怎么样？”他对洛洛说，“去我们那里，妈妈可能希望我们陪着她。”

“多米诺骨牌！”阿克塞尔喊道。于是，这对双胞胎沿着小路向我们的房门跑去。洛洛紧随其后。

几分钟后，迈克尔站在阿布拉的厨房里，不知道该坐在哪里。我的眼睛扫视着水槽附近的塑料花，墙上贴着褪色的墙纸——蒂娅一直告诉阿布拉早点儿拿下来，形状像秒表的挂钟，漏水的水龙头，以及附近呈“之”

字形的小蚂蚁。当我在餐桌前坐下时，我把脚塞到桌腿下，确保它们不会抖动得太厉害。

阿布拉当然准备好了零食——来自加勒比海的各种小吃。我伸手拿了几个火腿饼，这时我注意到，迈克尔正小心翼翼地看着我。

他问："这些是什么？"

我告诉他这些食物的名称，以及哪些是火腿，哪些是奶酪或者甜食。"它们很好吃。"我说。但我看得出来，他仍然一副犹豫不决的模样。"我姑姑有奥利奥饼干，就在隔壁，如果你想要吃的话。"

"不，这些就很好。"他选了一个空心面包，闻了闻，然后咬了一口。他慢慢嚼着，像是思考着什么。"嗯，这真有趣，"他最后说，"它有点儿像油炸面包。"

我们吃完零食，阿布拉把我们带到她的缝纫室。她说："对不起，这里很乱。"地板上到处是泡沫和纸板的碎片。她指着一个东西说："看看，你觉得这些东西怎么样？"她在一张撕下的图案纸上画了她的服装创意，并把它贴在墙上。

这些草图看起来几乎与我们书上的内容一模一样。迈克尔眯起眼睛，仔细看："但是等等，我要穿裙子吗？"

"或许需要，"阿布拉说，"改变历史不是由我决定的，但我会让它达到你的膝盖，这样你穿起来就会很体面。另外，我的孙女说，你可能需要这个。”她把手伸到床垫后面，拿出了令人眼前一亮的面具。它还没有完全做好，但是可以看到豺狼头的形状，它镶嵌着珠子做的眼睛，还有一个窄而尖的鼻子。嘴巴甚至可以张开或者闭上，她用一个圆形扣子做了一条铰链。

“我的天哪！”迈克尔小心翼翼地把它戴在头上，“看起来怎么样？”他的声音变成了回声——对来世之神来说简直是完美。

“凶猛有力！”我说。

“谢谢！”他对阿布拉说，“这很完美！”

“还要给它涂上颜色，添加一些细节。”阿布拉告诉他，“但至少已经初具模样了。”

她几乎无法掩饰她的骄傲，但我可以看出，她今天可能做得太多太用力了。她正在揉搓她的手，就像关节炎困扰她时她总是做的那样。有时，妈妈会用温热的毛巾包裹住阿布拉的手，轻轻地拉动她的手指，这会让她感觉舒服一些。我打算在迈克尔回家后也为她这么做。

“你一定花了一整天的时间，”我对她说，“谢谢你！”

她微微低下了头：“嗯……洛洛走路很慢，像以前一样，还有一对双胞胎要接。”她的声音有点儿飘飘然，

我突然想到，也许她已经厌倦了要照顾我们所有人。

她指了指长椅："请你站在上面，迈克尔。伸出手臂，像这样。"他照着奶奶的话做了。我发誓，头上戴着面具的迈克尔看起来就像DC漫画[①]中的稻草人。我拍下他的照片，把他变成漫画中的模样，然后发到了他的手机上。

然后我假装在读《西班牙人》杂志，这样我就不需要看见阿布拉测量他的胸围和腰围。

终于，她完成了测量，然后轮到我了。"你是下一个，亲爱的。"她说着，打了一个哈欠。

我的脸涨得通红。阿布拉要当着迈克尔的面，用那条皮尺在我的胸口上绕一圈吗？

"你为什么不休息一会儿呢，阿布拉？你看起来很累，我的衣服可以这个周末再做。"

我转向迈克尔："来吧，在你走之前，我给你看看我们家的独眼猫。"

---

①DC漫画：美国DC漫画公司推出的作品。

第二十二章

“好了好了，每位同学，我希望你们两两组成一对。”周一早晨，坦嫩鲍姆女士说，“在教室里找一位你们从未合作过的伙伴。”

大家纷纷呻吟起来。如果我们从未和某人合作过，那一定是有原因的，对吧？现在，因为已经有很多女生以小组的形式合作过很多次了，所以我们只能选择男生作为我们的主要合作对象。

每个人都没有动，这时，坦嫩鲍姆女士开始用她的手机计时：“加油，从现在开始，我们还有很多事情要做。我只给你们一分钟的时间找到合作伙伴。快！”

每个人都在屋里横冲乱撞，寻找伙伴，但是我的双脚像被钉子钉在了地板上，我努力尝试踏出第一步。每一次我准备走向某个人时，都被另一个人抢走了。

“还有十秒钟！”坦嫩鲍姆女士说。

正当我焦虑万分的时候，迈克尔走了过来。

“嘿。”他说。

“时间到！”在我的嘴巴能发出声音之前，坦嫩鲍姆女士的声音响起，“把两张桌子拉在一起，请点击屏幕上的文件夹。”

“这不公平，坦嫩鲍姆女士。”埃德娜指着我们说。她站在靠近房间前面的莉娜旁边。“那两个人已经一起制作过秋季嘉年华的服装了。”

坦嫩鲍姆女士看了看我们：“真的吗？”

我点点头。

但迈克尔只是耸耸肩：“不过，你说过，要找一个在课堂上没有合作过的伙伴。我们在麦西家里做了服装。”

坦嫩鲍姆女士迟疑了一下：“可以的。”

埃德娜的脸皱在一起，这让我很担心。我不知道这是因为她不喜欢和莉娜合作，还是因为她对迈克尔选择与我合作感到生气。我所能想到的是，上周迈克尔和我们一起回家时，埃德娜发给我的那张照片。突然间，我真希望他能走到别人身边。

坦嫩鲍姆女士转身开始上课：“那么，让我们看看宗教在日常生活中扮演的角色，为什么会有人信仰宗教。”

事实证明，迈克尔和我配合得很好。我们轻而易举地完成了任务，主要是因为我昨晚读了这一章，而且他也不介意在键盘上敲打出我们的答案。当我们完成后，我惊讶地发现，我们组是第一个完成的。其他人都还在进行中，包括莉娜和埃德娜。当我提出要求时，坦嫩鲍姆女士让我们参观她珍藏的棋盘游戏。我们借了宝石棋游戏，在其他人完成任务前我们就在一边安静地玩游戏。

“嘿，你奶奶做完我们的衣服了吗？”迈克尔问，“我还需要时间画上图案。”

“差不多了。”我把我的弹珠扔在棋盘周围的空格里，“她这周有点儿忙，但她会完成的。”

这倒是真的。因为妈妈患了流感，阿布拉每天晚上都忙着为我们做晚饭。而且，她很难像以前那样在白天缝纫，因为洛洛会感到无聊，他想去散步，她坚持要带他去散步。所以，她一直在熬夜帮我们做服装。昨天晚上，她踩踏缝纫机的嗒嗒声响彻整个庭院，我就在这嗒嗒声中进入了梦乡。

“太好了，”他说，“我需要这次的成绩。如果我这学期拿到全A，寒假就能去迪斯尼玩。”他挖出弹珠，轮到他了。

“很幸运。”我说。在我们家，好成绩从来没有额外的奖励。罗利永远是那个分最高的人。“不过，别担心，你会得到一个 A 的。”

第二十三章

一周后，我在麦克丹尼尔斯小姐的办公桌前等待着，她正在打电话。所以，我等她打完电话后，才放下了豺狼面具。又是罗利自己开车载我们上学的，或者应该说我们是爬着来的。不出所料，这个慢吞吞的家伙又让我们迟到了。他还在停车，或者说还在努力把车停好。

麦克丹尼尔斯小姐挂了电话，来到柜台前。她把签到的屏幕转向我的方向。

“睡过头了？”

“没有，女士。”我点了一下迟到的图标，把我的名字加入今天的耻辱名单中，“我妈妈的流感还没有好，所以我哥哥开车载我来学校。他患有速度障碍症。”

“把你的闹钟调早一点儿，”她说，“下次我就不认为这是理由了。”

她打印出一张通行证，当她递给我时，我低头看了一眼。

“请在这上面加几分钟好吗？我需要把一个物品送到坦嫩鲍姆女士的办公室。”然后，为了稳妥起见，我补充说：“这是给我的阳光伙伴的，迈克尔和我一起为秋天的嘉年华制作了节日服装。”我把我的周报递给她，并微笑着对她说。

麦克丹尼尔斯小姐犹豫了一下，确认我没有在骗她。

“很好。”她用笔写了一个新的时间，并在上面签了名字，“再批准五分钟。”

当我到达坦嫩鲍姆女士上课的教室时，我发现里面空无一人，灯也是关着的。我忘了她的第一节课是不上的。有那么一瞬间，我在想我是否应该把迈克尔的服装留在前厅，交给麦克丹尼尔斯小姐，但我没有时间了。我试着推开门，幸运的是，门是开着的。

我把豺狼面具和长袍放在坦嫩鲍姆女士的桌子上，寻找纸和笔，但我没有找到。于是我拿起速干笔，在白板上给她写了留言。

坦嫩鲍姆女士：

我把这个面具留在这里，因为它太大了，不能放在我的柜子里，也不能拖着走。这是给迈克尔·克拉克的。

麦西

我最后一次看了看这个面具。在秋季嘉年华里，迈克尔戴起来一定会十分完美，所以我希望他能好好画画，把他选择的神话人物好好表现出来。既然现在这个已经完成了，阿布拉和我今晚就可以做好我的服饰了。它有一个巨大的河马屁股，由沙发垫泡沫制成，我的鳄鱼头将用铰链控制开合，就像迈克尔的一样。

我的通行证只剩下两分钟了。我把背包背到肩上，轻轻把身后的门关上。

我站在储物柜前，准备第二节课后进行社会研究需要的物品。“戴维他们完成游戏板的制作了吗？”我问杰米。她是负责在胶合板上锯孔和上漆的人。

她就站在我旁边和埃德娜说话。她不回答我，我大声地说："杰米，游戏板做好了吗？"

但她并没有转身。她们只是继续和其他女孩聊天，就好像我是一个透明人一样。我判断有事情要发生了。

"明天嘉年华节日活动结束后，大家都可以和我一起骑车回家，"埃德娜说，"如果你不能骑车来，就在九点前赶到我家。因为那之后是我们看电影的时间。"

"但我不同意看那种惊悚电影。"汉娜不耐烦地说。她拉着她的锁，但它没有打开。

"今晚就应该看电影，"埃德娜说，"这是规定。还有，只要你不说，你妈妈怎么会知道？"

"喂！她会问你妈妈的。"汉娜说。

"嗯，我妈妈也不会知道。戴维会把他哥哥收藏的光盘拿过来。"

我呆呆地盯着我的柜子，假装在找东西。根本没有人对我说过关于聚会的事情。

"男孩们也要过来吗？"雷切尔说，"迈克尔和他们？"她的眼睛瞪得大大的。

埃德娜的眼神越过了我的头顶："有几个男生，他们只来参加游泳和海滩篝火，还有看电影。不参加在阳台上过夜的那部分。这很明显。”

“很明显。”杰米说着，咯咯笑了起来。

我的目光滑向了汉娜。她瞥了我一眼，脸色变得通红。“我讨厌这个愚蠢的锁。”她嘟囔着，野蛮地拉了一下锁。

我的储物柜突然变得很小，塞满了纸张和笔记本。我扒拉出课本，但我拿错了，紧接着科学文件夹又掉在了地上。我把它们统统塞回乱七八糟的柜子里。

埃德娜继续说：“如果你要和我一起骑车回家，记得跟我说一声。”她冲着我头顶的方向叫道：“别担心，我会群发短信提醒大家。你也是，莉娜。”

从未被邀请参加任何活动的莉娜抬起头来，但她没有回答。当她们走后，她转向我。

“今天早上，我看到戴维从车里拿出了玉米孔板。”她轻声说。

“哦，”我回答，“谢谢。”

我关上储物柜，走到教室里，假装自己根本不在乎这些。也许我真不在乎。谁想参加埃德娜愚蠢的聚会？反正我不想。

即使我在试图说服自己，我依然开始怀疑迈克尔是不是被邀请的男孩之一，或者埃德娜是否也在生他的气。如果他被邀请了，他会参加吗？当我意识到答案可能是肯定的，我就更生气了。

我一到社会研究课的教室，就把我的东西扔到了桌子上。至少迈克尔现在可以看到他的阿努比斯服装了。

但那件服装并不在他的桌子上。

当我看向教室前方时，我没有看到它在坦嫩鲍姆女士那里，或者在窗台上，或者在任何地方。

我站起来，向坦嫩鲍姆女士走去。当我走近她时，我发现一块纸板从她的垃圾桶里伸出来。当我仔细辨认时，一阵恐惧从我的胃里爬上来。果然，当我把它从垃圾桶里拉出来时，我才意识到这个豺狼面具——或者说它剩下的东西——已经被塞进了垃圾桶。它现在被踩成了两块，下巴处被撕开了，纸板也被踩扁了。长袍被人用记号笔划破了，揉成一团。

“发生了什么？”我问坦嫩鲍姆女士。我的声音一定比我想象的要大，因为她抬起头来时，皱着眉头。

“你说什么？”

“迈克尔在嘉年华要穿的服装。”我举起那两件破烂，“它们是怎么被弄坏的？今天早上你不在的时候，我把它们放在你的桌子上。你没看我的留言吗？”

但当我指着白板时，那上面根本没有任何东西，甚至没有我写的痕迹。有人擦掉了我的留言。

“我没有收到留言，”坦嫩鲍姆女士说，“这是我第一次看到这个。”她皱起了眉头，“我很抱歉，麦西。我不知道它们是如何被损坏的。”

铃声响起，但我几乎听不到它。铃声在我们周围响起，大家兴奋地谈论着明天的嘉年华。

“好了，各位。冷静下来，回到自己的座位上。每个人！”坦嫩鲍姆女士转过身来，忧心忡忡地看着我。“稍后我们看看如何解决这个问题。”她说，“现在教室里太乱了。但是别担心，我确信它们能被修好。”

但我可以看出，它们已经无法修复了。迈克尔需要重新开始。而且，即使他非常擅长艺术创作，明天他也不可能做出来。

“嘿，”我经过他的桌子时，他对我说，“服装你带来了吗？”

我把破损的面具和长袍放在他的桌子上，努力吞了一口唾沫：“我带了，但它们坏掉了。”

“什么？但是，明天就是嘉年华了！”

“有人毁了它们。我今天早上把它们放在了这里。”

“请大家坐好。”坦嫩鲍姆女士又说了一遍，声音更大了。

我坐到椅子上，瞪着眼睛看着那个可能做出这种事的可怕的人。埃德娜正忙着记家庭作业，就像我们在上课开始时应该做的那样。

整整一个小时，她都没有朝我这边看一眼。

第二十四章

现在是午餐时间，但是我来到了科学实验室，而不是餐厅，尽管这时餐厅正在提供免费的小蛋糕，上面还有节日装饰。随着节日越来越近，厨师们越来越喜欢发挥创意了。但现在，我一点儿也不饿，即使饿了，我也不想和埃德娜坐在一张餐桌上。

也许罗利可以告诉我该怎么做。

我发现他和比拉尔一起坐在实验室的一张桌子旁，伏在一摞答卷上，答卷是按课时分类的。罗利抬起头看我的那一刻，一切都变得好起来了。我的眼睛不再紧绷，我的下唇开始颤抖，尽管我在竭力避免自己哭出来。

“怎么了？”他说。

我用力吞了一口口水。我不能说话。

比拉尔站了起来。“我打算从扫描器开始做。”他说着，拿起一沓测试题离开了。

当他走后，我开始哭了，向罗利解释这场大灾难。

“我认为是埃德娜毁了它们，”我说，“一整周，她对我都很刻薄。”

“你可能是对的，但你有什么证据？”罗利问道。

“还能是谁呢？她是唯一一个对我和迈克尔合作感到生气的人。我要去告诉坦嫩鲍姆女士。”

罗利耸耸肩，递给我一张纸巾。“做你想做的，但如果你找老师告状，路可能不会好走。首先，你没有证据就妄下结论。但更重要的是，你在指控桑托斯医生的孩子。谁会相信你，麦西？”他说，“没有证据，就是你在诬陷她。”

我瞪着他，像往常一样，我知道他说的有道理。

“听着，我得在期末考试前把威尔逊女士的测验确认好。”他抓起他的背包，把我带到门口，“我们在回家的路上再谈这件事。”

离我的午餐时间结束还剩十分钟，但我没有办法和埃德娜在同一个房间里。所以我走到对面的院子里，那里总是很安静。只有几个孩子在这里，包括莉娜，她像往常一样在这里读书。她抬头看了看我，笑了笑。我挥挥手，但我没有过去和她坐在一起。相反，我在树荫下给自己找了一张长椅，在那里吃我的三明治。

上课铃响了，所有人都走出了食堂。我把我的午餐袋捏成一团，扔到垃圾桶里。

“嘿，麦西！”

我转身看到迈克尔慢悠悠地走过来。一块破损的面具从他的背包里伸出来。看到这一幕，我又想哭了。

“你能告诉我这些东西怎么了吗？”他问道。

“我告诉过你了。今天早上，我把它们放在坦嫩鲍姆女士的桌子上，那时它们还好好的。有人故意把它们弄坏了。”

迈克尔皱起眉头：“故意的？”

我看着他，努力让自己保持镇定。我可以告诉他，我认为这是埃德娜干的，但是这样的话，我还得向他解释她为什么对我生气。如果我像罗利说的那样，弄错了呢？可能是其他人，也许只是某个想做傻事的人。

“我不确定是谁毁了它们，”我告诉他，“也许你可以用胶布或其他东西把它们拼回去。”

“我会努力的，但这一定很难，”他说着，摇摇头，“它们已经完全被毁了。现在我也没有参加埃德娜派对的服装了。”

我眨了眨眼睛。

“你会修好的。”我咕哝道，然后赶紧离开了他。我很想知道他是不是故意这么刻薄，或者他只是不知道我并没有被邀请参加派对。

埃德娜和其他人正在前面走着，男生女生们走在一起。他们有说有笑，仿佛什么事都没有发生。他们可能都在计划明天晚上如何在她家找些乐子。

“嘿，等一下！”迈克尔叫道。我转过身，但他不是对我说的。

我看着他冲向了其他人。

第二十五章

有一次，埃德娜答应用她的船带我去珊瑚湾。

那是去年，我来到海沃德派恩的第一周，所以我对她不是很了解。那天我们正走在去教室的路上，停下来看艺术室外面的玻璃展览。那次，四年级的学生去麦克阿瑟公园旅行，他们在浮潜时拍摄了许多海洋生物的照片。我只在杂志上看过这样的照片。

“你从来没有浮潜过？”

“没有离开过船。”我没有提到很久以前，当我还小的时候，洛洛带我们来到水边，给我们买了那些沃尔玛超市里便宜的面镜和脚蹼。

“有机会我带你去。”她这样向我承诺，还给我看了她手机上的一些照片，“这太有趣了，我们可以去珊瑚湾。”

我非常兴奋，告诉妈妈我需要一个新的面镜和整套浮潜设备。我等待着，我甚至向埃德娜暗示了几次，以为她忘记了。但是邀请函迟迟没有来。妈妈告诉我，我不应该再提这件事了。“人们有时会出于礼貌而说一些话，”她告诉我，“她是想做个好人。”

昨晚我辗转反侧时想到了这一点。等待毫无希望的东西到来，是很艰难的一件事。但这次我感觉更糟糕。

我正在挑选早餐时，阿布拉走了过来，她手中的袋子里装着我的服装。

“给，专门为你准备的最好的装束！”

“谢谢。”我说。

“怎么了？”她皱着眉头看着我，“你是不是得了和你妈妈一样的病？”她把手放在我的额头上，“你看起来很糟糕。”

“我没病。”我说。

“那是怎么回事？”

我不忍心告诉阿布拉迈克尔的服装发生了什么。我甚至不想提及埃德娜的聚会。我知道阿布拉不会理解。她只会说，和一个对你无礼的人做朋友并不重要。这只能让我对阿布拉感到更加愧疚。

“只是有些怯场罢了。”我告诉她，“我们今天要做口头报告。”

她挥了挥手：“别胡说八道！这没什么可担心的。

有了这套服装，你将成为学校里最受关注的人。现在赶紧吃早餐，你哥哥在车里等着呢。”

现在，我坐在社会研究的课堂上，心里仍然很生气。我们穿着我们的服装，嚼着糖果，努力坐着听大家演讲，一直到可以去参加嘉年华的时间。

“我是伊西丝，众神的女王，但你们可以叫我神徒。”

轮到埃德娜向全班介绍她的服装了。她戴着一顶短款黑色假发。黑色的直发和厚重的刘海儿，像芭比娃娃一样闪亮且虚假。她用眼线液给眼睛画了眼线。她的身体被白色的床单紧紧包裹着，头上还戴着一个木工用的方尺。闪亮的手镯装饰着她的手臂。她看起来就像成年女孩那样漂亮。据坦嫩鲍姆女士说，她的报告非常精彩，非常详细，而且埃德娜确实像在学校的戏剧舞台上一样发表她的报告。她说完后，大家都拍手叫好。

但是我没有。

我在笔记本上涂鸦，尽量不让自己紧张。接下来轮到迈克尔了。他说的没错，他没办法修复好那个面具。到处都露出了胶带的痕迹，面具的下巴也不能开合了。他很幸运，坦嫩鲍姆女士对服装部分的评分并不苛刻。主要是看报告的质量。他的演讲中有很多关于阿努比斯的有趣内容。如果他运气好的话，也许他还是能得到那个 A，最后依然能去迪斯尼乐园玩。

“莉娜·卡西尔？你是下一个。”

莉娜掰着十根手指，走到教室前面。然后她转过身来，面朝我们所有人。她穿着一件蓝色的上衣，与她的飞机头很相配。透明围巾别在上面。她深深地吸了三口气，然后把她的手机插在一个便携式扬声器里，那东西放在坦嫩鲍姆女士的桌上。笛子的声音充满了整个教室。莉娜闭上眼睛，集中注意力。过了一会儿，她开始随着古怪的音乐摇摆，就像她再也看不到我们中的任何一个人一样。

“我疯疯癫癫。”她开始了。

几个孩子嗤之以鼻。“没开玩笑吧。”有人在我身后轻声说。

“我是奥西里斯、伊西丝、塞特和奈芙蒂斯的母亲。”

她缓慢地移动她的每一只手臂和腿，在空中画出一个弧形，她的眼睛跟随着它们，就像一个慢动作的舞蹈演员：“我无处不在——北、南、东、西。”

“我是整个世界的天空。”她弯下腰，把手放在地板上。她的臀部高高翘起，她看起来像一座山。“在晚上，我吞下了夕阳。每天早晨，我让光明降生。”

音乐结束了，她慢慢地直起身来。

当她拔掉手机，坐回座位上时，我们都坐在那里眨眼。

“莉娜，这太神奇了。”随后，坦嫩鲍姆女士在一片安静中说，“我不知道你是个舞者。”

“每个人都是一个舞者。”莉娜说。

“嗯，你给出了一个绝对精彩的展示。非常好！谢谢你！”

坦嫩鲍姆女士在成绩册上填写了成绩，并转向我。

“最后一个，但并非最不重要的，麦西·苏亚雷斯，该你上场了。接下来如何更加精彩地展示，可是一件很难的事。”

我戴上了面具，至少这样可以阻止人们盯着我的眼睛看。当我穿上服装走到教室前面时，惊叹声和欢呼声跟随着我。穿着河马的大屁股走路很困难，我的臀部撞到了大家的课桌，把他们的书撞到了地上。

我转过身，深吸一口气。在这个面具后面，我愿意让自己成为另一个人，一个更勇敢的人。

“我的名字叫阿穆特，是死者的吞噬者。”我的声音在教室回荡，“我长着鳄鱼的头，狮子的身体，河马的屁股。”

“当你们转世后，你们都会遇到我。但是你们不必担心，除非你们是邪恶的。那是因为我和我的朋友玛特女神[1]一起工作。在你死后，你的罪孽将会被放在天平的一边，而玛特的羽毛将会放在另一边。”我的手像跷跷板一样握着，“小心！如果你做的坏事超过了羽毛的重量……”说到这里，我盯着埃德娜，狠狠地咬着牙，“我会把你吞入腹中。我已经警告过你了。”

我蹒跚着回到我的课桌前，眼泪涌了出来。真希望我可以不穿道具服装也能变得勇敢。

我坐在桌前，又戴了几分钟面具，直到我的眼泪回到它们该去的地方。当我终于把面具摘下来时，莉娜转过身，对我笑了。

那天下午，四面围合的园子变成了一条主干道，摆满了所有班级的摊位。我想，我们的摊位看起来是最好的。正如我所预料的那样，黄色的油漆非常显眼，你不可能注意不到它。而且坦嫩鲍姆女士带来了荷鲁斯之眼的一次性文身作为奖品，所以很多人在我们的摊位前驻足，都想要得到一个。

①玛特女神：埃及神话中真理和秩序女神。

但是嘉年华没什么意思，至少对我来说没意思。我总会想起，大家在嘉年华结束后都会去埃德娜家，而我没有被邀请。

我在周围游荡了一会儿，吃着爆米花，在其他摊位上玩了几个游戏。罗利告诉我，应该怎样猜测狄克逊先生无聊的“预估罐”，所以我把我的猜测投了进去。我知道，我会在嘉年华结束时赢得所有的玉米糖。然后我走到足球场上逛了一会儿，看五年级的学生玩踢球游戏。米勒小姐穿着牛仔裤和条纹衬衫，像威利[1]一样，她在为两个队伍发球。我掏出相机，在她发球的时候给她拍了一张照片，尽管这一幕让我更加心碎。她不再是我的老师了。现在我有很多老师——一大堆人，他们对我的了解并不多。米勒小姐总是说她喜欢有我们在身边。我想知道，她是否像爱我们一样爱这些新入学的孩子。没有人会对六年级的学生说这样黏糊糊的话，甚至坦嫩鲍姆女士也不会。

我又偷看了一眼埃德娜。我讨厌自己这样做。她的小组——今天包括迈克尔在内——看起来玩得很开心。

①威利：威利的形象来自一套儿童书。书中的威利穿着红白条纹的衬衫并戴着一个绒球帽，手上拿着木质手杖，还戴着一副眼镜。

他们笑着玩遍了所有主干道的游戏，然后我看到他们溜到足球看台附近闲逛。在周五晚上的足球比赛中，校队的啦啦队就在那里挥舞着她们手中的绒球，并搭出她们的人形金字塔。

我想知道，如果我告诉迈克尔，我猜是埃德娜毁了他的服装，那会发生什么？他会相信我吗？或者，埃德娜的魔力会再次胜出？

“嘉年华庆典玩得高兴吗？”

麦克丹尼尔斯小姐的声音几乎让我跳了起来。她不穿西装外套和高跟鞋，我几乎认不出她。她穿着牛仔裤和运动鞋，戴着一个头箍，上面装饰着带弹簧的蝙蝠，它们正随她晃动。

“是的，女士。”

“那你的阳光伙伴在哪里？我认为这将是你们一起度过校园时光的完美机会。”我艰难地吞咽了一下：“哦，他在这附近某个地方玩得很开心。”

“哦？”她向我投来一个怀疑的眼神，然后朝我身后瞥了一眼。她没花多长时间就发现了我一直在看什么。她的眼睛眯了起来，看样子正在思考。

我假装查看我的手机：“我得走了，女士。这会儿应该是我在摊位上做志愿者的时间。”

她对我点点头，然后伸手去拿她的对讲机。当我走开时，我听到了她的声音："需要一名志愿者来监督看台，谢谢。我现在正在去寻找某些学生的路上。"

庆典结束后，我在停车场等罗利，我看到杰米和雷切尔挤进桑托斯夫人的商务车（车牌：FUT-Z2）。我看不出有谁坐在里面。可能是整个世界上的所有人，像那些载着小丑的车一样，拥挤在一起。然后，迈克尔沿着小路走了过来。

"嘿，你赢得玉米糖了吗？"

我敞开袋子，他拿了一把。

"谢谢！我的最爱。"他一边说，一边吃起来。汽车喇叭嘟嘟地响起来，那是埃德娜向他发出的信号。"哎呀。"他开始慢跑着离开。"再见，麦西。"他说。

第二十六章

我们离家还有几个街区，就在伊尔·卡比餐厅和沃尔格林大药房的商业街对面。上次，洛洛摔倒后，我和他就在这附近的公交站旁边休息。

“这首歌真好听。”罗利说，他调高了音量。我们一边吃着玉米糖，一边高声放着音乐。声音响得让汽车都摇晃起来，除了节拍之外，它扰乱了一切你所想的事。在每一个红绿灯前，人们都盯着我们看，我第一次觉得毫不在意。

自从上车后，我已经看了我的手机四次了。但没有任何消息提示。没有人发信息给我说：“嘿，麦西，你在哪里？你也被邀请了。”甚至没有一条恶作剧信息。只有一种刺耳的安静。

我闭上眼睛，听着音乐。也许明天早上，我可以和洛洛聊聊这件事。他那时最清醒。“不要担心桑托斯小姐，麦西。”他可能会说。他会让我忘记所有关于傻瓜埃德娜的事。我们可以一起散步，或者分享一杯热带冰沙。他会给我讲一个老故事，或者我们在院子里打几场球。

至少还有节日活动来拯救今天的剩余时间。太阳一落山，我就会和罗利及双胞胎在附近散步。他们讨厌等待任何事情，更不用说“不给糖就捣蛋”了。我并不怪他们。每个人都知道，你早点儿行动可以得到最好的糖果。另外，大一点儿的孩子会在很晚的时候带着鸡蛋和剃须膏出来，所以蒂娅希望我们能在家。洛洛也许能帮助蒂娅让他们平静下来，直到结束。他会假装自己是个催眠师，睁大眼睛，压低声音说话，像以前对我做的那样。他会像海葵一样移动他的长手指，看到你心灵的最深处：“集中注意力……你们要按我说的做……”

我一边想着这些，一边看着大道上繁忙的车流，这时我发现前面发生了不可思议的事情。起初我认为这是个海市蜃楼，只是我的想象混入了我的眼睛。然而不是的。在穿过三个方向的车流中，我看到了洛洛。他站在道路中间的分隔带上，恰好与我们是垂直方向，手里拿着一个来自沃尔格林药房的塑料购物袋，里面装的好像是几袋糖果。

但是，阿布拉在哪里？

“看。”我推了推罗利，指着洛洛的方向。

洛洛没有过马路。事实上，他看起来一脸疑惑，在繁忙的交通中，他好像无法决定下一步该做什么。这和他在码头时的表情一样，突然间我的胃猛地抽搐了一阵。

“他在外面做什么？”罗利问道。他摇低了车窗。“洛洛！”他挥了挥手，“看这里！”

洛洛转过身来，但他没有笑，看起来甚至连我们也没有认出来。他依然在那里担忧地皱着眉头。

“在那里等着！”罗利叫道，“我们会绕过去的。”

但就在这时，信号灯变了，洛洛附近的车道上，车辆开始移动。我们瞥见他在道路分隔带上来回踱步，显得很不耐烦。

在离洛洛最近的转弯车道上，一位正在等待的司机看起来试图与他交谈，但他也没有回答她。

“他有麻烦了，罗利。”我的手伸向了车门。“待在车里。”哥哥冷冷地说。他检查了车上的后视镜和倒车镜，试图安全地停靠在路边。他需要把我们的车移到右边的车道上才能转过来。“让我进去吧。”罗利咕哝道。他的上唇上方冒出汗珠。司机们按着喇叭，一个人从车窗里探出头，对着我们怒吼。

与此同时，洛洛还在踱步。他一边拧着袋子的提手，一边来回走动。我们车里的低音炮还在轰轰烈烈地响着。

我像一个催眠师一样盯着他，试图用我的意念让洛洛停住。

我强迫自己相信它会成功，就像我以前相信独角兽和圣诞老人一样。

注意力集中。在那里等着。不要动！我在心里一遍又一遍地念着，即使我的心在狂跳不止。

但这是没有用的。

一切都发生在一瞬间。洛洛走出道路中的分隔带，罗利带我们从车道上挤了出来。轮胎发出刺耳的声音，汽车纷纷转向，好避开我们。然后，一个巨大的颠簸让我向前冲去——有车从后面撞到了我们。我们的车像个陀螺一样，在车道上旋转。

第二十七章

我们车上的低音炮音响仍在砰砰作响。

每当我闭上眼睛，就会听到沉重的节拍声。接着，救护车的警笛声从远处传来。我听到破碎的风挡玻璃在我的运动鞋下嘎吱作响。我闻到了烧焦的轮胎和汽油的味道。我可以看到人们都盯着我们，他们的嘴像雷切尔那样大张着。

妈妈的汽车尾部被压扁在后座上。还好没有人坐在后座上。不像我们载着迈克尔的那天。

“你很幸运，”急诊室里，一位护士正从我的鬈发中挑出玻璃碴，她说，“今天运气绝佳。”

然而我不觉得幸运，一点儿也不。

老天爷为什么不关照一下洛洛？为什么让他在那条分隔带处感到困惑？为什么让他置身于那么大的危险中？

今晚我们的卧室与以往不同。我聆听着布帘另一边罗利的呼吸声。我们小时候，如果我害怕，我可以爬到他的床上。当然，现在不行了，我们都长大了。一切都不像从前了。和罗利在一起时，在学校里时，和洛洛在一起时，都不像从前那样了。

我溜下床，站在窗边。洛洛和阿布拉的房子里很黑，秋千上没有人。爸爸在那边的缝纫室里睡觉，以方便照顾洛洛。今天他和蒂娅帮忙把洛洛弄到床上。阿布拉太生气了，她做不到。"太生气了，太累了，"她哭着说，"太多事情了！"

"怎么会这样？"她不停地问，"只是一瞬间的事。"

但是没有人回答她，或者至少没有人愿意说出来。甚至洛洛自己都无法解释他是如何从正在药店的阿布拉身边溜走的，或者为什么他会这么做。然而事情就是这样。他们打算再去买几包糖果，因为双胞胎已经吃光了他们的糖果。阿布拉根本没有注意到洛洛不在身边，在她意识到这件事时，他已经不见了。

罗利的床吱吱作响，然后他拉开了布帘。

他的头发根根竖立着，眉毛上有个令人讨厌的伤口，那是他撞到后视镜的地方。

"你还好吗？"我问道。

他点点头，他的手指移到了他额头的缝线上。

“洛洛怎么了？”我小声问，“为什么他的行为会这么奇怪？”

罗利看了我很久。最后，他走到他的桌子前，示意我坐在椅子上。

“过来。”

他打开台灯，伸手去拿他的镇纸。这是一个大脑模型，是几年前他得到的礼物。当时，我告诉他这是最愚蠢的礼物。他坚持说他想要这个礼物。

它是真人大脑大小的，有两个拳头那么宽，而且像一个三维拼图一样可以拆开。他现在把它挪到我面前，在昏暗的灯光下，我看到他给所有的部位都贴上了长长的单词，每当我试图读出这些单词时，我的嘴巴就说不清楚话。

“一个人的大脑大约有三磅重，它有三个主要部分。”他低声说道。

“罗利——”

他自顾自地说着，水汪汪的眼睛盯着模型：“有一部分管理我们如何说话，如何做决定，如何记忆，所有这些就像分工合作的部门，这些让我们成为我们自己。”

他放下大脑模型。“洛洛的大脑已经生病了，”他说，“它每天都会萎缩一点点，所以各部分的工作都不太顺利了。”

我盯着他。“萎缩？”这种说法诡异而恐怖，“好吧，我们怎样才能让它变得更好？”

他正视着我，灯光映在他的眼镜片上：“他不会变好的，麦西。他只会变得越来越糟。”

他说的不可能是对的！“你怎么知道的，罗利？”

“因为他得了一种叫作阿尔茨海默病的疾病，麦西。”他说，“已经好几年了，现在是晚期。”

“疾病”这个词悬在我们之间。这是一个充满了蝙蝠和甲虫的词。这个词意味着病重和更糟糕的事。

“洛洛生病好几年了，你却不告诉我？”

罗利盯着大脑模型，脸色绯红：“是的。”

我推了罗利一下，他站在原地一动不动，我又猛推了他一把。一切都能说得通了：洛洛摔跤，他奇怪的问题，他无助地徘徊，他的困惑，那天他差点儿动手打了阿布拉……一直以来，苏亚雷斯家都有一个大秘密，但没有人告诉我。

“麦西。”罗利说。

“安静。”我瞪大眼睛，质问他，“为什么没有人告诉我？”

我抓起大脑模型，愤怒地剥开一层又一层。当我反复练习读出这些复杂的单词时，它们粘在我的舌头上。罗利看着我一次又一次地把大脑模型拼起来，又把它剥开，我读得磕磕绊绊，直到我可以完美地念出那些单词。

我们坐在一起，直到深夜，与那个橡胶做的脑袋待在一起。当我终于开口询问我能想到的所有问题时，罗利回答了每一个问题。我第一次不再介意所有细枝末节。

第二十八章

妈妈让我们周一待在家里。

你觉得头晕吗？你觉得恶心吗？呕吐了吗？整个周末，妈妈每隔一段时间就会问我们这些问题。直到最后，罗利不得不戴上耳机，拉上布帘。他眼睛上方的伤口已经呈现一块淤青，沿着他的眼眶蔓延，就像洛洛身上的淤青一样。如果他今天想成为一个疯狂的科学家，他根本就不需要化妆。

妈妈的鼻子仍然皲裂着，她的脸上有一种刚刚病倒的人特有的苍白。但这并没有阻止她今天下床，在客厅里点上蜡烛做祈祷。每当有大事发生时——比如双胞胎出生时太小，不能自主呼吸——妈妈就会点燃蜡烛，自说自话地祈祷。

我在门口看着她，她却不知道。她无声地祈祷着。以前，如果我生病了，妈妈会让我爬到她的床上，看游戏节目或阅读。阿布拉让我喝汤。但今天，我还是想和她保持距离。她知道——所有人都知道——洛洛生病了，但没有人告诉我。我很生气，因为大家都保守着这个秘密，我几乎不愿再看她一眼。不告诉双胞胎是另一回事，因为他们还不能理解。甚至当我们从医院回家时，他们仍然红着眼睛，为错过节日活动而生气。蒂娅让他们打开一包我们留下的糖果，好让他们安静下来。

但是我不是五岁的孩子，我已经十一岁了！

有人敲响了厨房的门。正在祈祷的妈妈猛然睁开眼睛。“麦西。”她叫道，吃惊地发现我正在看着她。

我一言不发地转身离开。

洛洛和阿布拉站在厨房门外。他们以前从未敲过门。或多或少，他们都会喊一声，然后自己走进来。但我把门锁上了，好像我们之间存在一道界线。

阿布拉看起来好像一连几天都没有睡过好觉。“今天早上，你感觉还好吗？”她问。

“小宝贝。”洛洛隔着纱门说。

我只是盯着他们。那感觉就像我一个人搬起了整座房子——一切都让我感到很疼。

过了一分钟，我打开门锁，阿布拉给了我一个大大的拥抱，这个拥抱持续的时间太长了，我没有回应。当她抽回手时，她的眼睛是湿的。看到她如此悲伤，我后退了两步，心里害怕极了。我找不到一句能对她说的话。在我脑海中晃动的只有“骗子”两个字。我生活在一群骗子的家里。

我走到客厅，与妈妈擦身而过，她过来为了看看是谁来家里了。

“麦西。”她在我后面叫道，“回来。”

“让她去吧。”阿布拉说。让她去吧。

我不知道我在客厅待了多久，但过了一会儿，洛洛来找我了。他洗了澡，刮了胡子，头发梳得整整齐齐，这才是洛洛应该有的样子。然而，我依然能看出他的眼睛中透露着疲惫。不过，他身上没有任何伤痕，没有任何迹象表明上周五他差点儿被车撞了，更看不出因他造成的事故严重到可以在晚间新闻中报道。好像整个事情就是一场梦，好像他没有像罗利说的那样有改变，但我知道他变了。

罗利在沙发边缘坐下，把他的多米诺骨牌罐子放在咖啡桌上。

“万一你无聊，想玩这个的话……”他说。

我们谁也没有伸手去打开盖子。相反，我盯着蜡

烛，它在不停地闪烁。通常，洛洛和我很容易相处，我们是朋友。然而现在不是了。在我心中，一切都以一种我不喜欢的方式僵化了，所有的一切，都生病了。

他的大脑正在萎缩，这让他一点点改变。每个人都对我隐瞒了这个秘密。

这是一个愤怒的循环。

洛洛抬头看了看天花板，清了清嗓子：“我想和你聊聊，小宝贝。”

我一动不动。厨房里，咖啡壶咕噜咕噜地响着，午后咖啡浓郁的香气在屋子里四溢。罗利回我们的房间去睡觉了，但也许，他在偷偷看我们。我只是无法分辨。

“我很抱歉。我不知道发生了什么。我突然变得很混乱，很紧张，突然……”他的声音渐渐远去。

“罗利告诉了我发生了什么事。”我说，“你其实知道发生了什么，你不必再对我撒谎了。你得了阿尔茨海默病。”

洛洛把他的手叠放在腿上，它们有点儿颤抖。

“我想这是真的。”几秒钟后，他说。

“你应该告诉我，”我说，“你守着这个大秘密，而我们苏亚雷斯家族不应该对彼此隐瞒这些。”

洛洛叹了口气。“你说的对。”他说。

我的声音有些颤抖，因为我肚子里的怒火正在膨胀："为什么没有人告诉我？这样对待我是不公平的。你们都应该被永远禁足。"

"这件事怪我，"洛洛说，"不怪其他任何人。我很久以前就让他们都保证不告诉你，直到别无选择时。"

这感觉就像他打了我一巴掌。洛洛和我总是坦诚相待——至少，我是这么认为的。但现在我知道了，是他故意把我排除在外的。我的眼睛被泪水填满了。

洛洛盯着他的手，继续说："我想尽可能长地享受我们之间的时光，就像一直以来那样。该来的总是要来的，我亲爱的。在我们到达河边之前，为什么要想着淹死呢？"

我想知道，这就是失去记忆的感觉吗？淹死？这些想法让我颤抖不已。洛洛就坐在这里，和我说话，和往常一样，但是他的记忆随时间的推移正一点点地消失。一个成年人怎么可能忘记他是如何走过街道的，然后第二天又来为自己辩解呢？

我盯着多米诺骨牌的罐子，突然，无名的愤怒从我的脚尖升起。罗利的话在我脑海中推来搡去，让我讨厌这个游戏。洛洛有一天会忘记如何数牌和配牌。他将忘记所有的规则。在接下来的几年里，洛洛可能无法记住我们，他甚至会不记得自己。

我的眼睛又开始游走了，然而我根本没有试图把它拽回来。洛洛的病是无法治愈的，没有任何药丸可以永远消除它。即使罗利有一天成为世界上最好的科学家，他也没有时间以他想要的方式来治好洛洛。

我的思绪越跑越快，凝聚成一个愤怒的拳头。谁会去参加双胞胎的祖辈团聚日？谁去陪双胞胎散步？谁在工作上帮助爸爸？谁会在伊尔·卡比餐厅开糟糕的玩笑？谁和阿布拉跳舞？

我突然一挥手，罐子从我们身边飞走。骨牌撒落在地板上，发出咔嚓咔嚓的声音，听起来就像玻璃碎裂的声音。

妈妈和阿布拉跑进房间。看到我所做的一切，妈妈走了两步就来到了我身边，她的手紧紧抓着我的肩膀。

“够了，麦西。”她说，“我希望你现在就把这些捡起来。”

洛洛上前一步。“让她走吧，安娜。”他轻轻地说。

我向后退去，远离他们所有人：“这就是有人变了，以及吓唬你的感觉。你喜欢这样吗？”

洛洛的脸上出现了一种颓丧的表情，他慢慢地向前走了一步。“你是吓坏了。”他说。

我站在那里，目瞪口呆。他一开口，我就知道那是真的。我知道有一天洛洛会看着我，却根本不记得我是谁。那时候，永远不会再有洛洛和我，我将和其他东西一起被遗忘。

我的双肩紧缩着，像小时候那样抽泣。我感到洛洛的手臂紧紧地抱着我，但我没有任何精力挣扎或扭动。他让我哭，一直等到我流尽了最后一滴眼泪。

当我终于喘着粗气停止了抽泣时，他吻了吻我的头。

“我也很害怕，”他说，“我们都一样。但我们是苏亚雷斯家族，麦西。我们有足够的力量共同面对这一切。”我听着他的话在他的胸腔里回响。他的声音听起来如此遥远。

第二十九章

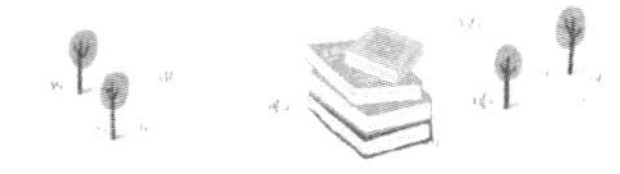

埃德娜浑身上下都被海虱咬伤了。

她的手臂和脖子上都有凸起的火红的伤痕，与我们的西装外套的颜色再相配不过了。它们看起来像痤疮——需要医生来治疗的那种。抹在她腿上的炉甘石洗剂似乎也没有起效，她在桌子下面不停地抓挠。然后我注意到，杰米、雷切尔、迈克尔和其他几个孩子也是如此，他们都在抓挠自己，太惨了。这一定是在她的派对上游泳时发生的。对汉娜过度保护的母亲终于派上了用场。当金夫人看到冲浪报告中张贴的蓝旗海滩[①]标志时，她把汉娜留在了家里。我猜莉娜也没有去。坦嫩鲍姆女士在我的桌前停下。

“听到你遭遇了车祸，我很难过。”她半蹲在我的桌

①蓝旗海滩：蓝旗为一种生态标志，这里的意思是金夫人担心受保护区域的海域有更多的细菌，所以把汉娜留在了家里。

子旁边，低声对我说，“昨天上午你母亲打电话请假，那时我正好在办公室里。琳达·麦克丹尼尔斯跟我说了这些细节。我们都很高兴你没受伤。”

我突然感觉到每个人的目光都从教室的四周投向我。

“这是给你的。”坦嫩鲍姆女士递给我一个信封，“你的同学们希望你收下这个。”

这是一张卡片。

卡片正面写着“意外时有发生”，还有一张小狗的照片，它的头上有一袋冰，嘴里还叼着一个温度计。卡片里面写着：“很高兴你没事。”

全班同学都签上了他们的名字，甚至埃德娜和杰米这对好友也签了一模一样的旋涡状花体字。

看到这些名字时，我的脸涨得通红，喉咙里似乎有一个硬结。我不禁想到，是不是麦克丹尼尔斯小姐让他们都签了字？毕竟，写强迫性的道歉信的事，她并不陌生。

不过，我还是把卡片塞进了我的笔记本里保存起来。

坦嫩鲍姆女士把她的声音压得更低了：“我希望你没有认为我已经忘记了你的服装的事。在未来的日子里，等一切安定下来，我们会把事情弄清楚的。”

我抬起头，茫然地看着她。自从周五的秋季嘉年华结束后，我就没有再想起过被毁坏的服装，或者埃德娜的聚会。现在看来，这就像是一百万年前发生的事情，而不是四天前的。那些事情仿佛已经变成旧玩具，或是我已经送人的那种东西。事实上，如果我是麦克丹尼尔斯小姐，我可能会把它归入我的无稽之谈的文件夹。

“你是说，迈克尔的服装？”我说，“这其实已经不重要了。”

她点了点头，站起身来时拍了拍我的手：“我猜，观念是根据事件的变化而变化的。最重要的是，我希望你这周会好起来。”

我看了一眼埃德娜，她在座位上扭动着身体。她把铅笔塞在衣服后面，试图挠到她肩胛骨之间的一个地方。

“是的，女士。我想我会的。”

我仍然喜欢坦嫩鲍姆女士，但是我对社会研究不那么确信无疑了。

我不想谈论任何人的死亡，也不想提及我最近的经历，可是每个人都在问我。我甚至不想谈论几千年前死去的埃及人，还有尸体、墓葬，或者重要人物的陪葬品。所有这些都会让我想起死亡，想起洛洛生病的事情，这让我非常难过，我只想盯着窗外。

所以，我比平时更安静，只有在坦嫩鲍姆女士叫我的时候才回答问题。我还要了一张图书馆的通行证，这样我就不用在午餐桌上被考问了（罗利喝酒了吗？你们超速了吗？疼吗？有人死亡吗？）。我只想一个人待一会儿。我坐在电脑前，查找所有我能找到的关于阿尔茨海默病的资料。有些资料让我感觉好些，但有些让我感觉更糟，特别是对那些知道自己生病的人的采访。我看到的所有资料，都没有说有治疗方法。

今天，坦嫩鲍姆女士宣布，我们终于要开始建造我们的考古项目了。她说，接下来的几周，我们都会忙着进行这项工作，一直到寒假来临。在最后一天，我们令人尊敬的公众人物——纽曼博士、我们整个学校的师生、我们的家长，甚至是《棕榈滩邮报》的记者——都会来看我们的作品。所以这必须是我们最好的作品。

在班级的平静被她接下来的话打破之前，我几乎没怎么听讲。她宣布了今年考古项目委员会的负责人。

她说："恭喜你，莉娜。"

一瞬间，全班都安静了下来，因为这句话让人不禁沉浸其中。这是一份重要的工作。没有木乃伊和石棺，就没有这个考古项目。这是一个在聚光灯下的工作。木乃伊的制作者会与纽曼博士、坦嫩鲍姆女士一起合影，并刊登在报纸上。像其他人一样，我或多或少地以为负责人会是埃德娜。她的成绩最好，而且她能让人们按她说的做。

这大概就是埃德娜马上就举起了她那只结痂的手的原因。

“莉娜至少应该有一个联合负责人吧，坦嫩鲍姆女士？”埃德娜说，“比如某个……你知道的，成绩好的同学？我们的整个古墓就靠她了。没有冒犯你的意思，但你不能随便把这个工作交给某个人。”

“随便交给某个人？”莉娜甚至没有一丝退缩的意思。

坦嫩鲍姆女士深吸了一口气。

“我对莉娜很有信心。但是，正如你说的那样，她会得到帮助，因为，你说的对，制作木乃伊是一项非常重大的任务。既然莉娜是委员会的负责人，她可以自主选择她的助手。”坦嫩鲍姆女士说，“莉娜，你可以挑选两名同学作为你的助手。”

埃德娜转过身来面对莉娜，双手交叉，等着被她挑走。不过，即使每个人都开始低声说“选我吧！”，莉娜也没有改变她的表情。

“你愿意考虑一下吗？”坦嫩鲍姆女士问道，因为这需要很长的时间。

莉娜摇摇头。她闭上了眼睛，就像她在为全班同学跳舞时那样。她头发上的蓝色尖尖微微颤动着，就像豪猪身上的毛刺在发出警告。

“麦西。”我的名字像钟声一样清晰地响起，“还有汉娜。”

“哦，天哪！”雷切尔说。

第三十章

现在，莉娜的蓝头发特别引人瞩目，这对一个大部分时间似乎想保持自我的人来说很奇怪。事实上，她是唯一一个独来独往却从不显得孤单的孩子。也许这就是为什么我们没有成为真正的朋友。但现在我和她一起工作，我注意到她挺有意思的。她喜欢在笔记本上涂鸦，她是那么安静，你从她身边走过时根本不会意识到她的存在。有一次，我看到她在谢尔宾斯基的雕塑附近做瑜伽，那里时常有人走过。她也在读一些看起来很不错的东西，比如说，漫画书或者图像小说，上面的文字是另一种语言。“你怎么知道它在说什么？”我问她。

“我看图片。”

尽管如此，我真的希望她昨天没有选我。我们的主要工作是制作木乃伊和棺材。

汉娜看起来也很不舒服，但不是因为她像我那样，不想思考关于死亡的事情。

我认为原因是她没有和埃德娜、杰米一起工作，她俩被分配到了抄写委员会。汉娜的眼睛一直瞟向食堂的窗户，注视着我们平时的午餐桌，我想那里才是她真正想去的地方。

“汉娜，”莉娜说，“你对木乃伊有什么想法？”我们三个人在院子里吃午餐，这是莉娜的角落，这样我们就可以安静地做计划了。

“对不起，”汉娜说，她终于看向了我们。“我们为什么不直接用卫生纸把人包起来呢？”

莉娜拿起她的果汁，喝了一口。“卫生纸太容易被撕裂了，”她说，“而且，我们必须每天都要包一个新的木乃伊。你有什么想法，麦西？”

我耸耸肩。“我们为什么不用一个娃娃或其他东西做一个模型呢？”我咬了一口三明治，它比平时更干了。我本想提出用拉波巴，但一想到要把她做成木乃伊，我就害怕。如果这让她真的拥有魔鬼般的力量，那可怎么办？

“但是娃娃太小了。”汉娜的眼睛又瞟向埃德娜的桌子，“而且我也没剩下什么娃娃了。”

莉娜将一个小胡萝卜蘸了鹰嘴豆泥，然后咬了一口。“我想我们应该用一些活人做模型，”她说，“我们可以用石膏。模特必须静静地躺着，一句话也不能说——一直要等到石膏凝固，这不会花很长时间，然后我们可以让他们出来。”

“他们必须装死？”汉娜问道，咯咯笑着，“真是毛骨悚然。”

我在座位上晃来晃去，盯着天上的云层。今天有微风，云在天空中移动的速度比平时快得多。龙、小丑、鲸鱼、一个男人的脸，我掏出手机，打开拍视频。

莉娜也抬起头，在我拍摄时凝视了几秒钟。“哦！你拍到那个有胡子的人了吗？”她指着那边说。

我点点头。然后我停止录制，转向她。“我不想装死。”我悄悄地说。

莉娜一边咀嚼一边看着我。

汉娜脸红了，试图转移话题。“为什么我们不先在石棺上下功夫？我有金漆和珠子，我们可以把宝石和闪光剂放在上面，让石棺闪闪发光，而且——”

“重点是木乃伊，”莉娜说，“我们要先解决这个问题。为什么我们不从班上找志愿者呢？会有人想做志愿者的。他们将在石膏中留下永不磨灭的印迹，这将让他们成为整个考古项目的明星。”

我们三个人都转头看向午餐厅里面。埃德娜正在向其他人展示她身上的皮疹。

汉娜笑了一下，把她的垃圾团成一团。“在这里等着，”她说，“我知道该找谁了。”

第三十一章

今天放学后，女生足球队有第一次主场比赛，所以队员们都穿上了她们的球衣。国王学院的校车在放学时间开进了停车场。就在这时，妈妈在一辆借来的车里向我摁喇叭，挥手，我根本没注意到她。唯一一次，我很高兴能回到双胞胎身边，这样我就不用看她们比赛了。

我像往常一样感觉很饿，但妈妈去还车之前只留下了奇亚籽布丁作为零食。所以，我就去了洛洛和阿布拉家，去看看他们那里有没有更好吃的东西。此外，我还需要为法老的石棺买珠子和纽扣，如果阿布拉能拿出来一些的话那就最好了。

蒂娅·伊内丝正在院子里晾双胞胎的衣服。她在家真奇怪，尤其是在临近节日的时候，蛋糕和特殊糕点的订单总在这时候蜂拥至伊尔·卡比餐厅。

“你今天不工作吗？”我问。通常，蒂娅至少要工作到四点钟，这就是为什么我每天都要帮忙照看双胞胎。

“得有人去学校接孩子们。”她耸耸肩，“在我回来之前，我已经让艾尔玛代班了。”

“洛洛和阿布拉在哪里？”

“他们现在不在家。”她把一条背带裤挂在衬衫上。“你爸爸带他们去看医生了，这次轮到他了。”

我瞟了她一眼，尽量不去想医生的事，不去想那些富含大量信息的看诊内容。

双胞胎已经穿上了他们的游戏服，光着脚，试图在一个塑料罐子里抓蜥蜴。他们的捕猎能力很差，就连图尔托都比他俩要好一些。在我的记忆中，他们只成功捕捉过一次。他们给那只可怜的东西取名为西摩，说它是一条小龙。

“你还好吗？”她问道，“你又在闷闷不乐了。”

我看了她一眼。我没心思告诉她最近埃德娜有了什么新情况或其他事情。以前总是洛洛帮助我处理这些事。

“我只是想吃点儿东西。”我说，然后自顾自地走进了洛洛和阿布拉的厨房。

我已经好几天没有过去了，这在以前几乎从未有过这种情况。现在，尽管一切都在同一个地方，但我感觉像是踏进了一个陌生的房子。屋里关着灯，没有人在家，这个地方感觉太安静了。

吉尔达饼干放在柜台上的塑料袋里。我不应该吃这些东西，它们是用起酥油做的，妈妈总是认为这是一种不健康的食物。但我并不关心这个。它们和黄油一起吃很美味——蘸着阿布拉做的甜咖啡更好吃。我从袋子里掏出几个，咬了一口。

我开始沿着大厅往后门走，一边走，一边扶正了几个放着照片的相框。阿布拉喜欢说我像她，因为我是一位“艺术家”。她也许能用缝纫机把一块碎布变成一件漂亮的衣服，但她却不能像我一样弄清楚如何拍照。墙上零乱地挂着我们每年上学第一天的照片，还有我们的节日晚餐、我们的家庭旅行以及罗利的舞会的照片等。

只有一组照片拍得比较好：他们卧室里的照片——因为这些照片不是阿布拉拍的。两年前，我们收到了一个特殊包裹，我一看就知道包裹是从古巴寄来的，因为邮票很有趣，寄件人的地址上写着西班牙文：盔玛度镇，居内什市，维拉·克拉拉省。大信封里装着几十张照片，有黑白的老照片，也有褪色的彩色照片。阿布拉的一个表亲仍然住在他们的老房子里，这个表亲在衣柜后面发现了这些照片，是阿布拉在离开前把它们藏在那里的。虫子在一些照片上钻了洞，这些照片有一点儿发霉的味道。但是阿布拉表现得过于大惊小怪，一看到它们就泪流满面。她在一元店买了一些相框，把照片装进去，并让爸爸把它们挂在她床边的墙上。就这样，我们有了她母亲在1930年结婚那天的照片，洛洛和他来自菲律宾的父亲在一起的照片，以及年轻瘦削的阿布拉怀抱着还是婴儿的蒂娅·伊内丝的照片。

我走进他们的卧室，站在我最喜欢的照片前。照片里的洛洛骑着自行车，这不是他在这里的那辆自行车，而是他在古巴骑的那辆，他每天都在骑自行车，因为他那时还没有汽车。他的头发向后梳着，正在笑，好像有人刚给他讲了一个好笑的笑话。我注意到自行车的篮子里放着一束花，我觉得这束花可能是送给阿布拉的，当然也可能是送给其他人的。他看起来非常高兴，眯着眼睛看着阳光。

“如果这些不是老照片的话，你可能会认为那人是罗利，对吗？”

蒂娅·伊内丝的声音吓了我一跳。“对不起。”她说。

“你不应该偷偷跟着别人。”我说。

“你进来挺久的了，所以再次去上班之前，我来看看你。”

双胞胎的声音此起彼伏，他们在外面不断地追赶彼此。我咬了一口饼干，蒂娅瞥了一眼窗外。我分给她另一块饼干，但她摆手拒绝了。她坐在洛洛和阿布拉的床上，像阿布拉那样把被子抚平。

“你还在生我们所有人的气吗？”她问道。

我耸耸肩。

她点点头，想了想。“我不怪你。我们应该告诉你的，说实话，我也很生气。”

我斜着眼瞄了她一眼。“你在生什么气？又没有人对你撒谎。”我指出。

“没有人对我说谎，但是我也很难过。”她尖锐地回答，“我的爸爸生病了，我很担心如果事情变得更糟，我们应该怎样照顾他。”

我从没有想过这件事对她或者阿布拉，以及我的父母来说意味着什么。大部分时间，我都一直在想这件事对我来说是什么感觉。

“再装下去也没有用，很多事情都变了，速度那么快。”蒂娅说。

我躺在床上，眼睛盯着天花板。“我厌倦了变化，没有什么是有意义的。洛洛，学校里的同学，或者任何东西都是如此。”

她的眉毛上扬起来，眼睛看着我，为我梳理头发上一个我没有注意到的结。

从这个角度来看，蒂娅很漂亮。她几乎没有化妆，而我突然在她的脸上看到了那个久违的婴儿的面孔。

“别动。”我掏出手机，拍了一张照片。

“哎，小姑娘。”她说，“我被你吓坏了，把照片删了。”

“不。”我把屏幕拿给她看，她翻了个白眼。

外面，双胞胎中的一个开始尖叫。蒂娅走到窗前，向外看去。她说：“他们要么终于抓到了什么东西，要么正在伤害彼此。我最好过去看看到底是什么情况。”她走到门口，又转身朝向我。“无论如何，我只想说我很抱歉，麦西。我们都很抱歉，这就是事实。”

“先别走。”我走到她身边，把我的手机放好。“和我一起站在这里。”

她的手飞向她的头发。“来吧。不是这样的！”

“微笑。”我说。

我们把头靠在一起，我拍了一张我们俩的自拍。当我们检查照片时，可以清楚地看到我们两个人拍得都不好看。我的发夹已经打开，下巴上有饼干屑。蒂娅上衣领口附近有一块污渍。阿布拉可能会说我们看起来很不体面。我调了一下颜色，把我们变成黑白色。这张照片看起来完全不同了。突然间，你会注意到照片中最重要的东西：蒂娅眼睛周围浅浅的皱纹，我眼镜歪了。我们的笑容是多么相似，然而这些我以前从未注意到。

“你觉得怎么样？”我问。

她看了看，亲了亲我的头。

那天晚上，每个人都到我们家来了：洛洛和阿布拉，蒂娅·伊内丝和双胞胎。他们坐在我们家的客厅里。双胞胎在电视旁边，像小狗一样趴在我最喜欢的白板上打瞌睡。这一次，没有人窃窃私语。他们谈论着医生说的话，甚至在我进去拿点心的时候。我听不明白所有的内容。但当我坐在角落里，用手机拍下照片打发时间时，我听到了这些：更快速地衰退，药物试验，获得援助。笑容和悲伤的脸，还有几滴眼泪。洛洛时不时地闭上眼睛，阿布拉握着他的手。

我拍了又拍，记录下我们现在真实的样子。

第三十二章

“那么请问，这是什么？”

莉娜、汉娜和我，在办公室放了一大堆的桶、垃圾袋、美纹纸胶带、盖布。麦克丹尼尔斯小姐正双臂交叉站着，用她那副“我很生气”的表情看着我们。

“这是学校的工作，女士。”我说，“我们正在为我们的考古项目收集材料。我们想把我们的东西暂时放在这里，直到我们需要它们时，这周我们要为某人制作木乃伊。”

她的眼睛抽搐了一下。“这里太乱了，姑娘们。把它们放在坦嫩鲍姆女士的教室里有什么问题吗？”

我与汉娜和莉娜交换了一下眼神。她们这么建议过，是我坚持要把我们的东西放在办公室里的。“我们希望确保我们的东西百分之百安全。”我说。

麦克丹尼尔斯小姐皱起了眉头。“请你再说一遍，为什么你们的东西放在她的教室里不安全？”

我站在原地，不知道该说什么。我不想告状，所以我尽可能长话短说。“只是因为上次我把东西放在那里，结果一点儿也不安全。”她怀疑地看着我。“那是秋季嘉年华要用的面具和服装。我把它带来给我的阳光伙伴，并把它留在坦嫩鲍姆女士的教室里——您记得吗，女士？当我回去的时候，它们已经被毁成了碎片。”

她的脸僵住了：“我明白了。”

我发现除了迟到、浪费宝贵的时间和胡说八道外，还有另一个令麦克丹尼尔斯小姐特别讨厌的事情。

她从柜子里翻出一张看起来很正式的表格，然后递给我一支塑料花模样的笔。“你要提交一份事件报告。”她说。

我瞥了一眼，上面一部分内容写着“受害者声明”和“受损财产预估价值”。“哦，不，女士。这没关系，这其实已经不重要了。”我说。

“不对，”她盯着我说，“发生的事情被称为破坏个人财产，而这件事在海沃德派恩是决不允许的。”

她把表格夹在一个写字板上，并把它递给我。

“坐到那边去，把这个填了。写字时用力一点儿，它是一式三份的。”

“不一定非得是个男孩，”埃德娜坚持说，“古埃及有著名的女性，你知道的，傻瓜。比如，娜芙蒂蒂——顺便说一句，她棒极了！”

“说得非常好！”

坦嫩鲍姆女士的眼睛里闪烁着快乐的光芒。她很享受班上关于谁能成为我们的木乃伊模特的讨论（又称争论）。她声称，一场好的辩论能让她热血沸腾。在任何情况下，我们都没有想到不止一个人想当木乃伊。我们邀请了埃德娜，但其他人也自愿参加。现在，竞争者是迈克尔和埃德娜，这让全班分成了男生队和女生队。

“但是没有人找到过她的坟墓，”迈克尔说，“家庭作业视频里是这么说的。”

女生们嘘声一片。

“此外，图坦卡蒙更酷。”他说。

“谁说的？”埃德娜说，“他太夸张了。”

“太夸张了。”杰米补充道。

“而且坦嫩鲍姆女士说，我们从来没有做过女性的古墓。现在应该轮到女孩了。”雷切尔说。她举起拳头做了一个力量的标志，但是当没有人加入她的行列时，她又放下了拳头，脸涨得通红。“对不起，迈克尔。”

“王后墓的布局可能略有不同，所以考古队必须做进一步的研究。”坦嫩鲍姆女士说完，教室后面传来一阵小声的呻吟声。

莉娜一边在她的笔记本上涂鸦，一边听着大家的争论。我可以看到她正在画图坦卡蒙国王的著名面具和娜芙蒂蒂的半身像。它们看起来与我们书中的模样几乎一样。

埃德娜双臂交叉。“我们应该实际一些，面对现实吧，作为一个模特，我的身材可是要好得多。”她对着高高在上的迈克尔甜甜地笑着，他的身高在我们所有人之上。“而且我在瑜伽中接受过慢速呼吸的训练，我可以一动不动。”

争论再次爆发，直到最后，坦嫩鲍姆女士不得不举起她的手，向大家发出“保持安静”的信号。“委员会呢？”她说，最后她把问题抛给了我们，“你们的决定是什么？”

莉娜、汉娜和我站起来，我们在角落里做了一个足球抱团那样的动作。

“我们该怎么做？埃德娜真的想要这份工作。”汉娜看起来快要呕吐了，做选择总会让她有这种感觉，而杰米眼中射出的激光对她也没有什么帮助。

莉娜看着我。“根据我的计算，迈克尔会占用太多的石膏，”她说，“另外，我们还需要更多的木材来建造他周围的石棺。所以，我认为埃德娜说的有道理。”

我向她传递了一个痛苦的眼神。

莉娜若有所思地点点头，她不是笨蛋。“这样想吧，她的嘴至少会被贴上半小时。”她说，“这意味着什么？”

所以，这就是结局，埃德娜想永垂不朽。

在节日假期前的最后一天，她穿着运动服来到学校。当然，她必须得到麦克丹尼尔斯小姐的许可，因为她会被认定为“不按规定着装”，更不用说今天我们都要错过数学课，因为需要等待模具变硬。显然，麦克丹尼尔斯小姐向她提出了很多问题。

“天哪，她太多管闲事了！我没有故意冒犯她的意思，但为什么她必须知道我们项目的一切细节？她只是学校的秘书。”她揉了揉眼睛，走进我为她撑好的塑料袋。

我们的工作计划很简单。我们要用塑料袋把埃德娜包成一个卷饼的模样，然后再用纸条在她身上包裹两层。莉娜说，一定要包裹得紧紧地，否则我们就不能得到她身体的模型。

莉娜在桌子上铺上了爸爸工作用的盖布，我们把桌子摆得像手术床似的。与此同时，汉娜正在为埃德娜做发型。她把头发拧成辫子，先用毛巾包起来，再在上面套一个塑料袋。她甚至带来了两片黄瓜片，贴在埃德娜的眼睛上。最后，埃德娜看起来就像那些在美容院做面部护理的女士一样。

其他人也在房间的各个角落工作。杰米和其余的同学正在为王后的故事作画。工程师们正在研究如何在我们的古墓中安排纸板隔板，好做成墓室的样子。工匠们正在制作容器和雕像。

“我就要混合石膏了，”莉娜说，“你能先做她的脸吗？”她递给我一大罐凡士林。但当我舀出一大团时，埃德娜开口了。

“别这么快！这是要放在我的脸上吗？”她说，“我会崩溃的。”

“好吧，你希望我们在你头上套个塑料袋吗？”我问，“当然，如果你坚持的话，你会窒息的……”

“别担心，埃德娜。”莉娜插进来，对她说，“我们会给你的鼻子留下一个大洞，而且这一切只需要不到四十分钟的时间，它们很快就会变干。之后，你可以马上洗脸，我保证。”

“好吧！”埃德娜向后一靠，把黄瓜片放回眼皮上。

“我做出牺牲。”

我开始给她涂脸，沿着她的颧骨和下巴的线条涂，一直涂到塑料袋接触到她脖子的地方。涂的时候，我尽量不漏掉任何一处。离埃德娜这么近，我可以看到她脸上长着青春痘和黑头，就像我一样。如果有一天她脸上的青春痘泛滥，我们将不得不听她永无止境的抱怨。

“使劲按一下，麦西。”她说，“感觉真恶心。”

我把能涂的都涂上了，竭尽所能。

“好吧，”莉娜说，她像外科医生一样，对着埃德娜停顿了一下，“我们要开始打石膏了，所以不要动，不要说话，我们不希望它开裂。”

“我要去来世了。”埃德娜打趣地说，然后她做了几次深呼吸。

我不得不承认，她身上的每一块肌肉都一动不动。莉娜把一桶水抬到桌子上，放在一堆石膏条的旁边。我们把每条石膏条都浸泡一下，然后交错摆放好。我负责将石膏抹到埃德娜的头部，而莉娜和汉娜负责在她的身体上做大范围的工作。完成第一层不需要很长时间，但仍然可以隐隐约约看到一些透出来的斑点。

“你还好吗，埃德娜？”莉娜问。

“嗯，嗯。”埃德娜说。

我们把风扇对准她，等了十五分钟，然后才开始做第二层，做这一层比较棘手。我们做的时候，莉娜教我们如何用大拇指将黏液的边缘抹平。

“你怎么对艺术了解这么多？”我一边工作一边问她。

她耸耸肩。“我一直在做这件事，我的爷爷是个画家。”

“嘿，我的爷爷也是，”我说，“索尔喷涂公司。”

“他们可能不是同一种类型。我的爷爷会画肖像、海洋和别的这类的东西。我爸爸把其中一些画挂在他在德尔雷的美术馆里。”她耸耸肩，“我画得没有那么好，但我喜欢画画带来的安宁，还有那些颜色。”

“我也一样，”我说，“这和在房间里刷漆没有什么不同。”

莉娜想了想，笑了。“你说的对。”

我们三个人一起工作。汉娜也给我们讲了她的爷爷，他住在迈阿密。

我们花了大半节课的时间完成所有的事情。当下课铃响起时，我们已经有了一个相当好看的王后像。

坦嫩鲍姆女士再次打开风扇，好让石膏尽快变干，并且她频频点头表示赞赏。

“干得好，姑娘们。”她说。“还有你，埃德娜，”她大声地补充道，“非常专业。”

每个人都围拢过来，想看看我们做了什么。尽管它还是黏糊糊的，但我们可以看到它是完美的。

莉娜看了看时间。“再过十五分钟，就做好了。”

“这就结束喽！”汉娜欢呼，我们向她扔了一小块石膏。

接着，我们忙着清理湿漉漉的抹布，并把一桶桶灰水倒在外面的地上。

埃德娜仍然像石头一样一动不动。

莉娜关掉她的倒计时钟表，用她的指尖划过石膏表面，它坚硬而光滑。“我想，我们的木乃伊已经做好了。”

坦嫩鲍姆女士拔掉风扇的插头。“好了，我把这个拿回肖先生的艺术室，你们为什么不在这时候把模具取下来呢？我很快就会回来。”

“列队！”莉娜说。

就像我们计划的那样，我站在头部，汉娜和莉娜站在石膏身体的两边，我们必须在同一时间抬起石膏，这样它才不会散开。

莉娜俯下身子，靠近埃德娜的耳朵说话。“好的，埃德娜，我要你非常轻柔地扭动你的手指、腿和脸。动作不要太大，我们只是希望让模具松动一点儿。”

其余还在工作的孩子们都停下了手中的工作，过来观看。石膏身体开始移动，这有点儿令人毛骨悚然，这就像在你眼前上演恐怖电影。

“这就足够了。”然后莉娜转向我们，“当我说三的时候，我们一起慢慢抬起来。”整个房间变得静悄悄的，充满了期待。“一……二……三……”

当我们一起往上抬时，脚和身体两侧的石膏都松开了。我轻松地撬开面罩的两侧，向上拉。但突然间，我听到埃德娜在下面喊了出来。

“哎哟！停下！”

我们都愣住了。“怎么了？”我问。

“我的脸卡住了。”

“这不可能。”莉娜说。

但确实如此，当我偷偷从下面看过去的时候，我发现埃德娜的眉毛被石膏拉起来了。“啊噢！”

“啊噢什么？”埃德娜说。一片黄瓜片滑了下来，她尽最大努力转过脸。“你说的‘啊噢’是什么意思？”

“稍等一下。”我告诉她。接着我站起来，对莉娜轻声说："下面有个小问题。"

她弯下腰去看，眼睛瞪得老大。"再坚持一下。"她告诉埃德娜，接着她抽身回到我们身边。"你没有使用凡士林吗？"

"我当然用了。"

"也许你没有用够？或者是你抹得不够靠接近她的眼睛？"

"我在赶时间，"我一边说，一边试图回忆当时的场景，"她一直在催我。"

"你一定没有涂她的眉毛！"莉娜说。"好吧，现在我们该怎么办？"汉娜问道。

"让我离开这里！"埃德娜对我们叫道。

"等一下。"我说。接着，我转身回到莉娜和汉娜身边。"我们快点儿把它撕下来吧。"我建议，"我姑姑总给她的眉毛打蜡，这能有多大区别？"

汉娜惊恐地张大了嘴。

男孩们开始大笑，尤其是迈克尔。

当大家告诉她是什么如此有趣的时候，"哦，天哪！"雷切尔说，"埃德娜真的卡住了吗？"

"安静。"我大声说。

"我卡住了？"埃德娜喊道，"谁说的？是你吗，雷

切尔？”

“让我们再试一次。”莉娜迅速地说。我们尽可能轻地拉起模具，但是埃德娜眉毛下的皮肤随着我们的移动一起起来了，她再次大叫起来：“你们要杀了我吗？”

“她被粘住了，没错，”迈克尔说，“幸好不是我。”然后，男生们就歇斯底里地闹了一番。

“救命！”埃德娜说。

“我们马上就把你救出来。”莉娜说。雷切尔说：“快，过来，把这一边举起来。”紧接着，她把手指戳进凡士林里。“别动，埃德娜，我试着让你松一松。”

但是，没有这样的好运气。我们用完了剩下的整罐凡士林，但当我们再次向上拉时，埃德娜用她的自由的手拍打我们。

“嗷！”

我们手里都抬着石膏模具，莉娜的目光越过模具，严肃地看着我。“只有一个办法了。”她说着，慢慢地走到坦嫩鲍姆女士的书桌前，从铅笔盒里拿了一把剪刀。她艰难地咽了一口唾液。“闭上眼睛，一动不动。”她这样告诉埃德娜。

“等等，”我说，“是我搞砸的，我会把她弄出来的。”

“你确定吗？”

我点点头，拿起剪刀。

“你在做什么？”埃德娜看到我瞄准她的眼睛上方时，惊恐地说。

“这是唯一的办法，埃德娜，现在别动。”

我很难保持视线的焦点，尤其是我的那个眼球正在紧张地“出走”。当我沿着埃德娜的眉毛剪的时候，我的手在不停地颤抖。

最后，她终于和石膏分开了。我们小心翼翼地抬起石膏模具，把它放在地板上。埃德娜坐了起来，把身上的塑料袋扯下来。她的脸被油脂弄得发亮，眉毛周围的皮肤是鲜艳的粉红色。汉娜看了她一眼，捂住了嘴。男生们爆发出更多的笑声，这让我很想揍他们一顿。

“别闹了。”我说。

迈克尔是第一个喘过气来说话的人。“你的眉毛看起来很奇怪。”他边说边扭动着自己的眉毛。

埃德娜皱起眉头。“镜子！”她说。

杰米在她的背包里翻了翻，递给她一个印有小猫耳朵的粉盒，埃德娜翻开它。接下来，我的耳朵只能听到她的尖叫声。

这时，坦嫩鲍姆女士冲了进来。“这么吵闹到底是

因为什么？我在大厅里都能听到你们的声音！”她皱着眉头说，“孩子们，马上安静下来！”

没有人来得及回答她的问题。埃德娜从课桌上跳下来，抢走了剩下的塑料袋。“看看这个讨厌鬼对我的眉毛做了什么？我给了她们那么多帮助！”她指着自己的眉毛说，“你看！它们被毁了！”

她没说错。我已经很小心了，但为了把她救出来，我不得不用大剪刀紧贴着皮肤剪。现在，她的眉毛斑驳而歪斜，左边的一半已经基本消失，剩下的眉毛茬上还覆盖着小球状的石膏。

坦嫩鲍姆女士的脸色变得难看。“噢，不……不，不，不，不，不，不，不……”她把埃德娜的脸捧在手里，检查受伤的情况。

我试着辩解。“但是我们必须把她弄出来，女士，我们别无选择。”

当埃德娜开始号啕大哭时，坦嫩鲍姆女士闭上了眼睛，然后她搂着埃德娜的肩膀，带埃德娜走到门口。“我们去见麦克丹尼尔斯小姐吧，”她叹了口气，“看来我们得给你家里打电话了。”

第三十三章

妈妈在开处方的柜台前等着我，我们要在商店打烊前拿到洛洛的新药。新药的效果将给他减退的记忆力提供一套全新的“刹车系统”。至少，医生是这么说的。

我把眉笔放在柜台上。这是午夜棕，是蒂娅·伊内丝说的颜色。

“你选好卡片了吗？”妈妈问道。

我把卡片放在柜台上，尽量不做鬼脸。我挑了一张印着一块石头的卡片，上面有一双担忧的眼睛。上面写着：“别放在心上？”里面是空白的，所以我可以自己写一些话，向埃德娜道歉，就像妈妈说的那样。

值得庆幸的是，这张卡片很小。如果我写字写得大一些，就不用说太多。

“忘了什么吗？”妈妈伸出她的手掌。最重要的是，我正在为我的错误付出代价。就是字面上的意思，我的自行车基金被扣除了10美元。

“我根本不知道该怎么写，”我告诉她，“我很确定，她没有再和我说过话，她怎么会读这个呢？”我试着不去想埃德娜的脸，所有的红色印迹与擦伤痕迹，或者每个人是如何嘲笑她的。

“我们今天下午三点吃饭，”在我们走回家的时候，妈妈说，“你有足够的时间想出该说什么，说出心里话。”

“怦怦，怦怦，怦怦。”我说。

“好笑吗？”她说。

当我正在努力“挤牙膏”似的写点儿什么的时候，洛洛和双胞胎在院子里摘葡萄柚。

爸爸、妈妈、洛洛以及蒂娅·伊内丝一起出资购买我们的卡西塔斯的那一年，爸爸种下了这棵树。现在它已经长成了一棵大树，已经不再适合攀爬了。它开花时，白色的花朵让整个院子看起来美丽极了。最终，在秋天结出果实。阿布拉喜欢尽可能长时间地保留果实，尽管有些果实在十月就已经成熟。她说，这是让它们变甜的秘密。让它们自然成熟，不要催促它们。

梯子稳稳地靠在树干上，洛洛用手扶着它。我只能看到阿克塞尔瘦弱的腿，他的其余部分都钻进了树冠里。

“摘的时候，拧它的茎，”洛洛在下面告诉他，“转动着拧，直到你听到断裂的声音。”

一个柚子“砰”的一声掉在地上，像一个肮脏的垒球滚到我的椅子附近。我伸手到口袋里拿出手机，把镜头放大了看。我要把这张照片添加到我原来拍的照片中。奶奶在她的缝纫机前。蒂娅·伊内丝正在卷她的头发。妈妈和爸爸正在看电视。

“什么时候轮到我？”托马斯问道。他蹑手蹑脚地在树干下走来走去，尽力像蜥蜴似的在地上四脚爬行。他拉着洛洛的裤子。“什么时候轮到我？”

他说：“当我叫你时，就轮到你了，小伙子。”

我观察了他们一会儿。对洛洛来说，这至少是个好日子，也许药物会起作用。也许药物会让洛洛在很长一段时间内，保持他应该有的状态。

我看了看腿上的卡片，但很难把它放在心上。整个院子都是柑橘和大蒜的味道，我的肚子一直在咕咕叫。

我们总是以一个切开的葡萄柚作为节日宴的前菜，按照洛洛喜欢的方式在上面撒上糖。阿布拉烤了四只鸡，煮了一大锅白米饭。蒂娅会做她拿手的椰子饼干。当然，妈妈坚持要吃沙拉。然后，像大多数人一样，我们会说“谢谢你，先生”，然后吃到我们的肚子都快撑爆了。

“重要的不是菜单。”妈妈喜欢说，“重要的是，我们花了一天的时间来心怀感恩。”

“虽然不是对无情的殖民者。”罗利总喜欢补充。

唉，现在我根本没有感到心怀感恩——对任何事情。当我们周一回到学校时，我应该直接向麦克丹尼尔斯小姐汇报，因为她将与我们的校长见面。这就是“我有麻烦了”的简单暗号。汉娜说，在我们那场社会研究的大灾难结束后，她看到桑托斯夫人来学校接埃德娜，而且看起来很生气。汉娜试图道歉并解释发生了什么，但桑托斯夫人比埃德娜更生气。

“我不明白！任何人都能看出我们不是故意的。”汉娜埋怨道。

你会起诉别人毁了你的眉毛吗？我想我很快就会知道了。

我在爸爸的一本商业礼仪书中读到，当你生气的时候永远不要给别人写电子邮件或信件，因为你很可能会口无遮拦，说一些你会后悔的话。比如说：

亲爱的埃德娜：

你毁坏了我的服装，所以基本上，这是你应得的。我很高兴，没有冒犯你的意思。

麦西

但是，我不能这么写。尽管埃德娜很可恶，但是我知道，是我的错误。看着她被人嘲笑，我也没有想象中那么开心。她确实帮助了我们，看着迈克尔和其他孩子取笑她，我感觉很不好。

所以，我决定说出事实，罗利说过，事实永远不会让任何人失望。我给她写了一封信，感觉十分诚恳。

亲爱的埃德娜：

我很抱歉，我们把事情搞砸了。这真的是个意外。我是想救你，因为被困在石膏面具里不会有什么乐趣，我希望你的眉毛快点儿长出来。儿童的头发平均每天长 0.14 毫米，所以几周后，你应该看起来焕然一新。在那之前，请使用这个。

麦西

写完后，我把眉笔封在信封里。

然后我走到树下，托马斯因为无聊挖了一个洞，正在踢那些摘下来的葡萄柚，就像踢足球一样。

“这些是要吃掉的，你知道吗？”我说。

他又拉了拉洛洛的裤腿。“轮到我了吗？”他抱怨道。

我担心洛洛会不耐烦。我也许应该让自己变得有用一些。“嘿，”我告诉托马斯，“我有一个好主意，跟我来吧！”

托马斯不是容易信任别人的孩子，尤其是当他不和阿克塞尔在一起的时候，但他还是跟着我来到车棚。洛洛的自行车在那里，就在我的自行车旁边。

我扶住我的自行车，把他抱到自行车前杠上。他比我记忆中的要重，而且他掉了一颗门牙，我居然没有注意到。阿布拉把罗利和我掉的第一颗牙齿保存在一个旧的咳嗽药罐里。我想知道阿克塞尔的牙齿是否也在那里，或者她是否太忙而没有注意到，也许只是我没有注意到而已。

“抓紧了，好吗？”

“嗡！”他说。

我开始蹬车。

我们在卡西塔斯院子里开始转圈，圈子转得大而缓慢，经过我们的每一栋房子。爸爸和罗利正在摆放露天的桌子，冲洗椅子。妈妈站在厨房的窗边，切着生菜，和她的兄弟们通电话。我向蒂娅和奶奶挥手，她们在厨房里边听广播边做饭。我们转圈的时候，节日晚餐的香味传到了院子里的每个角落。

“别让那孩子掉下去！”阿布拉警告我。也许她是在和洛洛说话？我没明白，因为我走得太快了。

“快一点儿！快一点儿！再快点儿！”托马斯喊道，我们一路加速。

在他的尖叫声中，我双腿用力蹬着，在转弯处微微倾斜。我们转了一圈又一圈，直到我的腿疼得抬不起来，衬衫被汗水浸透。白色的座椅填充物向四面八方飞去，而这一次我根本不在乎。

这些年来，洛洛陪伴我们骑行了多少次？我都数不过来了。但现在，是我在蹬车，而托马斯对我的每一次转弯都很信任。托马斯笑得很大声，以至于我们几乎听不到洛洛的口哨声，他想让我们知道轮到托马斯爬树了。

我跨在自行车上，让他下了车。当他跑回洛洛和我们的树下时，我气喘吁吁地拍了一张照片。

第三十四章

去见海沃德派恩学院的校长是很可怕的。所以，当我到达学校时，我惊讶地发现不仅戴着墨镜的埃德娜在长椅上等着我，汉娜和莉娜也坐在那里。当汉娜和莉娜周末给我发短信问我是否遇到麻烦时，我告诉她们，我不得不去见纽曼博士。

“你们在这里做什么？”我说。

莉娜站起来。“我知道你说过不要我们过来，但既然我们一起参加了考古项目委员会，我们想帮忙解释一下发生了什么。”

“再次解释一下。”汉娜一语中的。

她向莉娜走近了一步，然后她们都转向埃德娜。“我们很抱歉，埃德娜。”莉娜说。

埃德娜没有理会她。

“拜托，埃德娜，理智一点儿，”汉娜说，“除了道歉，我们还能做什么？”

这时，麦克丹尼尔斯小姐进了门。她看着莉娜和汉娜，皱起了眉头。

“快点儿，否则你们上课就要迟到了，姑娘们。”然后她拉开了通往后面办公室的门。“埃德娜、麦西，跟我来。”

莉娜忧心忡忡地看了我一眼。

“谢谢你们过来，”走之前，我小声说，“我们三个人都挨批评是没有意义的。我会告诉你们接下来发生了什么。”

埃德娜和我跟着麦克丹尼尔斯小姐，走过发臭的花朵，一一走过后面所有的办公室，直到最后，我们来到一扇大木门面前。她打开了它。

里面有我见过的最长、最闪亮的桌子。纽曼博士坐在最边上的一张软垫椅子上。他戴着红色领结，正在查看他的手机。令我惊讶的是，坦嫩鲍姆女士也在等我们。看到她，我感到一阵轻松。

“早上好，姑娘们。”她说，我们在桌子两边坐下。

“你好。”埃德娜说，向上推了推她的太阳镜。

“你好。”

今天，我特别用心地打扮了一番，让自己看起来很漂亮，这是罗利的建议。他说："被告应该华丽登场。"所以，我用他的肥皂洗了三遍脸，戴上了新的发带。

我试着坐直了一点儿，但在这些滚椅上很难做到，所以我抓住桌面的边缘好让自己稳定一些。墙壁是由深色木饰面制成的，当然上面还挂着我们以前的校长和现在的董事会的照片，最后面还有桑托斯博士，也有我们学校的宣传海报。里面的每个孩子看起来都十分耀眼，就像打了类固醇的阳光伙伴。有一年，罗利是模特，他们让他站在实验室的试管旁边，上面写着："海沃德派恩学院，五十多年来在独立教育方面的卓越成就。"

麦克丹尼尔斯小姐清了清嗓子，纽曼博士放下了他的手机。

"啊，你们来了。好吧，假期期间，你们有没有和家人一起度过几天愉快的时光？"他说。纽曼博士以和蔼可亲著称，尤其是对那些为我们学校的运动场和室内花房等事情捐钱的人。

"是的，先生，"埃德娜说，"我们在萨尼贝尔市度假。"

"啊，非常好。"然后他看着我，笑了笑。"你呢，苏亚雷斯小姐？吃了很多火鸡和馅料吗？"

我的嘴太干了，很难说出话来，只能点点头。

“我知道，你们最近出了点儿意外，”他说。

埃德娜在她的座位上晃了晃。“是的，先生。麦西剪掉了我的眉毛，故意的。”她抬起她的太阳镜，好证明这一点。

她的眉毛比我记忆中的还要糟糕。

“这是真的吗，苏亚雷斯小姐？”纽曼博士说着，转向我。“你是故意剪掉同学的眉毛的吗？这似乎是一件很奇怪的事情。”

我对这个问题感到很奇怪。“嗯，我确实是故意剪掉的，这是因为她被困在石膏模具里了，这是唯一能让她出来的办法。”

“我明白了，你不认为你应该向老师寻求帮助吗？”

我的脸烧了起来，又是一个难题。我不能肯定我们是否会向坦嫩鲍姆女士询问应该怎么做，她喜欢我们自己思考。但我不想说她不在教室里，不然她会有麻烦的。

不过，在我想好说什么之前，坦嫩鲍姆女士就来救我了。

“实际上，纽曼博士，那是不可能的。女孩们正在为我们的考古项目工作，我希望你几周后能来参观。那时候，我走出了房间，去归还一些设备。”她说，“这是我的错，我没有监督好她们，我太失职了。”

纽曼医生皱着眉头，清了清嗓子。“我们应该以后再讨论这个问题。”

“好的，先生。”

他转向埃德娜，把两只手的指尖靠在一起。“我和你父母谈过了，当然，他们很难过。但我想知道为什么你会觉得她这么做是出于恶意，桑托斯小姐。”他停顿了一下，让这句话慢慢地沉下去，“你知道这个词是什么意思吗？”

埃德娜冷冷地看了他一眼。“语言艺术是我学得最好的科目。”她说，这是事实。她看了看我。“麦西有时确实会那样做，”她继续说，“不久前，她用棒球打伤了一个新学生，真的让他受伤了。”

当纽曼博士瞥向麦克丹尼尔斯小姐确认事实时，她点了点头。

我的目光开始游移。埃德娜的话很实在，尽管它们是致命的。

“棒球的事是个意外。”我说，“我不小心打到了迈克尔·克拉克。”

麦克丹尼尔斯小姐像猫一样眯起眼睛，看着我。

“还有……”

“还有，嗯，因为我没记住要遵守规则。”

我环顾了一下桌子周围，突然想起爸爸说的话。如果我的记录表明，我是喜欢找麻烦的孩子，纽曼博士可以决定不让我在这里上学。所以我掏出我的信封，尽可能地伸长胳膊，把它滑向桌子对面的埃德娜。

“这是什么？”埃德娜问道。

“对你的眉毛有帮助的东西。”我咕哝道。

埃德娜抿了抿嘴唇，但她没有接。对面的纽曼博士和麦克丹尼尔斯小姐交换了一个眼神。麦克丹尼尔斯小姐打开她的一个文件夹，一边翻看里面的文件一边说话。“令人遗憾的是，我们两个最有魅力的学生已经决定不再和彼此友好相处了，非常遗憾。但现在，我认为还有一件紧迫的事情需要我们大家讨论。纽曼博士，如果你允许的话。”

他点点头，于是，她拿出一张打印出来的签到表，放在我面前。这张表格的日期是十月三十日。

“这是你在迟到记录上的电子签名吗？”她问我。

我低头一看，看到自己的字迹。“是的，小姐，那一天我迟到了。不过，这是我哥哥的错。”她点点头，打开她的第二个文件夹，递给我一张打印的通行证，下面写着“复制品”。“那你能告诉我这个文件的情况吗？”

我仔细阅读了日期和名称。“这份是你给我发的上课通行证副本。”我说。

“去上什么课？”

“第一节，”我说，“我的语言艺术课。”

“那通行证上的时间呢？”

“你写的是八点十二分，看到了吗？我请你为我加了几分钟的时间，这样我就可以把东西送到坦嫩鲍姆女士的教室了。”

“我记忆中也是这样的，很准确，”她说，“事实上，你拿着一套从家里带来的服装，我记得。这样说对吗？”

“是的，女士。”

“那你离开办公室后发生了什么？”

她一问，我就觉得好像有一块冰块在沿着我的脊柱滑落。埃德娜直直地盯着前方。我感到完全被困住了。我看了一眼坦嫩鲍姆女士，她现在看起来特别严肃，还向我点了点头。

麦克丹尼尔斯小姐说：“请自由发言。”

我的心突然猛烈地跳动起来。罗利说我不应该在没有证据的情况下指控别人，所以我坚持用事实说话。

“我把服装留在坦嫩鲍姆女士的教室里，然后去上课了。”我说。

“那你回来上课时它还在吗？”

我使劲眨眨眼，尽量不看埃德娜。“还在，但是它被毁了，还被塞进了垃圾桶。”

“是的，而且你已经提交了一份破坏个人财产的报告，我这里就有。”

接下来，麦克丹尼尔斯小姐转向埃德娜，打开了第二个文件夹。“同一天，这是你在迟到记录上的电子签名吗，埃德娜？”

埃德娜盯着那张纸，她的嘴唇抿得紧紧的。

“我没有听到回答。”

“是的。”

“这也是十月三十日，我注意到时间恰好是麦西抵达学校的二十分钟之后。”

埃德娜耸耸肩。“那天早上我没有看到她。”

“我这里的记录显示，你在报告中说，去学校的路上遇到了自行车故障。”

埃德娜点点头。“是的，我的自行车链条掉了。”

“那真不幸。”她给埃德娜看了另一张通行证的副本。“这是我为你发的通行证副本吗？”

埃德娜再次点头。

“上面显示，你是在去上经济课的路上，是这样吗？”

“是的。”

“我明白了。”

麦克丹尼尔斯小姐拿起文件夹旁边的遥控器，并按下播放键。

纽曼博士背后的平面屏幕闪烁起来，我们都转过头去看。

这是我们的社会研究课教室外的走廊，镜头上是静止的画面——然而这些画面不是颗粒状的，不像你在新闻中看到的某种模糊的片段，让你觉得你的邻居可能是银行抢劫犯。这个画面是很清晰的。

没有声音，但底部的定时器显示了日期和时间。从高处看，我看到黑白相间的我拿着我的包走进大厅。阿布拉做的面具从书包顶部伸出来。我敲了敲门，然后检查了一下门，朝里面叫了一声。然后，我自己走了进去。两分钟后，我走出来了，没有拿服装袋。

麦克丹尼尔斯小姐把录像带的速度调快了一些，在同一个空荡荡的大厅再次停下。最后，有两个人出现在画面中，那是埃德娜，旁边还有杰米。看起来她们正在傻笑和聊天。她们朝门窗内看去，窃窃私语。然后她们进去了。四分钟后，她们跑出房间，消失在通往外面的门里。

录像带又播放了两分钟，感觉看不到尽头。在坦嫩鲍姆女士回来上课之前，没有人再来这个房间，她抱着一大堆书，上面还有一个苹果，努力让自己保持平衡。

当麦克丹尼尔斯小姐停止播放录像并放下遥控器时，会议室里一片寂静。

埃德娜看了一眼坦嫩鲍姆女士，把头靠在桌子上，开始哭泣。

第三十五章

真是一团糟。

当然，埃德娜毁了迈克尔的服装，这是她应得的。我对此并不感到抱歉，这很公平。

但是到了午餐时间，每个人都在小声议论埃德娜和杰米的麻烦：她们被留校察看一周，并且被阳光伙伴除名。人们看起来对此很高兴。

那些一直跟随埃德娜的孩子们似乎真的喜欢看到她陷入困境，这是怎么回事？一个受欢迎的人怎么会有这么多人乐意看到她崩溃呢？也许“喜欢”本来就很让人困惑，但是“受欢迎”更加让人觉得奇怪了。

爸爸按照我的吩咐，周五到正在维修的停车场等我们。等到最后一节课的下课铃敲响后，莉娜、汉娜和我拖着我们的纸板到达那里。我们需要完成我们的石棺。我们已经落后了，所以坦嫩鲍姆女士觉得我们最好在家

里继续做。我们只有几天时间来完成。

“你可以坐在前面，莉娜，那儿有安全带。”我说，“还有，嗯，一个座位。”

我转身向汉娜挥挥手，她要坐她妈妈的车，跟在我们后面。她看起来非常尴尬，她妈妈坚持要开车送她，并在汉娜留下来之前与我们家人见面。

我爬上爸爸的面包车，像往常一样坐在油漆桶上，让自己保持平衡。

“小滚筒准备好了吗？”他说，这通常是我们前往一个目的地时和油漆有关的小笑话。

“准备好了。”我回答，虽然我真的不太确定。昨天，莉娜把我们所有人的家庭地址都输入她的手机，看去谁家最方便，结果，卡西塔斯就在中间。起初我反对，说我不喜欢在我们家工作。事实是，我很担心洛洛。如果他今天心情不好怎么办？如果他当着她们的面对阿布拉大喊大叫怎么办？

但莉娜坚持这样做。“此外，”她说，“没有人有足够长的车能装下所有的纸板，面包车非常完美。”

“我会带来金色的油漆，”在我还没来得及回绝前，汉娜说，“还有闪粉和宝石。”

就这样决定了。

我开始祈祷一切顺利，家里风平浪静。

当爸爸从停车场把车开出来时，面包车发出了吱吱的声响。

“嘿，听起来像面包车在唱歌！”莉娜笑了，但随后她揉了揉屁股。讨厌的弹簧又探出头来了。

“这里，坐在这个上面。”我把我的一个活页夹递给她，“这个能帮到你。”

我们一停车，我就焦急地环顾院子。洛洛和双胞胎在他的花坛里。他转过身来挥手，但没有走过来，谢天谢地。我很确定他正在拔掉阿布拉几天前刚种下的花，但我现在不能担心这个。

“你说你住在这三所房子里？”汉娜的妈妈问道，环顾卡西塔斯。

“算是吧！我睡在这间。”我指着我家说，“但其他地方是随机的。”

莉娜弯下腰，企图抓住图尔托的耳朵。“喵！”她打了个招呼，好像用猫语说话是最正常的事。

“你们饿了吗？”我问。

“饿死了。”莉娜说。

“我也一样。”汉娜说完，她转向妈妈，“那么，我可以留下来吗？”

我猜我们已经通过了检查，因为她在汉娜脸颊上轻轻吻了一下。她说："你准备好回家的时候，给我发短信。"

"让我们去蒂娅的冰箱里试试看，"我说，"她那儿总有最好吃的东西。"图尔托一路跟着我们。

我们工作了一下午，一直到晚餐时间。爸爸每隔一段时间就来看看我们，确保我们在塑造厚纸板时不会锯掉手指。然后我们戴上面具，用喷雾器把所有的作品涂成金色。我们用爸爸的电动工具钻孔，用塑料扣件固定两侧。

"你必须承认这是一个杰作。"汉娜把最后一颗珠子粘上去，"看这闪亮的光芒！考古项目完成后，我想保留下这个。"

"它确实光彩夺目。"我说，这是一种轻描淡写的说法。几乎没有一平方英寸①的空间是缺少装饰的。我们的脚下一片狼藉，堆满了我们工作时留下的废料。图尔托追逐着剩下的珠子，弄得工具和废品到处都是。

我们刚开始打扫，双胞胎就出现了。"那是什么？"托马斯和阿克塞尔指着我们的作品盯着看。"一个棺

①平方英寸：英美制面积计量单位，1 平方英寸=6.4516 平方厘米。

材，”莉娜说，“用来装木乃伊的。”

“它还是湿的。”我告诉他们。但是，托马斯伸出了他的手。我正准备喊爸爸来接他们，汉娜走了过来。

“你们想要一些魔法粉尘吗？”她问他们，“我有一些剩余的。”

他们转向汉娜，盯着她看。

“像这样伸出你们的手。”她说。然后，她把试管里剩下的闪光粉敲到他们脏兮兮的手里。“我只能给你们每人一丁点儿，”她说，“它们非常强大，尤其是蓝色的部分，所以要小心。”

“那个女孩的头发是蓝色的。”托马斯低声说，他盯着莉娜。“像浆果一样。”阿克塞尔补充道，“而且看起来像钉子。”

“是的，你们认为我是怎么把它弄得这么漂亮的？”莉娜说着，她的手指在她的“钉子”似的头发上游走。她弯下腰，让他们碰了她的头发。“汉娜的魔法粉尘。”

这对双胞胎小心地戳了戳莉娜的头发。他们彼此交换了一个了解的眼神，然后，毫无征兆地，他们撕扯着，走到院子的另一边，高举着他们的手。

“真是好主意，你怎么知道这么做就能轻易摆脱他们的？”我问，“对我来说，那常常是一种折磨。”

汉娜耸耸肩。“这在保姆手册里有。我猜是第四章。”

“用魔法粉尘来分散麻烦制造者的注意力？”我说。

“转移注意力。”她说，“双赢。”

就在这时，车灯打在我们身上。我们转过身去，看到妈妈把她租来的车停在车道上的车位上。我注意到罗利坐在副驾驶的座位上。我摇摇头，自从那场车祸后，他就再没有摸过方向盘。他太年轻了，不能开租来的车，而妈妈和爸爸还没有找到我们能买得起的新车。

他检查了一下邮箱，向我们挥手，然后进房间去了。

“哇！”妈妈下车后惊讶道。她蹑手蹑脚地走到我们的作品旁。“令人眼前一亮！”

“在把它们放回爸爸的面包车上之前，必须让它干上一段时间。”我说，“我们现在正在收拾东西。”

“小宝贝。”

洛洛的声音让我们都转过了身。他仍然穿着在花园里穿的衣服，膝盖处很脏，手上全是沙土。我愣在原地，仔细研究他的脸，好了解他的情绪。“小宝贝，”他又对我说，“阿布拉说快到吃饭时间了。”

“我马上来，洛洛，”我赶紧说，“汉娜，你能拿一下那个扫帚吗？”

妈妈走近洛洛，亲吻了他的脸颊。“你今天一直在花园里？我明白了。”

他笑了笑。“我在拔杂草，总是长杂草。”他回头看向他的房子，思考着。就在这一刻，我开始担心起来。然后他再次转向我。“该吃饭了。”他重复说道。他向我伸出他的手。“来吧。”

“我只是要清理一下，洛洛，你去吧！”我说，“我马上就到。”请你离开吧，求你了。

但是他没有动。汉娜和莉娜也没有动。我可以感觉到她们的疑问飘在空气中。我看向妈妈，用我的眼睛请求帮助，但她似乎没有注意到。

“麦西，你介绍你的朋友了吗？”她问道。

“这是莉娜和汉娜，”我咕哝道，“她们正准备给她们的妈妈打电话回家。”

但是妈妈看了看她的手表。“女孩儿们，为什么不留下来吃饭呢？”她说，“我肯定有足够的吃的，阿布拉总是做很多。麦西，你能不能收拾一下，帮洛洛洗一下，我去告诉阿布拉。”

我尽量不去瞪着她。晚餐？和我们全家人一起？

但在我想好说什么之前，莉娜嗅了嗅空气，伸手去拿她的手机。“确实很香，我的肚子一直在咕咕叫。”

“百果馅和米饭，”洛洛说，“我的最爱。”

“我妈妈不喜欢做饭。”汉娜在她的钱包里翻找她的手机。莉娜已经在用她的手机发短信了。

她们一联系到自己的妈妈，我就转身去找妈妈，但她已经不见了，留下我和洛洛在那里。我以前从未为我的爷爷感到羞愧，而且我不想让他知道我的感受。

当我转向他时，我的脸很热。洛洛站在水龙头旁，但他似乎找不到水管的喷头。像往常一样，水管缠在一起了。

“坚持住。”我开始修理水管，心里已经能想象到晚餐时要发生的不愉快。也许汉娜和莉娜会认为洛洛很奇怪，也许她们会在我背后嘲笑他，也许她们会告诉学校里的人。

“把你的手像这样伸出来，这样我就能够得着你的胳膊肘了。”他听到我声音里藏着“小刀”了吗？但是我没办法，我现在对他失去了耐心。我讨厌站在这里帮他洗手，好像他是双胞胎中的其中一个。

汉娜出现在我身边。“我去吃饭了，”她说，“晚上八点妈妈会来接我。”

她开始清扫闪粉，但我能感觉到她在看我，因为我在为洛洛擦洗胳膊肘和手上剩下的泥巴。他站在那里，让我给他擦，这让我感到很尴尬。但是即使汉娜认为这很奇怪，她也没有说出口。当我做完后，她只是走过去，从架子上的卷筒中拿出一张纸巾递给我。这时，莉娜也加入了我们。她正准备开始盖上油漆罐的盖子时，她注意到洛洛肩上的东西。

“啊哦，那对双胞胎一定抓到你了，先生。”她说。

这时，我注意到洛洛的头发上有蓝色的闪粉。

洛洛对莉娜笑了笑，把它从肩上抖落下来。“是我的伙伴们。”他说，他的脸绽开了笑容，笑得十分甜蜜。

这时，爸爸穿过纱门走了进来。他刚洗过澡，手里拿着一个巨大的沙拉碗。他的胳膊下还夹着两瓶水。

“我需要你帮我拿下这个，爸爸。”他说着，把碗递给洛洛。

“该吃饭了，菲科。”洛洛说。

爸爸几乎没有躲闪。

“我也饿了，”他说，“我们走吧，老爸。”他转向我，指着棚子里的空架子。“你可以把那些罐子放到那里，”他说，“松节油在下面，在手电筒旁边，如果你需要它的话。”

然后，他和洛洛走向阿布拉家的露台。

当我把水管盘在一起的时候，我艰难地咽了一口唾

液，思考应该如何向她们解释洛洛的情况，或者我是否应该说些什么。这些都是小事，也许我的朋友们不会注意到。工作时，我低垂着眼帘。但是，我开始思考秘密，以及秘密变成谎言后带来的麻烦。

“就是想告诉你们，”我说，“洛洛患有阿尔茨海默病。”

这是我第一次对我们家族以外的人说起这个词。

汉娜从垃圾桶边抬起头来。“那究竟是什么？”

我试图找到词语来解释，但我的舌头像是打了结。“他不能再很好地思考了，这是大脑的一种疾病，会让人忘记事情。”我深吸了一口气。“不要对他感到惊讶，好吗？有时他表现得不像自己。”

就像真正的洛洛，就像他以前的样子，我想补充，但我没有。

有那么一瞬间，我们都很安静。我只能听到汉娜手中扫帚的刮擦声和莉娜的橡胶锤发出的敲击声，因为她正在固定油漆桶的盖子。

“我的爷爷病了很久，”莉娜最后说，“他得了癌症。”她把一个容器拖到架子上。“我很想念他。”

“有些时候，我也很想念洛洛，”我说，“尽管他还在这里。很奇怪，对吗？”

空气又变得安静了。

“但奇怪也可以是好的。”莉娜最后说。

“反正也不无聊，”汉娜补充道，“我讨厌无聊。”

我们在沉默中收拾完东西，然后我们听到了咯咯的笑声。是那对双胞胎，他们在车棚后面偷看我们。

“你看到谁在这里了吗？”汉娜大声说。

“没有啊。”莉娜说。

托马斯跳了出来。“啪！”

“嘿，”我说，“你为什么要往洛洛身上扔闪粉？那很不友好。”

托马斯翻了个白眼。“不是洛洛，我们给洛洛的花园下了一个咒语。”他宣布。

“它要长出飞龙，”阿克塞尔说，“你明天就会知道了。”他扇动着他的翅膀向我们展示。

我看着院子对面光秃秃的花坛。在它后面，洛洛和爸爸正在门廊下摆桌子。

“你种了多少条龙？”我问。

“几百万条，笨蛋。”阿克塞尔说。

“好吧，等它们孵化后，我会过去给它们拍照片。”我告诉他们。

我们开始向餐桌走过去。突然，莉娜停了下来。

“我有一个好主意。让我们闭上眼睛，手拉手，”她

说，“你们也是。”她告诉双胞胎。“让我们变得奇奇怪怪吧，看看我们是否能向后跑到他们家。”

我们拉成一条线，闭上眼睛。“准备好了吗？”莉娜说，“出发！”

我们每个人的步子都不一样大，大家跌跌撞撞，互相拉扯，一路颠簸，直到最后，在纱门附近摔成一团。我们都放声大笑起来。

阿布拉出来了，手里端着一盘热气腾腾的肉，准备放在桌上。

“你们会撞到头，长出肿块，这能让你们永远变傻。”她警告说，“然后会怎么样呢？”

这让我们笑得更厉害了。

然后，我们注意到洛洛正在思索从哪边打开折叠椅，莉娜、汉娜和我争先恐后地站起来，帮助他完成剩下的工作。我们吃饭时，我和朋友们紧紧地依偎着坐在餐桌旁。

第三十六章

有一个记者和摄影师来参观我们的考古项目。他们走过所有的墓室，沿途拍下照片。到目前为止，我们只遇到了一个问题——后墙摇摇欲坠。所以，迈克尔·克拉克和雷切尔不得不假装成皇家卫兵，用他们的背稳住它。雷切尔站在迈克尔旁边，雷切尔的脸上有藏不住的欢喜，眼睛瞪得像高尔夫球那么大。

“我们的父母什么时候来？”莉娜问道，“这身打扮很不舒服。”她把她的床单掖在腋下。

我们的父母都还没有从大会上解放出来。他们和纽曼博士一起被困在弗拉卡斯大厅，纽曼博士正用他巨大的捐款温度计提醒他们年度捐款活动。

妈妈、爸爸和阿布拉都在那里，当然还有罗利。他们甚至把双胞胎也带来了，因为孩子们也想看看汉娜和莉娜。蒂娅自愿留下来陪洛洛，因为她今晚不想出门。

我从眼角看着摄影师。她一边按动相机，一边检查她的镜头。有这样的设备一定很好，而不是只能使用你的手机。她停下来拍摄象形文字的特写，担任首席抄写员的埃德娜负责向她讲解。我试着不去注意她。自从埃德娜惹上麻烦后，我和她的关系就变得更加棘手，但我尽力忽略它，继续前进。我想听从爸爸的建议，不与任何人为敌，但与她共处在一个房间里还是很难。

最后，记者在我们的木乃伊和石棺前停下。“最重要的部分。”记者微笑着说。莉娜、汉娜和我站在一起。“这真是一个伟大的创作。”她举起她的相机，绕着它走动。一系列快速的咔嚓声响起。“是你们做的这个吗？”

“是的，”莉娜说。“我们三个人。”

“有人帮助我们，”我补充说，“埃德娜·桑托斯是我们的模特。”我没有提及眉毛的事，但我指了指房间对面的埃德娜。

然后，我们拼出了我们的名字，回答她关于我们如何建造这个项目的各种问题。

“再拍一张。”摄影师走过来说。她让我们和埃德娜站在一起。“说‘茄子’。”莉娜轻声对我们说。我们照做了，这一次，我很确定我的眼珠没有游走。

“好了，各位，各就各位。”坦嫩鲍姆女士打断了我们的话。“家长们要来参观了！”

我们拿起写有演讲稿的题词卡，我们准备好了。

坦嫩鲍姆女士准备了零食和我们所有人做这项工作时的幻灯片，这样人们在大厅里等待参观时就不会感到无聊。从我站的地方就可以看到整个过程。有趣的是，我不记得坦嫩鲍姆女士拍了这些照片，但我很高兴她拍了。没有人对着镜头摆姿势，所以我们都看起来像自己。我们离开了自己的座位，说话，把东西夹起来。甚至还有一个镜头是莉娜、汉娜和我在给埃德娜贴塑料袋。

罗利带着双胞胎来了，他们自然而然地抓起两把金鱼饼干，在等待时把脸颊塞得像沙鼠似的。

队伍感觉没完没了，过了一会儿，我们都有点儿厌烦反复谈论木乃伊了。最终，最后一批游客离开了，我们也结束了工作。

坦嫩鲍姆女士关上了教室的门，示意我们在她的桌子附近集合。

雷切尔和迈克尔离开了那堵墙壁，我们都看着它

“砰”的一声倒下，整晚它都在用这种方式威胁我们。我们都满头大汗，大多数人的眼线都花了，眼睛变成了浣熊眼。

你可以从坦嫩鲍姆女士灿烂的笑容中看出她很高兴。她说：“伸出手来。”我们都把手掌放在中间。莉娜和汉娜就挤在我旁边。

“你们有很多值得骄傲的地方。我想让你们知道，像这样的项目需要大量的计划、研究、团队合作和解决问题的能力。并非一切都会顺利，但你们没有被困难阻拦。”

我抬头看了一眼迈克尔，他正挤在雷切尔旁边。埃德娜正盯着她的鞋子。

“所以，让我们在寒假好好休息一下，想想我们在本学年的上学期里，向他人学到了什么。一月份，我们都会有一个新的开始。”

我们举起手来，大声欢呼。

终于到寒假了。

“麦西！”

我们快到面包车那儿的时候，我听到有人叫我的名字。阿布拉、妈妈和爸爸都停下来，转过身。当我想看看是谁时，发现是埃德娜在等我。她正站在她父母的中间。

妈妈把她的手放在我的肩膀上。我感觉到爸爸也走近了一点儿。“我们就在这里。”爸爸说。

“小心点儿。”阿布拉说，“你不能相信那些会报复的人。”

埃德娜和我向彼此走去。眉笔的效果很好，但是我决定只把这个评价告诉自己。

她把手伸进她的袋子里，掏出一个海沃德派恩学院的官方信封。她用花哨的字体把我的名字写在信封封面上。

“麦克丹尼尔斯小姐也让你写了一封道歉信？”我问，“改了多少次稿子？”

“三次。”她承认。

近距离看，我可以看出埃德娜很疲惫，但我无法判断这是因为做完今天所有工作之后的疲惫，还是有其他事让她烦心。她作为整个宇宙的中心，不可能很轻松。而且，让自己成为别人的谈资，也很糟糕。

“我对那套服装的事感到抱歉。嗯，主要是这样。”

“主要是这样？”我说。

她用下巴向迈克尔和雷切尔示意，他们正向停车场走去。他们甚至没有注意到我们的视线，埃德娜揉了揉眼睛：“迈克尔真是个笨蛋，有眼无珠！”

“迈克尔不是个笨蛋，”我说，“你不能强迫所有人都喜欢你，埃德娜。”我告诉她，我耸耸肩。“你早就应该知道。”

埃德娜双臂交叉。“大家确实都很喜欢你，麦西。”她说，“别再自怨自艾了。就像你也不是很喜欢我那样，你知道的。”

“嗯，”我说，“没有冒犯你的意思，但是，喜欢一个总是对你说坏话的人很难。关于我的眼睛，我的头发。真的，一切。”

我以为她会用令人震惊的话回击我，但是这次她什么也没有说。

事实是，我一直希望埃德娜能喜欢我，至少有一点儿吧。她是我们班上最聪明的女孩，而且她很有趣。另外，她知道如何把事情做好。但是，阻碍她的是心中刻薄的那部分。这使她就像巧克力蛋糕加香草冰激凌和沙丁鱼。这三样东西并不相配。三样东西中，只拥有两样会更好，这是肯定的。

“无论如何，我没有时间去想迈克尔·克拉克。”她说，“我们明天早上要坐船去多米尼加共和国过寒假，我还没有收拾好。”

哦，天哪。又来炫耀了。我费尽心思才没有翻白眼。“好吧，那就祝你假期愉快。”我转身准备离开。

“我爸爸在一个麻风病患者的诊所里做志愿者，”她继续说，“我妈妈和我要一起去帮忙。”

我盯着她看了一会儿。“哇，”我脱口而出，“你？”

她往后倾斜了一下肩膀，给了我一个冷酷的眼神。“现在是谁更刻薄？”她说。

好吧，也许她是对的。“对不起。”我说。不过，我还是想知道她会不会喜欢和那些病得很重、很穷的人一起工作，就像在罗利看的一些节目中看到的那样。她会不会觉得自己比他们好得多？她会抱怨没有电视吗？当然，抱怨是很容易的，即使是在你已经得到了很好的东西时。看看我说的所有关于看双胞胎或帮助洛洛的话。

“你能帮助他们真好。”我说。

她小心翼翼地看着我。“你打算在假期里做些什么？”

我瞥了一眼我的父母和罗利，他们正假装不看我们的一举一动。阿布拉正在欣赏棕榈树，上面挂满了节日的灯饰。在更远的地方，我看到汉娜和莉娜穿着长袍和双胞胎玩捉迷藏。

这一次，我不想对埃德娜撒谎。今天午餐时，我们

计划了我们的寒假。汉娜将在休息期间为蒂娅照看双胞胎，这样阿布拉就不必独自照看他们了。如果成功的话，她甚至可能在春天继续做这项工作，这样我就可以参加棒球比赛了。莉娜答应带着她的水彩颜料过来，这样我们就可以和洛洛一起画画了。我们要为新的志愿者俱乐部制订计划，现在阳光伙伴已经结束了，我们想成立这个俱乐部。我想学生们可以参观洛德斯·奇灵顿公寓，那所公寓是为了一些见不到家人的老人准备的。也许在祖辈团聚日，他们可以作为低年级学生的特别嘉宾。总之，我们与麦克丹尼尔斯小姐的会面是在我们放假回来的第一天，时间是七点四十五分。

“和平时一样，”我说，“我会和我的朋友，还有家人一起玩，祝你旅途愉快。”

然后，就在我转身走开之前，我补充说：“剪掉了你的眉毛，我真的很抱歉。”

第三十七章

离过节还有整整四天，我没有多少时间来准备我的礼物。通常情况下，妈妈会带我去买一次东西，我一次就能买到我需要的所有东西。

但是今年，我有一个礼物要做，因为它比双胞胎送给我们所有人的通心粉相框要复杂一些，所以我还需要其他东西——需要有人开车载我去商店买。

今天，除了罗利和我，没有人在家。爸爸妈妈出门去看那辆刊登在报纸广告栏上的二手车，阿布拉和洛洛带着双胞胎去买调色板，蒂娅在面包店上早班。

我发现罗利在我们房子后面的吊床上休息，就问他能不能让我搭个便车。“你没看到我很忙吗？”他闭着眼睛，皮肤闻起来有股椰子的味道。

“忙着日光浴吗？来吧，罗利。对我来说，骑着我那辆糟糕的自行车去太远了。”我把蒂娅·伊内丝的备用车钥匙扔给他。“蒂娅已经开车去上班了，但我们可以骑车去伊尔·卡比餐厅，从停车场把车开出来，在她下班之前把它停回去。”

他用手把钥匙拨到一边。“不，麦西。等妈妈回来后，让她带你去。”

“但是我不想让她知道我在做什么。”我说。

“你是在造武器吗？”

“真好笑。”

他不理我。

“你害怕开车了吗？”我悄悄地说。

空气突然变得很安静。当我站着不动的时候，他说：“拜托，麦西，你走吧！”

“我知道那次车祸很吓人，但说真的，我们不能从现在开始走着去所有地方，你知道的。”我用脚推了推吊床。

他睁开眼睛，盯着我看了很久，所以我知道他要来真格的。然后，他把手伸到背后，把一个信封扔给我。

我低头一看，发现是北卡罗来纳州的一所大学寄来的，是他最想去的那所大学。

“我收到了邮件，”他说，“我不仅会去大学城，还有足够的奖学金。”

有那么一会儿，我不知道该说什么。这是个好消息，事实上是个大大的好消息。但北卡罗来纳州是北部的三个州之一，我突然间无法想象，秋天时罗利不在这里的情形。没有他，卡西塔斯会是什么样子？当洛洛的情况变得非常糟糕时，谁会在这里？

现在轮到我变得安静了。

“你会得到整个房间。”他过了一会儿说。

“是的，是时候了，”我说，“而且你会和其他想了解面部移植之类的人在一起。”我的眼睛开始游走，所以我使劲儿眨眼睛想让它归位。

“还有大脑。”他说。

他坐了起来，我原本坐在吊床的一侧，现在滑到了他旁边。“你打算什么时候告诉爸爸和妈妈？”

“今晚，当我们都在一起的时候。”

“他们会非常高兴的。”当我说出这句话时，我感到自己喉咙发紧。

我们很长时间都没有再说什么。

“我一直认为离开会很好……”他最后说。他盯着自己的手，没有把剩余的话说完。

我用力地盯着罗利，看了很长时间。他从幼儿园起就想上大学，那时他经常拖着他的塑料医生包到处走。

这也是爸爸和妈妈一直以来对他的期盼。因此，我艰难地咽了口唾沫，说："你还是可以高兴地去，笨蛋。记住你必须抓紧时间发明东西来帮助洛洛。你不想让阿哈娜·帕特尔打败你吧？"

他推了我一下，咧嘴一笑。"给我发短信，告诉我家里发生了什么，好吗？"他说，"我会在节假日回家。"

我想象了一下，如果他不再每天从房间穿过……我试图把这种情况从我的脑海中挤出去，至少我不用在浴室里换衣服，也不用把我的东西放在一边。

"说到这个——我仍然需要你带我去商店，"我说，"这是我为节日准备的最后一件事。"

罗利叹了口气。"你真是无情，有什么事这么重要，以至于你都不能等妈妈回来，麦西？"

我双臂交叉。"你必须发誓不说出去。"

我向他解释了整个计划，他静静地听着。当我说完后，罗利深吸了一口气，伸出手，拿起钥匙。

"我们走吧。"他说，"把你的头盔和你的自行车放在一起，否则我就不去。"

第三十八章

这种情况每年都会发生。卡西塔斯总在节日迎来好的转变。而今年，因为罗利的好消息，每个人都特别高兴。

爸爸和洛洛在露台上挂了许多红绿相间的辣椒形状的灯。

妈妈播放欢乐的音乐，蒂娅像在跳探戈一样一边随着音乐摆动，一边与阿布拉讨论着菜谱。

我试图跟上托马斯和阿克塞尔的脚步，他们花了大半天时间，用小号制造了不少麻烦，这是为了我们观看爸爸的足球比赛而准备的。他们偷偷地在房间和院子里溜达，在人们耳朵边突然吹响小号，好吓别人一大跳。

到了日落时分，我们都洗了澡，穿得像要去参加婚礼一样，尽管我们只是要坐在自己的后院里。我穿着去年的太阳裙（下面是短裤）。当我照镜子时，我发现它比我想象中的还要短。我想，很快就该去买衣服了。也许莉娜和汉娜可以一起去。

门铃响了，我跑去开门，以为是屠夫在送用铝箔包裹的烤猪。

但当我打开门时，却发现是西蒙，他身边还站着一个男孩，和罗利差不多大。他们并排站在一起，穿着彩色衬衫，怀里抱着一个又长又重的盒子。

“节日快乐，麦西！”西蒙对我说，“你是要请我们进去，还是让我和维森特独享烤乳猪？”

“请进！请进！”蒂娅说，“非常感谢你帮我们送过来！”她的眼睛看起来很闪亮。她站在门口，轻轻地把我推到一边。她身上穿着一条紧身的裙子，头发卷得很漂亮。

“烤乳猪的味道让我们馋疯了。”西蒙一边走进来，一边高声道。

他对蒂娅笑了笑，那种笑容告诉我，可能有别的东西也在让他发疯。

“太好了，我很高兴你们都能来。”她转向那个男孩，并微笑着对他说，“那么，这是你的兄弟吗？”

西蒙笑着拍拍他的背。“维森特是我兄弟中最小的一个。我今年得到的最好的礼物就是……”他说，“他上周搬到了这里。”

维森特看起来和西蒙很像，只是眼睛的颜色更浅，头发更长，我情不自禁地盯着他看。如果他的头发再长一点儿，然后编成辫子，他就会看起来像……杰克·罗德里戈。

就在这时，爸爸来到门口打招呼，几秒钟后，他把维森特和西蒙领到了厨房，妈妈和阿布拉正在那里忙着。

“你认为蒂娅会再次坠入爱河吗？”我对罗利低声说，他正在看电视上的怀旧电影。

“我们不讨论爱情，麦西。”

整个晚上都有趣极了。事实证明，维森特不怎么会说英语，所以我们用西班牙语交谈。我发现他也是一个伟大的足球运动员。他拿起院子里的一个足球，从一只脚传到另一只脚上。然后，他用稳定的节奏将球弹起，和我用的方式差不多。他甚至开始教我如何将球停在我的肩胛骨上和额头上，就像海狮在水族馆里玩的把戏。洛洛和双胞胎兄弟看着我们练习。这对双胞胎很疯狂，不停吹响他们的小号，听起来像整个院子飞满了蜜蜂。

之后，我们吃了些零食，在院子里放鞭炮。在夜色中，双胞胎拿着西蒙为他们带来的烟花跑来跑去。

到了十一点，是吃晚饭的时候了。虽然很晚了，但我太兴奋了，不觉得累。

洛洛站在桌前，举起他的塑料红酒杯。“为了最好的大家庭。”他说着，环视着我们所有人。阿布拉站在他旁边，感谢老天爷让我们大家又在一起过了一年。

爸爸为我在报纸上的照片举杯，又为罗利的大学录取举杯，妈妈忍不住哭了。西蒙也举起酒杯，说他感谢这个国家，感谢像爸爸这样的好雇主，最重要的是感谢他的弟弟安全抵达。蒂娅·伊内丝也想说些什么，然而托马斯打断了她。

“现在我们可以吃东西了吗？”

这句话让我们都很高兴。

“你说得对，”她说，“开动吧！”

一如既往，一切都很美味，猪肉尝起来有橙汁和大蒜的味道，饭上面撒着我喜欢的酥脆的培根碎片。

最后，我们吃完牛轧糖，阿布拉切完馅饼，已经是午夜了，终于到喝咖啡和送礼物的时间了。院子里弥漫着冲泡好的浓缩咖啡的味道，阿布拉和妈妈端着托盘走来走去，提供小杯的咖啡。大人们在门廊周围坐下来，看着我们这些孩子交换礼物。

双胞胎得到了一个带有骑士和两条龙的巨大城堡，

一套玩具棒球，以及罗利提供的配套的超级水球发射器。我已经可以判断出，以后我不得不随身携带一条毛巾保护自己。

罗利得到了他想要的3D打印的月球灯，一件写着UNC的浅蓝色T恤以及礼品卡——这样他就可以购买明年大学里要用的东西了。

西蒙也给维森特带来了惊喜——一双漂亮的足球鞋。

“我们的队伍终于有了一个好的守门员。”爸爸说着，鼓起了掌。

然后就轮到我了。我从爸爸和妈妈那里得到了学校规定的短裤和T恤，还有很酷的恐龙袜子。泡沫浴炸弹和发夹是蒂娅送给我的。罗利给了我一个新的自行车头盔。我正要坐下来，爸爸说：“哦，等等，还有一件事。”

他走到房子的一侧，推出了一辆漂亮的新自行车。这不是一辆小孩的自行车，而是一辆二十六英寸的海滩巡洋舰自行车，深蓝色的，几乎和莉娜的头发颜色一样。

“我们之前把它放在了西蒙家。”爸爸告诉我。

我站在那里，盯着这个完美的家伙，想知道它是不是一个幻影。当我近距离观察所有的东西时，我的心怦怦直跳。篮子、水瓶、我的手机夹、头灯和铃铛。我拍了一张照片，发给莉娜和汉娜，然后我才想起她们可能还没睡醒。

“你觉得怎么样？”妈妈说。

“太漂亮了！谢谢你们！”

洛洛慢慢走到我的自行车旁。他微笑着，手指沿着车把摸过去。他拨拨车铃，打开车灯，向院子里射出一束光。他是不是在回忆我们不再进行的周日骑行？

“在这里等着，洛洛。”我说，“我也有东西给你。嗯，这算是我们所有人给你的。”

我走到我们的树下，拿着一个大的方形包裹回来，我没有标出名字。然后我坐在洛洛和阿布拉旁边，把它放在他们的腿上。

“现在，你可以为我们打开它。”我告诉洛洛。

他用手抚摸着表面，一副不太确定的模样，所以阿布拉为他打开了一个角。然后，因为双胞胎不能等待任何东西，于是他们大喊“我们来帮忙”，并开始撕包装纸。

里面装的是罗利和我几天前买的那个大剪贴簿。它是皮革封面的，里面是黑色的页面。在封面上，我用金属笔写了“苏亚雷斯大家庭”。里面有几页满满地贴着照片，是我之前一直在拍摄的照片——我们所有人的照片：蒂娅·伊内丝和我看起来很邋遢，托马斯和阿克塞尔在采摘柚子、斗剑，罗利弯着腰看书，洛洛黑白相间的自行车，阿布拉的手在缝纫机上穿线，爸爸和妈妈从小货车上卸下杂物。在每张照片下面，我都用我最工整的笔迹写下我们的名字。

“我在后面留了很多页空白，”我告诉他，“我们今年可以增加更多照片。希望这能在你遇到困难时帮助你想起来一些。”

洛洛把剪贴簿放在他的腿上。“小宝贝。”他轻声说。他已经有几周没有叫过我的名字了，我很想听到他叫我的名字。但我确信，他仍然知道我是麦西，而且他喜欢这本剪贴簿。

阿布拉和洛洛翻开剪贴簿，给大家展示每张照片。然后，我让他们聚在一起——西蒙和维森特也一起——给我们的“美好时光”派对拍张照片，这样我们就可以把它加入后面的空白页中。

后来，我们收起食物，打扫完卫生，每个人相互道别，并为新年许下了美好的愿望。一切结束后，我躺在床上，还没有睡意。通常，当我睡不着的时候，我会和罗利说话，直到我昏昏欲睡。但是他已经在打鼾了，所以我只能靠自己了。

我蹑手蹑脚地穿过厨房，赤脚溜到后院，现在差不多是凌晨两点。天空很黑，只有星星在闪烁。我知道妈妈不希望我在这个时候出去，而阿布拉会说我可能会被一只流浪的佛罗里达山猫袭击。但这只是几分钟的事。

在车道上，我跨上我的新自行车。然后，我打开前灯，在光束的照耀下飞舞的虫子无处遁形。坐在车座上，我觉得自己很高，很重要。尽管我赤着脚，但我还是决定骑着我的新自行车在卡西塔斯周围慢慢骑行，只是为了测试一下。

踏板没有吱吱声，链条也没有跳动。我就像在云上滑行。我换了一个挡位，马上感觉到增加了额外的重量。我绷紧脚趾，每一次用力，我都比之前走得更快更远，所以很快我又在院子里绕了两圈。我站起来，双腿猛蹬，汗水在我的膝盖后面聚集。这很难，但我能做到。我绕了一圈又一圈，直到腿微微发抖，心怦怦直跳，才无可奈何地停下来。

这正是我想要的自行车，它是一件完美的礼物。

但是，我还有其他比这辆自行车更想要的。我知道，无论如何我都不会得到它们。比如，我希望洛洛不要生病，希望一切都能保持不变。

然而，保持不变意味着蒂娅·伊内丝可能没有机会爱上西蒙；意味着罗利不会去上大学，不会变得更聪明；意味着我根本就不会长大。保持不变可能会像洛洛的变化一样令人难过。

我不知道明年会发生什么，没有人知道。但这没关系。

我可以处理好这些事情，我做好了准备。这只是一个更难的挡位，而我已经准备好了。我所要做的就是深呼吸，继续前行。

BAHAMA ISLANDS
Bahama
Lucayos
Cat I.
Crooked I.
Caicos
C. Florida
Gulf of Florida
Orleans
OF
MEXICO
S. Antonio
CUBA
Havana
Catoche
C. de Cruz
Merida
Windward
Tortuga
HISPANIOLA
C. Francois
PORTO RICO
Virgin Is.
St. Kits
Antigua
Guardalowpe
Marigalante
Martinico
Barbadoes
Granada
Trinidad I.
ANTILES or CARIBBE Is.
OCEAN
JAMAICA
Kingston
Port Royal
Jaquemel
St. Domingo
Leeward Is.
Bay of Honduras
C. Honduras
C. Camaron
C. Gratios Dios
NORTH SEA
Nicaragua L.
Conception
Puerto Bello
Carthagena
Curacoa
St. Martha
Comana
Venezuela
Gibraltar
Merida
St. Fee
Oronoque R.
C. Moco moco
Surinam
Surinam
Cayenne
C. d Orange
C. Cachipour
North Cape
TERRA FIRMA
GUIANA
Oyapock
C. Blanco
C. Burica
C. S. Mary
Panama
B. of Panama
C. de Corrans
Bonaventura Bay
70
60
50
40
West Long.
90
C. S. Laurence
Quitos
Guayaquil B.
Paita or Payta
Truxillo
Porto Santa
Lima
Callao Port
C. Sangalla
P. S. Juan
Bay d Challa
Ylo Port
Port Arica
P. d Leo
St. Pedro d'Atacama
Amazones R.
Para
St. Louis de Maragnan
Siara
Maragnan
SIARA
Tapuyes
RIO GRANDE
PARAIBA
FERNAMBUC
Paraiba
Olinda
C. S. Augustin
SEREGIPE
Rs. Francis
Real R.
Todos los Santos
S. Christopher
Seregipe
St. Salvador
Bay de Todos Santos
Porpeva
Rio dos Ilheos
Porto Seguro
los Abreholhos
Rio de Rio Doce
Spirito Santo
S. Sebastian
C. Frio
R. Janeiro
S. Jago
Maragnon R.
Omaguas
Yurua R.
Cuchivara R.
Paran Mire R.
COUNTRY of the AMAZONES
SOUTH AMERICA
PERU
Moco
Atum Susco
Cusco
Los Moxos
PARA
Xarayes L.
BRAZIL
Tupiques
Rio dos Ilheos
Porto Seguro
Rio Doce
SPIRITO SANTO
RIO JANEIRO
S. Cruz de la Sierra
Arica
Potosi
S. Antonio
GUAY
GUAYRA
Asumption
Guayra
PARANA
Corrientes
Conception
URAGUAY
CHACO
Estero
RIO de la PLATA
TUCUMANIA
Cordova
Uraguay R.
DEL REY
St. Vincent
St. Sebastian
Cananea I.
I. de Parnaba
I. St. Katherine
SOUTH
St. Ambrose
I. S. Felix
B. Notre Dame
Juneat
Copiapo
Guasco
Coquimbo
B. d'Tonguy
Limaria R.
Pt. of Valparaiso
Fuera
Tierra
Juan Fernandes
Saint Jago
la Conception
CHILI
Imperial
Baldivia Port
Osorno
Baldivia
Carelmapo
CHILOE ISLE
Buenos Aires
PAMPAS
Cordillera de los Andes
P. St. Peter or Rio Grande
C. St. Mary
Rio de la Plata
C. St. Antony
C. des Courans
Desert Coast
Anegada Bay
S. Mathias
C. Redondo
Bay de los Camarones
C. Blanco
P. S. Julian
TERRA MAGELLANICA
Nomans I.
I. St. Katherine
I. St. Barbara
B. St. Lazar
I. de Madre de Dios
Str. of Magellan
Port English
C. Noir
PATAGONIA
C. des Vierges
TERRA DEL FUEGO
Coast Assomption
New Isle
Beauchen
Str. le Maire
C. Horn
Port discover'd by Sr. Francis Drake
OCEAN